UN ABRI DE FORTUNE

AGNÈS LEDIG

UN ABRI DE FORTUNE

roman

ALBIN MICHEL

À la part de nous-même qui souffre de se taire.

À celles et ceux qui gardent en silence
leurs blessures d'enfance.
À celui qui a osé m'en parler…

À Emmanuel, mon amoureux inspiré et courageux,
gardien solide de notre paradis vosgien.

Si tu veux être aimé, respecte ton amour.
Si l'effort est trop grand pour la faiblesse humaine
De pardonner les maux qui nous viennent d'autrui,
Épargne-toi du moins le tourment de la haine ;
À défaut de pardon, laisse venir l'oubli.
Les morts dorment en paix dans le sein de la terre :
Ainsi doivent dormir nos sentiments éteints.
Ces reliques du cœur ont aussi leur poussière ;
Sur leurs restes sacrés ne portons pas les mains.

Alfred de Musset,
« La nuit d'octobre »,
Les Nuits.

Prologue

Assis en tailleur sur le lit, ses yeux sont accrochés à la ligne de crête des Vosges à l'horizon. Il respire calmement, dos droit, nuque détendue, poignets posés sur ses genoux, paumes tournées vers le ciel. Quelques nuages s'attardent au loin. Ils commencent à rougir de leur timidité. La vaste baie vitrée qui occupe l'ensemble de la façade mansardée n'offre pas la moindre trace de présence humaine. À des kilomètres à la ronde cette vallée est peuplée d'animaux sauvages. Chevreuils, grands cerfs, sangliers, blaireaux, renards. Certains hurlements glacent parfois le sang. Il est pourtant rompu aux atmosphères lugubres. On dit même que le loup pourrait rôder. Il a cru l'entendre une fois, sur le versant nord, à la nuit tombée. À l'arrière, une immense fenêtre laisse apparaître la lisière de la forêt. Des sapins imposants, dressés en rangs serrés tels des soldats silencieux au service d'un roi.

L'homme se sent puissant. À sa place. En surplomb du monde, loin des humains dérisoires. En visitant le chalet pour la première fois, quelques années plus tôt, ce fut une évidence : *C'est là. Ne réfléchis pas.*

Le calme. La solitude. L'isolement.

Le lieu appartenait à un vieux chasseur d'apparence bourrue. Plus farouche que méchant. Trop vieux pour parvenir, l'hiver, à dégager la neige sur le chemin d'accès oublié des services de l'État. Il faut disposer d'un quad muni d'une lame, ou d'une volonté de fer et de deux bras solides.

L'homme n'a pas de quad.

Il a acheté le bien une bouchée de pain, a rafraîchi les murs, changé les sols abîmés, aménagé les combles pour en faire sa tanière. S'y réfugier, se soustraire à la société quand il en éprouve le besoin. S'y distraire parfois avec d'aimables proies attirées par son regard charmeur et son corps athlétique.

Lui aussi est un peu chasseur, il le reconnaît et l'assume. Cependant, il ne garde que peu de traces de ses trophées. Il préfère la discrétion.

Il est venu vérifier les cordelettes accrochées aux quatre pieds du lit. La solidité des nœuds coulants. Plus on tire dessus, plus le lien se resserre. Certaines résistent un peu, nourriture du désir, avant de s'abandonner. Il sait les mettre en confiance, leur donner envie de le suivre jusqu'ici. Petites fleurs sur le linge de lit, coussins colorés, bougies parfumées, ambiance romantique les rassurent d'emblée. Elles ne s'attendent pas à la suite. Parfois il change ses plans. Pour varier les plaisirs.

Quelle sera la réaction de celle de demain ? Il sourit en pensant à elle. Des picotements parcourent sa colonne vertébrale.

Il observe le tatouage à l'intérieur de son avant-bras, hésite à le compléter. Combien encore de roues dentées avant d'atteindre l'équilibre de l'engrenage ? Le trouvera-t-il un jour ? Peut-être est-il condamné à poursuivre son dialogue avec l'horreur. La comprendre, la décortiquer, la transcender. À croire qu'il trouve son compte à tenter de l'apprivoiser en s'approchant au plus près d'elle puisqu'il s'entête d'année en année.

L'Homme est capable du pire.

Il est bien placé pour en témoigner.

En équilibre sur un fil

Trouver le moyen de s'échapper est devenu son obsession.

Pour ne pas devenir fou.

Se lever chaque matin et se retrouver confronté à la même routine lui coûte l'énergie d'une journée entière. Parfois de deux. Il a beau essayer de changer quelques menus détails pour la rompre, elle revient, encore plus pesante. La promenade, les repas, la salle de sport. Les émissions de télé idiotes que ses voisins lui infligent en bruit de fond continu.

Même le temps passe sans lui.

Il ne veut plus vivre un nouvel été dans cette canicule de béton qui échauffe les esprits aussi vite que l'asphalte. Les quatre premiers ont été terribles.

Jamais il n'a été si fébrile en attendant le rendez-vous avec Mme Metzger. Lors du précédent, elle lui a laissé espérer qu'une piste se dessinait pour lui, qu'elle aurait la réponse prochainement.

Aujourd'hui.

Quitter cet endroit pour ne pas mourir.

Et dire que certains préfèrent rester au prétexte qu'ils

n'entrent plus dans aucune case. Qu'aucune autre structure n'est adaptée à eux. Ou l'inverse. Peu importe. Le décalage avec le reste du monde est devenu un infranchissable canyon.

Rémy s'accommodera de la société que les autres rejettent. Quitte à la rejoindre en équilibre sur un fil tendu au-dessus du vide. Il connaît le vertige, il n'en a pas peur. Il est déjà tombé. Autant prendre le risque de dégringoler une deuxième fois. Du moment qu'il peut voir un peu de beauté dans sa chute. Des arbres, des ruisseaux, la nature dont il n'avait jamais été coupé jusque-là et qui lui manque terriblement, comme on manque d'oxygène au point de suffoquer.

Courir dans la forêt, au bord du canal, ou même en ville, courir sans limite, surtout pas celle d'un mur bien trop haut pour être franchi.

Faire les boutiques, s'acheter un pantalon et une chemise, se trouver beau dans le miroir de la cabine d'essayage. Un miroir où l'on ne se voit pas en mille morceaux parce que le précédent occupant y a mis un coup de poing rageur contre l'institution. Souvent contre lui-même.

Déjeuner en famille le dimanche. Être saisi par la savoureuse odeur qui flotte dans la maison quand on pousse la porte d'entrée. Retrouver les repères olfactifs du clan dans lequel on a grandi. Un poulet rôti et une salade du jardin avec du persil frais ciselé, des frites maison qui croustillent.

Et serrer ses parents contre lui. Un dans chaque bras. Serrer pour se sentir forts tous les trois face à l'adversité qui les a anéantis. Un noyau dur, solide et incassable. Un diamant d'amour.

Rémy entend le grincement des roues en caoutchouc sur le sol carrelé. Christine Metzger passe devant lui en le saluant avec gentillesse et l'invite à la suivre. Il s'assoit en face du bureau en formica et attend pendant qu'elle déballe ses dossiers.

L'impatience n'a jamais tué personne mais Dieu qu'elle ronge, souris chétive qui grignote un petit coin d'estomac à l'abri des regards.

– La grange des Censes perdues.

– Où c'est ?

– Dans les Vosges. Un établissement en pleine nature. Nous allons expérimenter un nouveau programme avec eux. J'ai pensé à vous. Votre profil correspond, moyennant quelques obligations étant donné vos antécédents, vous vous en doutez…

Christine travaille dans ce service depuis une bonne vingtaine d'années. Tous ici la respectent, dans son fauteuil. Sans relâche, elle œuvre pour leur bien. Avec le temps, elle a appris le détachement dans la gestion de ses dossiers les plus lourds. Ne pas compatir, ne pas condamner. Rémy Souhait est le premier à tant l'émouvoir. Elle connaît son cas par cœur. Elle ressent même de la tendresse pour le jeune homme en train de se tordre sur sa chaise. Elle espère qu'il acceptera. Elle croit en lui, et en ce lieu qui pourrait l'accueillir pour le remettre sur les rails. Voilà le seul avantage des deux roues parallèles qui l'emmènent partout à la place de ses jambes : donner l'impression à ceux qui la suivent jusqu'à son bureau qu'elle leur montre une direction, qu'elle imprime une trace sur le sol, une voie. Chemin de fer ou ornières dans la boue, peu importe.

Même dans le sable mouvant d'une plage. Même éphémère, même futile, une trace pour décider où aller.

– Mes parents pourraient venir ?

– Oui.

– Je ferais quoi, là-bas ?

Elle décrit les lieux, les personnes, les activités, le programme. Les deux chevaux auxquels elle sait qu'il sera sensible, le grand jardin. Rémy l'écoute attentivement.

Elle parle de plus en plus vite, se laisse emporter par son enthousiasme. Elle se surprend à sourire. Se ressaisit. Le détachement.

– Ils sauraient pour moi ?

– Seulement si vous leur dites…

Rémy réfléchit à mille à l'heure. Sortir d'ici, peu importe la destination, avec qui, comment et pourquoi. Sortir. Il se demande encore comment il a pu tenir quatre ans. Peut-être grâce aux livres. Des romans, des récits, des pièces de théâtre comme autant de fenêtres ouvertes sur un monde bien plus beau que le vrai. Il s'est évadé mille fois avec George Sand, Montaigne, Baudelaire, Dumas père et fils, et tant d'autres.

Les livres trois fois lus ont perdu leur effet.

Même la poésie. C'est dire…

Victor Hugo, Alfred de Musset, Arthur Rimbaud ne peuvent plus rien pour lui.

Il rêve de l'odeur d'une pluie d'orage sur un sol brûlant, d'un lever de soleil sur une colline endormie, de toucher un arbre, qu'il ait cent ans ou deux seulement, de s'égratigner contre l'écorce, de regarder les feuilles tomber puis d'autres repousser au printemps suivant. Il rêve de tout ce qui raconte les recommencements. Les cerisiers en fleur qui annoncent le printemps, les agneaux dans les champs qui tapent dans les pis de leur mère pour grandir goulûment, les colchiques à l'automne qui font oublier l'été brûlant, les rentrées littéraires, le réveillon de Noël.

Le destin a fait table rase de tout. Reset. Nouveau programme.

Désormais, il faut songer à se refaire une situation, ailleurs. Et puis, les Vosges ne sont pas une destination si lointaine.

Rémy accroche son regard à la fenêtre. Au loin, entre deux barres d'immeubles, on devine, minuscule, la flèche de la cathédrale de Strasbourg. Il rêve d'y retourner un jour, de rester un après-midi entier sur la plateforme pour embrasser toute la plaine d'Alsace, les contreforts vosgiens et la Forêt-Noire. Une vision à 360 degrés qui vous rend ivre de liberté.

– D'accord !

– Bien ! Vous partez début juin. Dans deux semaines au maximum.

L'enveloppe

Elle connaît le bureau du médecin par cœur. Chaque détail, chaque dessin au mur, chaque éclat aux coins des meubles. Elle respire à peine, sait qu'une annonce se prépare. Elle s'y attend. Son état est stabilisé. Elle est là depuis tant de mois. On doit faire de la place pour des cas plus critiques, ceux qui sont en grand danger.

Elle ne l'est plus.

Du moins le croit-elle.

– La grange des Censes perdues.

– …

– Tu y seras bien. C'est un collègue en ville qui m'en a parlé.

– …

– Malheureusement, tu ne peux pas rester indéfiniment ici.

Le docteur Mathilde Letellier est une femme réconfortante. Bien en chair, la voix douce, elle donne envie de se blottir contre elle pour se laisser bercer, croire que tout ira bien. Ses cheveux bouclés grisonnent d'âge et de tourments. Gage de sagesse, de petites lunettes rondes, posées sur l'avant du nez, corrigent une presbytie qu'elle a fini par accepter. Elle attend une réaction de Clémence. En vain. Puis elle ouvre un tiroir et en sort une grande enveloppe matelassée, qu'elle dépose sur le bureau qui les sépare. La jeune femme ne réagit pas.

– Je me suis dit que tu en aurais l'utilité là-bas.

– …

– Tu n'ouvres pas ?

Les secondes passent avant que Clémence se décide à diriger ses doigts tristes vers ce qui ressemble à un cadeau. La femme la regarde en silence, un sourire sur son visage en guise d'encouragement. Elle suit cette jeune patiente depuis près de six mois – petit animal fragile qui craint que son passé, tel un alien dissimulé dans un recoin de son existence, surgisse de n'importe où.

Clémence soulève le rabat que la soignante n'a pas collé et entrouvre l'enveloppe avec précaution. Des larmes montent à fleur de paupières. Un lait sur le feu qu'on aura arrêté juste à temps et qui rebrousse chemin.

– Merci, lâche-t-elle dans un souffle à peine audible.

– On t'y attend début juin.

– J'y vais comment ?

– En VSL.

– Toute seule ?

– Tu ne le seras pas là-bas. Deux personnes t'y accueilleront.

– Ils sauront pour moi ?

– Tu veux que je leur explique ton histoire ?

– Non.

Un ange passe, à peine plus léger que la jeune patiente qui a perdu ses ailes et s'échine à les faire repousser à travers une carapace de peurs encore bien coriace.

Elle regarde par la fenêtre un long moment. On y voit l'arrière de la cathédrale de Strasbourg sous un autre angle que sur les cartes postales classiques. Clémence aime ce profil-là, discret et méconnu, elle qui aimerait n'être que l'ombre de son ombre.

– Comment tu te sens ?

Clémence réfléchit, le regard dans le vide. Ouvre la bouche puis la referme sans avoir trouvé de mots adéquats. Un arbre creux, presque mort, qui ne tient qu'à un fil ? Un arbre qui pousserait sans racines, suspendu dans le vide, à la merci du vent ? Le docteur Letellier en était le tuteur solide, profondément ancré dans une normalité que Clémence n'avait jamais connue jusque-là. Alors quitter cette structure…

– Tu es majeure maintenant. La vie t'attend.

– Elle est bien la seule.

– Je prendrai de tes nouvelles. Et je viendrai te voir. Je suis certaine que ce séjour là-bas te sera profitable.

Clémence saisit l'enveloppe comme on recueillerait un chaton fragile, la cale contre ses deux seins plats et se lève sans déplacer le moindre souffle d'air. Elle sourit comme elle peut et referme la porte derrière elle dans un grincement qui la fait sursauter.

Le secret de l'action

– La grange des Censes perdues.

– Pourquoi voulez-vous que j'aille là-bas ?

– Je connais les propriétaires. J'y suis allé. Ils ont un joli projet, et le cœur sur la main. Il faut bien vous remettre en marche. Découvrir de nouveaux horizons et rencontrer des gens vous sortira de cette macabre danse de l'esprit dans laquelle vous tournez en rond.

– Vous n'y allez pas par quatre chemins.

– Il n'y en a qu'un pour vous rendre là bas, et qu'un pour sortir de votre marasme : le mouvement, la réalisation. Souvenez-vous de cette phrase d'Alain dont nous avons parlé durant une séance entière.

– « Le secret de l'action, c'est de s'y mettre. »

– Voilà !

– Pouvez-vous m'en dire plus sur cet endroit ?

– Une grande maison au milieu de nulle part. La nature, la forêt, la vue. Un vaste jardin, des animaux. Deux personnes qui ont tourné la page il y a quelques années pour y construire un couple en même temps qu'un lieu où aider les autres à regarder demain dans les yeux et à lui dire « On arrive ».

Le docteur Diderot voit bien que sa patiente hésite. Ses yeux brillants en témoignent. Il suffit de parler d'avenir pour qu'elle panique. Le spectaculaire effondrement qui l'a conduite à pousser la porte de son cabinet n'est pas encore complètement déblayé. Cependant, ils ont mis en lumière la faille par laquelle la terre s'est dérobée, et trouvé comment la combler de confiance et d'outils de protection. Le passé s'apaise par un processus de digestion lente. Elle commence à pouvoir à nouveau profiter du présent. Mais le futur est encore trop effrayant. Denis Diderot sait que la prise en charge finira par être interrompue par la Sécurité sociale. Il faut bien préparer Karine Roux-Dubailly à la remise en selle. Tous les chevaux ne l'attendront pas dans le grand galop du monde. Tant pis pour ceux que la vitesse bouscule.

– Vous pensez vraiment que je suis prête ? demande-t-elle, inquiète.

– Que risquez-vous à essayer ?

– M'écrouler encore.

– Ou vous relever. J'aime bien l'idée que vous preniez le risque de vous relever. Pas vous ?

Karine renifle comme un petit chat discret, fouille dans son sac à la recherche d'un mouchoir. Elle aimerait prouver à l'homme qui la soigne depuis des mois qu'elle est redevenue capable, solide, battante, mais les larmes commencent à fuir de partout.

– Excusez-moi.

– Ils ouvrent début juin. Il reste une place.

– Qui sont les autres ?

– Aucune idée. Peu importe !

– Un peu quand même, non ?

– Non.

– D'accord.

– Enfin si. Je sais pour l'une d'elles. D'ailleurs, si vous voulez profiter du transport médicalisé…

Denis regarde sa patiente lui sourire. Elle n'a jamais cessé de le faire, même aux pires moments. Parfois, elle rit en pleurant à chaudes larmes. Le jour et la nuit sur le même paysage. Cacher les fissures sous une fine couche de joie feinte sans pour autant les reboucher. La misère sous la tapisserie. Depuis peu, elle recommence à prendre soin d'elle, ce qui le contente. Une nouvelle coupe de cheveux, un maquillage discret, des chaussures à talons ressorties du placard, qu'elle réapprend à dompter, des vêtements un peu plus moulants sur des formes apparues durant ces journées et ces nuits à ruminer ce qui l'a mise par terre. Sous terre. Cinq pieds. Pas loin des six.

Certains signes ne trompent pas, comme le vernis à ongles parfois écaillé qu'elle n'a pas eu le courage de retoucher. Cependant, si le docteur comptabilise les points positifs et les négatifs, la moyenne se situe au-dessus de dix. Karine était descendue à trois.

Elle se mouche et respire. La fenêtre ouverte laisse entendre le carillon de la cathédrale de Strasbourg, comme si l'édifice sonnait les cloches pour la secouer.

Il est temps de refaire surface. Elle accepte.

Satisfaites, les cloches se taisent.

La force de ne plus rien lâcher

La soirée est agréable et la lumière sublime sur les arbres en face d'eux. Une grenouille posée sur une feuille de nénuphar s'enivre d'un dernier rayon de soleil avant la nuit. Les deux carpes koï se croisent dans un mouvement hypnotique, sous-marins ondulants et inoffensifs, loin de l'agitation du monde. Au second plan, la forêt se repose, après avoir été bousculée toute la journée par des vents tournoyants.

Ce calme est si profond qu'il surprend certains visiteurs. Un silence qui ne laisse parler que la nature. Les novices vous diront qu'on n'entend rien. Pas de voiture, de moto, de train, d'avion. Pas même de cris d'enfants. Mais une oreille attentive percevra le chant des feuilles, celui des oiseaux, la source qui coule dans l'étang, les insectes du soir. Parfois des feuilles mortes qu'un merle remue dans les sous-bois, à quelques dizaines de mètres de là, et qui fait à lui seul le bruit d'un sanglier.

L'homme regarde la maison de l'autre côté de l'étendue d'eau, la grange un peu plus loin, le bâtiment pour les animaux, encore vide du foin qui finit de mûrir dans les prés.

Il est fier du travail qu'ils ont accompli.

Leur rencontre sur un quai de gare trois ans auparavant n'en finit pas de l'étonner. Un hasard, suivi d'un autre, puis d'une évidence.

– Tout est prêt ?

– Et toi ? lui demande-t-elle en s'approchant un peu plus de lui et en fouissant le bout du nez dans son cou.

– Oui. Toi ?

Elle est prête.

Capucine et Adrien finalisent enfin le projet fou de restaurer cette ruine pour en faire une bulle au milieu du chaos. Leur chaos à eux, qu'ils sont venus ranger ici, entre les fleurs et les nuages. Et maintenant celui des autres. Des chaos différents. Mais quel que soit le tas de peurs, de peines, de souffrances, la façon de ranger est sensiblement la même. Déblayer, trier, bâtir avec ce qu'on trouve dans les gravats. Sublimer pour rendre beau ce qui a été terrible. Reconstruire des âmes brisées, comme celle de Capucine il y a quelques années. Comme celle d'Adrien. Ils se sont posé la question tout au long des travaux. Prenons-nous les bonnes décisions ? Saurons-nous accueillir, guider, ou au contraire suffira-t-il de laisser faire ? Et à chaque fois la même réponse : à part tenter, comment savoir ?

L'essai commence demain.

Elle frissonne. Une fois le soleil caché derrière la montagne, la fraîcheur de l'altitude reprend ses droits. Elle préfère la chair de poule aux peaux moites qui n'ont pas envie de se toucher. Il la prend sur ses genoux et l'enveloppe autant qu'il peut. Cet homme a été un abri dès le premier jour. Dans l'intention puis dans les gestes. Quatre murs et un toit dissimulés entre ses deux grands bras solides et fragiles à la fois. Des bras qui ont depuis malaxé du ciment, coupé des taillis, creusé des trous, vissé des planches. Des bras qui ont couvert des cloisons d'enduit à la chaux et des sols de parquet, qui ont pris des notes, tourné des pages, pour apprendre, comprendre, inventer. Des bras pour l'attirer contre lui quand elle ne savait pas s'arrêter, ou pour la motiver quand elle n'avait plus envie. Des bras qui se sont accrochés à un hélicoptère quelques années plus tôt pour ne pas mourir et qui ont gardé de cette épreuve la force de ne plus rien lâcher.

Surtout pas elle.

– Je vais le prévenir de leur venue, annonce-t-elle en se redressant. Avec le temps, il aime de moins en moins les surprises.

– Il les verra peut-être arriver avant nous, du haut de son banc, répond Adrien en la retenant. Ce sont plutôt les arrivants que nous devrions prévenir de sa présence quotidienne derrière chez nous. Tu pourras le lui dire demain matin en lui déposant le pain. J'ai envie de te garder contre moi, on est bien, là, non ?

– Tu penses que tout se passera au mieux ?

– « Soyez juste, le reste viendra de surcroît. »

Adrien cite Tchekhov en la serrant encore plus fort comme pour appuyer son propos.

Un taxi pour la vie

Il pleut.

Un orage soudain. Pour qu'on se souvienne ici du départ de Clémence. « C'était ce jour où il a plu si fort, tu te souviens ? »

Le docteur Letellier attend le VSL avec elle, sous le porche. Collées à la porte vitrée pour s'éloigner des éclaboussures du trottoir. Clémence n'a pas voulu retourner dans le hall pour se mettre à l'abri. Elle n'est plus à une éclaboussure près. L'eau est tellement plus inoffensive que le sang. Elle prend cependant bien soin de protéger contre sa poitrine l'enveloppe dont elle n'a pas touché le contenu. Elle n'a pas non plus voulu l'enfouir dans ses bagages. Elle espère montrer ainsi au médecin qu'elle est touchée par la valeur de son cadeau. Une attention qu'on ne balance pas au fond d'une valise avec des pulls et du shampoing.

Les larmes coulent comme la pluie sur les carreaux. Quand donc viendront les accalmies ? À compter de ce jour, veut croire Mathilde Letellier en regardant le ciel se dégager à l'ouest.

– Tu ne vas pas voyager seule. Mon ami psychiatre m'a demandé si la patiente qui se rend aussi là-bas pouvait se joindre à toi. Vous allez passer du temps ensemble sur place, autant faire connaissance avant d'arriver.

– …

– Elle a quarante-cinq ans et besoin de reprendre pied, comme toi. Je ne t'en dis pas plus. Elle t'en parlera sûrement.

– J'ai peur.

– De quoi ?

– De tout.

– Je sais.

Le taxi est en retard. La future colocataire aussi. Qui arrive bientôt en courant sous les trombes d'eau sans chercher à se protéger. Un large sourire fait oublier les deux traces noires qui coulent de ses yeux et les cheveux plaqués sur son front. Seules les chaussettes sous ses Doc Martens doivent être encore sèches. Son slim noir, sa veste en jean et son cache-cœur rouge luisent sous l'éclairage de l'accueil.

Le temps des salutations et le VSL se gare. Mathilde serre Clémence contre sa blouse blanche en lui chuchotant de lui donner des nouvelles, puis elle les regarde s'engouffrer toutes les deux dans ce qu'elle pense être la dernière corde à son arc pour sortir cette gamine de sa soif de s'effacer aux yeux du monde. Au premier abord, la soignante a trouvé cette femme qui va accompagner sa protégée un peu frivole, mais l'avoir vue baisser la vitre malgré la pluie et lui faire un clin d'œil complice la rassure. Il y avait comme une lueur maternelle dans son regard. Un passage de témoin.

Le chauffeur entre l'adresse dans le GPS. Sans résultat. Il interroge les voyageuses en espérant qu'elles connaissent le chemin.

– J'ai une indication, annonce Karine en chaussant ses lunettes. Il faut se rendre jusqu'à Vénimenil, lit-elle sur son téléphone, prendre ensuite le chemin de la Morte-Femme à la sortie du village derrière l'église, puis la deuxième à gauche après le Bout du monde.

– Ça m'a l'air joyeux, l'endroit où je vous emmène.

– 1789, chemin des Folles-Pensées.

– Comme la Révolution ?

– Je crois que dans les Vosges le numéro des maisons représente les mètres depuis le début de la route. J'ai un nom de lieu-dit aussi : « les Censes perdues ».

– J'espère que vous allez les retrouver.

– Quoi donc ?

– Vos sens.

– Les Censes avec un C.

– Ah. Ça veut dire quoi ?

– Aucune idée. Combien de temps va durer le trajet ? demande Karine.

– Jusqu'à Vénimenil, une heure trente, madame. Ensuite, tout dépend si le Bout du monde est loin. Et si on le trouve.

Dans le rétroviseur, le chauffeur la voit escalader la banquette arrière pour fouiller dans son sac, en extraire des vêtements secs et commencer à se déshabiller. Bien foutue, se dit-il. Poitrine généreuse, sillon profond, peau hâlée. Il espère les feux rouges avant l'autoroute pour en profiter un peu. Il est plus coutumier des parlementaires qui parlent au téléphone ou pianotent sur leur ordinateur. Gilbert a ce petit plaisir simple de détailler les seins de ses clientes. Regarder, imaginer leur forme sous les vêtements. Rien de plus. Aucun mot de travers. Ni de provocation ou d'invitation déplacée. Jamais. Il préférait observer les visages, mais avec les masques… Alors il est descendu d'un étage et il passe le temps autrement. Il les aime petits et fermes, libres sous un T-shirt. Ou bien lourds et collés ensemble dans un profond décolleté. Ou encore les normaux push-upés qui font croire que. Il les aime tous, en fait. Surtout ceux de sa femme. Enfin, celui qui reste. L'autre s'en est allé en même temps qu'une tumeur. C'est elle qui lui a suggéré de se faire plaisir dans les décolletés des autres. En jetant un œil dans le rétro, il se dit qu'il offre à toutes ces femmes l'opportunité de mesurer la chance qu'elles ont d'en avoir encore deux et qu'on les admire.

– Concentrez-vous sur la route ! lui lance Karine.

Il s'exécute et pivote le rétro sur la jeune fille qui regarde dans le vide à travers la vitre floue. Elle n'a pas dit un mot. Même pas bonjour. L'autre parle pour deux. L'autre a aussi une poitrine pour deux.

– Je m'appelle Karine, avec un K. Toi, c'est Clémence ?

– Oui. Comment vous savez ?

– Le médecin t'a appelée par ton prénom. Tutoie-moi, je t'en supplie. Tu connais déjà l'endroit où nous allons ?

– Non. Et vous ?

– Non plus. Il paraît qu'on y sera bien. Tu as quel âge ?

– Dix-huit. Ils ne veulent plus de moi.

– Je suis sûre que ce n'est pas pour cette raison qu'ils t'envoient là-bas. J'ai un fils qui a vingt ans. Il fait ses études à Nancy. Prof, comme sa maman. Pas sûre que ce soit une bonne idée. Enfin, c'est son choix. Il ne fera peut-être pas les mêmes erreurs que moi.

Clémence ne relève pas. Elle sent sa voisine se tortiller dans tous les sens pour enfiler des vêtements secs.

– Tu fais des études ?

– Pas encore.

Clémence se dit que le voyage sera long. Elle pense au docteur Letellier et à la méthode qu'elle lui a proposée : « Quand tu n'as pas envie de quelque chose, si déjà tu choisis, si déjà tu dis oui, fais-le avec bonne volonté. »

Elle a promis !

– Je ne sais pas quoi faire, en fait, ajoute-t-elle.

– Tu n'as pas des envies particulières dans la vie ?

– Disparaître.

Karine reçoit un coup de poignard soudain. *Disparaître*. Elle a tellement tourné ce mot dans sa tête pendant des années qu'il a parcouru trois fois le tour de la Terre. Une intention qu'elle a réussi à chasser de ses pensées grâce au docteur Diderot mais dont sa grotte crânienne garde encore quelques vestiges rupestres dans les coins les plus sombres.

En quelques secondes, la décharge électrique dans son ventre laisse place à un élan de tendresse pour cette gamine dont elle connaît la souffrance. Qu'elle pourra peut-être aider à sa façon.

– On va déjà disparaître à gauche après le Bout du monde, et après, on avisera, d'accord ? propose-t-elle avec un sourire engageant en tendant son bras vers sa voisine pour un tope.

Une petite main frêle s'approche, que Karine accueille et sur laquelle elle referme délicatement les doigts afin de ne rien briser. Ni os, ni rêves chétifs. Clémence s'endort quelques instants plus tard. Une autre façon de s'éclipser.

Parmi les jeunes adultes se trouvent encore quelques enfants fragiles qui peinent à lâcher des mains.

De pierre et de bois

Le chauffeur vient de repartir en se disant qu'il y a de jolis bouts du monde, que les Vosges comptent des noms de chemins et de lieux-dits tous plus étranges les uns que les autres. Et aussi que les deux petits seins de la femme qui les a accueillis sur place étaient mignons. Il s'arrêtera une centaine de mètres plus loin, à l'entrée d'un chemin de forêt, pour se soulager en admirant la vue et réaliser la tristesse de sa vie. Ils doivent être tellement plus heureux ici que le derrière calé dans un taxi huit heures par jour et trois nuits par semaine. Puis il remontera sa braguette, s'engouffrera dans son véhicule à 60 000 euros en leasing, démarrera sur les chapeaux de roues pour fuir au plus vite cet idéal insolent et aller charger un parlementaire et sa soi-disant collaboratrice qui, sur la banquette arrière, l'assistera pour autre chose que ses dossiers européens.

Clémence regarde s'éloigner le taxi et ses dernières chances de rebrousser chemin. Elle a envie de partir en courant. Sa minuscule bonne volonté posée sur son épaule lui chuchote cependant qu'elle tient une enveloppe contre elle dont elle pourra faire ici bon usage. Les arbres, les champs bordés de haies, l'étang, les vieilles pierres, les centaines de fleurs.

Karine s'est allumé une cigarette pour accroître un peu plus l'effet apaisant de ce paysage à couper le souffle. La maîtresse des lieux est partie chercher deux bras solides pour les valises, bien lourdes pour un terrain si peu carrossable.

Karine aime instantanément l'endroit. La vue sur les montagnes, la lisière de la forêt de l'autre côté de la petite route. Ce refuge bucolique semble parfait pour se déconnecter de la réalité. Elle rongera son frein pour les magasins. Ou se fera plaisir sur internet. Elle imagine que le facteur livre des colis même dans des lieux aussi perdus.

Alors qu'Adrien arrive pour porter les bagages, Karine tire une dernière fois sur sa cigarette et jette le mégot dans le fossé.

– Désolé de commencer par une réprimande, mais je ne veux plus voir de mégots jetés dans la nature. Un pot en terre est à votre disposition sur le perron de la maison. Vous faites ce que vous voulez en ville, si vous vous fichez de la pollution. Ici, vous pouvez provoquer un incendie, surtout avec la sécheresse de ces dernières semaines. Il suffit d'un geste de ce genre au bord d'une autoroute pour brûler des milliers d'hectares de forêt.

À peine a-t-il fini sa phrase qu'une minuscule volute de fumée s'échappe de l'amas de feuilles mortes qui tapissent le fond du fossé. Il les étale sur la route avec ses chaussures de travail, piétine le mégot, le ramasse et le rend à sa propriétaire en lui épargnant un « La preuve ! ».

Karine se confond en excuses, penaude et honteuse. Elle a raté son entrée, s'en veut terriblement. Elle essaie de sauver les apparences en les félicitant pour la beauté du lieu, en les remerciant de les accueillir. Elle en fait presque trop.

Quand elles entrent dans l'ancienne grange réaménagée, elles sont saisies par l'odeur du bois présent partout. Sur les portes des meubles de cuisine, sur les murs, au sol et au plafond. Un énorme tronc débarrassé de son écorce est installé au milieu de la grande pièce ouverte, comme s'il supportait tout l'étage à lui seul. Sa surface est tellement lisse qu'on a envie de le caresser. Clémence hésite. Elle le fera quand elle sera seule. Un bouquet de graminées et de fleurs sauvages a été déposé sur l'îlot central de la cuisine, un autre sur la table de la salle à manger. De larges ouvertures rendent l'endroit lumineux et permettent de se sentir en immersion dans la nature environnante. Comme une cabane dans la forêt. D'ailleurs, leur précise Capucine, elles pourraient bien apercevoir un écureuil au petit matin, qui vient danser entre les arbres les plus proches.

Sous l'escalier qui mène à l'étage, des canapés ont été disposés autour d'un tapis épais. Une bibliothèque porte de nombreux livres. Des romans, des essais, des BD. Pas de télévision. Choix des hôtes. Immersion dans le vivant à l'abri des écrans.

De magnifiques photos encadrées ornent les murs. Des animaux dans la neige, des étendues immenses. Clémence est happée par les clichés, s'y attarde.

– Vincent Munier, un photographe qui n'habite pas très loin d'ici. La panthère des neiges, tu connais ?

Un non de la tête.

On poursuit la visite.

L'étage dispose de deux espaces indépendants séparés

par un palier. Chacun comprend deux chambres et une salle de bains. Les lits sont faits, les serviettes éponge posées sur la couette. Rendez-vous est donné une demi-heure plus tard pour partager un goûter et faire connaissance.

Elles ont choisi le côté est, pour le lever du soleil. Clémence laisse le lit double à son aînée et opte pour la plus petite des deux chambres, qui n'accueille qu'un couchage simple en bois brut, ainsi qu'une table de chevet et un bureau adossé à la fenêtre. La housse de couette à carreaux bleus et blancs lui rappelle l'album de *Boucle d'or* que la maîtresse de maternelle leur racontait. Elle se souvient avoir longtemps eu de la peine pour le petit ours qui retrouvait sa soupe mangée, sa chaise cassée, son lit occupé. Sans comprendre pourquoi, elle n'aimait pas l'idée. Aujourd'hui, elle sait.

Un cœur en tissu est accroché au-dessus du lit. Petit détail réconfortant.

La jeune fille laisse sa valise fermée au pied de l'armoire. Une partie d'elle-même espère encore pouvoir repartir. Sur l'oreiller, elle a déposé l'enveloppe encore close et son doudou fatigué. On devine les oreilles d'un âne cousues sur une tête encore un peu rembourrée. Le reste n'est qu'un tissu aux couleurs délavées, usé jusqu'à la moelle. Elle s'est assise, l'a porté à son visage pour retrouver son odeur de madeleine et regarde par la fenêtre. À travers le carreau, Clémence observe la montagne bleue au loin, une colline plus proche, couverte de sapins, la prairie criblée de fleurs, la haie touffue, les deux chevaux. Elle détaille les pastels du ciel, les différentes nuances de vert de la forêt, la structure des nuages. Jamais partie en vacances, elle ne connaît que des paysages urbains, avec pour seuls exemples d'arbres ceux des parcs de Strasbourg où l'emmenait sa grand-mère quand elle était petite. Ici, le ciel paraît plus grand. Seules quelques rares maisons apparaissent au loin, petites comme des pièces de Lego.

Cette chambre sera son espace à elle, son abri, son coin tranquille où venir se réfugier quand le bruit sera trop fort, les autres trop présents, les peurs envahissantes.

Elle entend Karine s'activer à côté. Jurer en se cognant la tête à la mansarde, ouvrir et fermer les portes du placard, puis sortir de la pièce en l'appelant.

– Tu aurais aperçu un séchoir à linge ?

– J'ai vu des cordes dans le jardin.

– Tu penses que je peux suspendre mon soutien-gorge dès le premier jour ? Je vais demander à faire une lessive, ce sera plus simple. Tu as des vêtements sales ?

– Non.

– Il te manque quelque chose ?

– Un chiffon.

– Un chiffon ?

La jeune femme laisse la question flotter dans l'air et s'éloigne dans un souffle à peine perceptible. L'heure est arrivée de rejoindre les hôtes.

Clémence est précise, ordonnée, respectueuse des horaires. Clémence n'a pas l'âge de son âge. Elle a vieilli brutalement l'année de ses sept ans. L'insouciance a alors lâché les rênes de sa vie. Depuis, pour se rassurer, elle contrôle en permanence son environnement, le programme de chaque journée. Ainsi, il ne peut rien lui arriver. En théorie.

Capucine et Adrien ont dressé la table dans le jardin à l'ombre d'un pommier. On entend le bourdonnement des insectes dans le feuillage. Les oiseaux volent alentour dans un piaillement permanent. Moineaux, rouges-gorges, chardonnerets, rouges-queues. Des pies, des geais. Trois rapaces planent dans le bleu du ciel en mouvements circulaires et prennent de l'altitude avec les courants ascendants.

Un jus de pomme sans étiquette attend sur la table.

– Quelqu'un prendra une boisson chaude ?

– Un café, volontiers, répond Karine.

Personne ne l'a entendue. Le coq a chanté en même temps qu'elle, sous la volière, à deux mètres seulement.

– Un ?

– Café…

Ce sera de l'eau pour Clémence. Qui accepte finalement un fond de jus de fruits. Juste un fond.

Une plate-bande de fraisiers s'avance jusqu'à eux. Sous les feuilles d'un vert sombre, on distingue des fruits à différents stades de maturité. Des fraises rouges, des roses avec le bout encore blanc, des toutes petites, et des fleurs prometteuses un peu partout, gage d'une récolte étalée dans le temps.

La tarte faite avec celles cueillies le matin même est appétissante.

L'entrée en matière est complexe pour les hôtes. Par quoi commencer ? Que leur demander ? Sous le regard rassurant d'Adrien, Capucine finit par se lancer, en pensant à sa petite sœur qui serait déjà intervenue depuis longtemps.

– Vous êtes les premiers occupants de la structure que

nous avons mise en place. Nous avons acheté cette maison en ruine et son...

Le coq réitère, dressé sur ses ergots, la tête jetée en arrière.

– ...terrain il y a deux ans, pour laisser derrière nous notre passé, et permettre à d'autres d'en faire autant puisqu'il y a de la place et de la paix, ici. Et beaucoup d'animaux. Douze poules, quelques chats, deux chiens.

– Les chevaux sont aussi à vous ? demande Karine.

– Oui. Stevia et Toundra. On vous les présentera.

– Et nous aurons bientôt des chèvres, précise Adrien.

Capucine explique que le travail ne manque pas. Le potager à gérer, les bêtes à nourrir, la forêt à entretenir, les projets en cours à finir. Et prendre du temps pour soi.

– Nous n'allons pas vous demander une participation intense. Seulement de nous aider en échange du gîte et du couvert. Nous essayons de manger ce que notre microferme nous fournit, même si nous ne sommes pas encore autosuffisants. L'objectif étant d'y tendre.

– Et que pourrons-nous faire ? interroge Karine, juste avant un énième cri du coq.

La réponse de Capucine lui convient. Donner de son temps en fonction de ses compétences et de ses forces. S'autoriser à apprendre dans les domaines qu'on ne maîtrise pas. Partager les tâches définies chaque début de semaine et réadapter en fonction de l'avancement. Il est précisé qu'un jeune homme les rejoindra le lendemain. La liste des activités sera répartie quand l'effectif sera au complet.

– Nous prendrons les repas de midi ensemble. Pour le petit déjeuner et le dîner, vous serez autonomes. Nous irons faire les courses une fois par semaine. Ou vous seuls. Nous pouvons vous prêter la voiture.

Karine se présente brièvement. Elle évoque sa panne de secteur sans en préciser la raison. La honte ne l'a pas totalement quittée. Un jour peut-être racontera-t-elle. Ou pas. Elle se souvient avoir participé aux foins dans son enfance, chez ses grands-parents, avec des machines rudimentaires. Adrien précise que la corvée est prévue à l'ancienne ici aussi, faneuse et andaineuse sont victimes de leur grand âge et souvent capricieuses. Seule la presse est encore relativement fonctionnelle. Karine se débrouille également en cuisine, elle sait faire un lit, le ménage, elle veut bien apprendre à jardiner, à maçonner, découvrir ce qu'elle ne connaît pas.

– Et toi, Clémence ? À quoi aurais-tu envie de participer, ici ? essaie Capucine, qui sent la jeune femme mal à l'aise à l'idée de parler d'elle.

– J'aime bien les chevaux. Mais ils me font un peu peur.

– Nous nous en occuperons ensemble, et quand tu te sentiras rassurée, tu pourras y aller seule, propose Adrien.

Capucine a prévu le premier dîner en commun, afin de laisser le temps à chacune de prendre ses marques. Ils feront quelques achats le lendemain matin et la routine s'installera à l'usage.

– Je vous propose un temps pour vous jusqu'au dîner. Vous avez l'ensemble du domaine à disposition. Nous limitons seulement l'accès à notre habitation privée ainsi qu'à la partie est du jardin, que nous avons délimitée avec une petite barrière de saule tressé.

Clémence repart avec son chiffon et sa timidité vers la grange. Voilà beaucoup d'informations en peu de temps.

Elle n'a plus l'habitude. La vie cadrée à l'hôpital était bien plus sécurisante. Elle ira peut-être voir les chevaux après le dîner, en restant derrière la barrière. En attendant, elle cherche un cahier et un stylo au fond de son sac.

Karine s'éloigne sur la petite route goudronnée. Elle fait un signe à un vieux sur son banc, qui la regarde passer et lui répond en soulevant sa canne. Elle va appeler l'homme de sa vie – le seul, avec le docteur Diderot, à qui elle veut montrer sa volonté de se relever – pour lui raconter la beauté des lieux et la gentillesse des hôtes, lui décrire l'espoir qu'elle ressent à l'idée de retrouver ici l'envie de repartir au charbon. Elle ignore encore dans quelle mine, mais d'abord l'envie.

D'abord l'envie.

– Allô, Timothé ?

Une cabane dans la forêt

Adrien se dirige vers le véhicule garé sur le parking. Un jeune homme en sort et remercie la conductrice du taxi puis claque la portière sur sa vie d'avant.

Ils se saluent en se tendant le poing. Comme les vraies poignées de main manquent à Adrien ! Les animaux ont cette chance de n'avoir jamais perdu le contact humain depuis cette fichue pandémie et le chien se laisse approcher par le nouvel arrivant, qui a posé son sac pour le caresser.

Rémy en aurait presque les larmes aux yeux. Quatre ans sans voir celui de ses parents. Bloom s'est couché et a fermé les yeux. Adrien sait à quel point son compagnon est apaisant et restructurant. Il a rencontré Capucine grâce à lui et il lui en sera éternellement reconnaissant.

– Tu peux enlever ton masque. Il y a assez d'espace et de courants d'air, ici.

– C'est tellement beau, constate Rémy en se redressant, le menton tremblant.

– Avant de rejoindre les autres, je veux que tu saches que tu n'es pas obligé de leur dire d'où tu viens. Capucine et moi sommes au courant, puisque nous travaillons avec le SPIP, sans pour autant connaître les raisons de ton incarcération. Les deux femmes arrivées hier ignorent tout si ce n'est que tu as besoin, comme elles, de te ressourcer.

– Pourquoi accueillez-vous ainsi les échoués ?

– On en reparlera. Tu as faim ?

– Très !

Tout le monde est installé autour de la table dressée dans le jardin. Le mois de juin leur offre des journées déjà chaudes et la période des foins approche. Le printemps a manqué de pluie, ce qui n'a pas permis aux brins de pousser comme les années précédentes. Les rendements seront réduits. L'absence de précipitations des dernières semaines a commencé à les sécher sur pied. Adrien guette la météo chaque jour. Les météorologues n'arrivent plus à prévoir les tendances comme avant. Le climat s'emballe, change trop vite, est devenu instable, et les agriculteurs peinent à gérer leurs récoltes.

Les premières tomates cerises côtoient quelques crackers maison au sésame, des croûtons de vieux pain grillé à l'ail et des bâtonnets de courgette crue.

– Je vous propose un tour de table, maintenant que nous sommes au complet pour les quelques semaines à venir. Je m'appelle Adrien Petit. J'étais militaire en OPEX[1], entre autres au Mali. Un accident sur le terrain m'a obligé à rentrer en France, où je suis devenu maître-chien dans la gendarmerie, avec Bloom, avant de rencontrer Capucine avec qui nous avons monté ce projet. Autant vous dire que je n'y connaissais pas grand-chose en brico-

1. Cf. *La Toute Petite Reine*, Flammarion, 2021.

lage, jardinage, tracteur, chevaux. Mais on apprend vite, vous verrez. Quelques formations et les voisins ont complété mes acquis. J'apprends encore chaque jour. Je suis prêt à vous transmettre ces bouts de compétences.

– Capucine Claudel. Je n'avais pas vraiment de métier jusque-là. Je me suis occupée de ma petite sœur pendant dix ans quand nos parents sont morts dans un accident de voiture. Venir ici était un nouveau départ. Depuis, j'ai cent métiers, précise-t-elle en souriant. On ne vous demande pas de parler de votre passé, juste de nous dire ce que vous venez chercher ici.

Un silence s'invite pour départager celui ou celle qui prendra la parole. Ils se regardent, hésitent.

– Moi, c'est Karine avec un K. Karine Roux-Dubailly. Quarante-cinq ans. J'étais prof d'histoire-géo en collège. Il y a environ deux ans, mon corps a réclamé un temps mort.

Ses doigts se mettent à trembler. Elle saisit la boîte en métal qui cache ses cigarettes. L'effet lénifiant de la nicotine sur son cerveau la rassure quand elle repense au gouffre.

– J'ai été suivie par le docteur Diderot, que vous connaissez. Il m'a parlé de votre structure. J'espère y retrouver l'énergie et la joie de vivre.

Un autre silence. Clémence regarde ses mains, les triture, avec l'envie de partir à nouveau. Elle se sent si seule au milieu de ces inconnus, même gentils.

– Je m'appelle Rémy Souhait. J'aurai bientôt vingt-huit ans. J'ai été libraire. Et puis…

L'homme cherche comment poursuivre, il baisse les yeux. Il n'avait pas encore réfléchi à la façon de se présenter tout en faisant abstraction de cette brisure dans son existence.

– Et puis un accident de parcours a fait que tu as dû t'arrêter quelques années, l'aide Adrien.

– Voilà. Moi aussi j'ai envie de retrouver l'élan. Merci de m'accueillir.

– Tu as l'air sportif, constate Adrien.

– J'ai pas mal fréquenté les appareils de musculation ces dernières années.

– Tu vas pouvoir m'aider ! Finie, la fonte. Maintenant, ce seront des bottes de foin, des parpaings, des chevrons. Ça marche aussi, conclut-il en souriant.

Et à nouveau le silence. Clémence sait son tour arrivé, sa prise de parole inéluctable. Elle lutte contre l'envie de se lever et de courir le plus loin possible, pense à l'enveloppe, à son contenu, au docteur Letellier, à la bonne volonté.

– Je m'appelle Clémence. J'ai dix-huit ans. J'étais à l'hôpital. Ma maman est… Elle est… Et je sais pas faire grand-chose.

Puis elle bondit de sa chaise et se sauve vers la grange. Karine échange un regard avec Capucine. Elle n'imagine pas la laisser se battre seule contre ce mot qui la hante comme il l'a hantée il y a encore quelques mois. Mais elle hésite à prendre le risque de l'encombrer dans sa fuite. Elle-même préfère la solitude quand le malaise s'invite.

Capucine est partie chercher la salade. Elle la dépose sur la table, alors qu'Adrien et Rémy parlent des travaux à venir, des murets à construire, des récoltes à stocker. Puis elle s'éclipse pour rejoindre la grange et tenter de redonner une contenance à Clémence afin qu'ils puissent poursuivre le repas tous ensemble.

Karine ne participe pas à la discussion des garçons, se fichant un peu de la maçonnerie et de la maturité du foin. Elle s'est allumé une cigarette et s'est servi un verre de vin bien rempli pour oublier qu'elle ne s'est pas sentie capable de tendre la main à une gamine fragile. Elle se console en se souvenant qu'elle aussi est là pour se soigner. Qu'elle n'a pas encore toutes les ressources pour être forte quand il le faudrait. Que ce n'est pas son rôle d'épauler les autres. *Penses-tu, petite lâche ! Tu aurais dû y aller !* Elle monte jusqu'au perron pour jeter son mégot dans le pot, attendre qu'elles ressortent et ainsi montrer qu'elle était là. Soutien à distance, mais soutien quand même.

– Je vais loger où ? demande Rémy.

– Tu as le choix. Soit dans le bâtiment avec les filles. Il y a deux espaces distincts. Tu aurais ta chambre et ta salle de bains. Les repas du matin et du soir se prendront là-bas, entre vous. Si tu tiens à ta tranquillité, il y a aussi une cabane dans la forêt juste au-dessus de la maison. Par contre, il n'y a ni eau ni électricité. Tu peux avoir un accès direct à l'arrière de la grange pour la douche et les toilettes.

– Cette option me va bien, au moins au début. Le milieu d'où je viens rend un peu sauvage.

– Je sais. Je t'y accompagnerai tout à l'heure.

Clémence est réapparue plus tard avec la discrétion d'un lynx. Capucine l'a servie quand elle a vu la porte s'ouvrir, en adressant à Karine un petit signe discret en forme de victoire. La discussion n'a pas été interrompue quand elle s'est assise.

Un poulet rôti avec de la purée et des haricots. Une sauce au persil et à la menthe. Clémence a picoré avant de reposer sa fourchette.

– Tu finis pas ? lui demande Rémy, qui en a déjà repris.

– Non.

– Je peux ?

Clémence lui tend une assiette chancelante au bout de son bras incertain.

– T'as pas peur du Covid, toi ! constate Karine en souriant.

– Je l'ai eu, je suis vacciné, et j'ai jamais mangé un truc aussi bon.

– Direct du jardin, précise Adrien.

Rémy l'interroge sur leur façon de mener le potager. Il se souvient des livres de jardinage lus dans sa cellule. Sa découverte de la permaculture. Une façon de faire pousser de la verdure entre le ciment des cloisons. Dès sa deuxième année d'incarcération, il avait même obtenu de la directrice de l'établissement de monter un atelier jardinage avec quelques autres détenus sur une petite surface enherbée, pour y planter des légumes et des fleurs. Creuser la terre, arracher les mauvaises herbes, évacuer l'agressivité et l'anxiété, et ainsi retrouver un peu d'espoir et de confiance en eux. De quoi s'offrir également un moment de répit au milieu de la jungle. Aucune plante n'a jamais sauté à la gorge de personne.

Il est sorti de prison en laissant derrière lui les premières courgettes, en ayant vu rougir seulement deux tomates.

Ils évoquent les enjeux dramatiques du réchauffement climatique, les décisions affligeantes d'un gouvernement aveuglé par les lobbies. Capucine raconte le combat de sa petite sœur activiste, leur démarche vers la sobriété depuis qu'ils se sont installés ici.

Karine n'est pas convaincue, elle aime trop faire les magasins. Puis elle s'inquiète pour son vernis à ongles quand il est question de l'organisation quotidienne des travaux à venir.

Face au grand tableau noir, elle a saisi une craie. Cette sensation la fait frissonner. Elle aimait écrire devant ses classes les titres des chapitres, les noms importants qui ont traversé l'histoire, parfois dessiner une carte, ou noter les devoirs. Ses doigts n'ont pas oublié la douceur de la craie, sa texture. Elle la renifle discrètement en faisant semblant de se gratter la joue. Elle avait de la tendresse pour ses élèves.

Rémy la sort de ses souvenirs en lui demandant le mode d'emploi pour s'inscrire aux différents travaux. Clémence, agrippée à son carnet de notes, se lance dans quelques explications simples.

Capucine et Adrien trouvent la rencontre prometteuse. Ils se sont sauvés l'un et l'autre en se sauvant ici. Ils croient à la magie du lien, à l'alchimie humaine quand il est question de courte échelle.

Dans le chant des feuilles

L'avantage, depuis que les jeunes ont repris la maison, c'est que je m'ennuie plus du tout. Je cherche tous les jours ce qui a changé aux abords, dans le jardin, dans les champs. Je trouve toujours quelque chose. Ils ont travaillé, les gamins. Et ils travaillent encore. On n'en fait plus beaucoup des comme eux, de nos jours. Les nouvelles générations attendent que tout leur tombe dans les mains. Ici, tout tombait tout court, dans la maison, à l'extérieur.

Deux ans qu'ils travaillent comme des fous. Et qu'ils s'aiment pareil. Parfois, ils viennent me voir et on cause tous les trois sur mon bout de banc. D'autres jours, ils arrivent chacun de leur côté et ils me parlent l'un de l'autre, avec les yeux qui brillent. Ils forment un beau couple.

Alors ça me rappelle Madeleine. Moi aussi, j'avais les yeux humides quand je pensais à elle. D'abord d'amour, et ensuite de tristesse. Je souhaite que le chagrin les épargne. Ils ont déjà donné, on dirait bien.

Ils veulent pas d'enfants. Je les comprends. Je regarde les infos tous les soirs, et tous les soirs je me dis que c'est pas un monde pour faire des gosses. J'ai presque vécu la plus belle époque. Y avait pourtant la guerre. Mais d'autres valeurs. L'entraide, la vie avec les saisons, les potagers remplis.

J'étais content qu'ils redonnent de l'oxygène au noyer et qu'ils ramassent les noix à l'automne. Ils m'en ont même donné ! Décortiquées, parce que avec mon arthrose des doigts, j'arrive plus à les casser et mes petites auxiliaires de vie, elles ont beau être gentilles, elles ont pas le temps de casser des noix. Capucine me rapporte aussi des légumes frais presque toute l'année. J'ai vite compris qu'il fallait que j'emporte ma besace en cuir. Elle propose toujours de me les déposer devant la maison, mais il faut bien que je les mérite un peu, ces légumes. Ils ont pas poussé tout seuls. Je peux faire ma part.

Ils arrivent pas encore à couvrir toutes les saisons. C'est tout un art d'enchaîner les semis et de choisir les bonnes variétés qui résistent au gel. Mais ils apprennent. Et je leur donne des tuyaux. Avec la deuxième serre qu'ils sont en train de construire, ils auront des tomates plus longtemps, des salades toute l'année et des légumes du Sud. C'est qu'il fait vite frais, dans ce coin des Vosges.

Quand ils m'ont parlé de leur idée d'accueillir des gens paumés qui ont besoin d'un endroit calme pour se reconstituer, j'ai encore pensé à ma Madeleine. Elle voulait toujours aider les autres. Je suis sûr qu'elle est encore là, au chaud contre le mur de pierres, ou dans la source qui coule près de l'étang, dans le chant des feuilles et dans les fleurs des champs. Elle est là, et elle leur envoie des intentions louables. Tout ce qu'elle a pas pu faire de son vivant, elle y arrive depuis l'au-delà.

Adrien m'a dit qu'il y avait un homme, une jeune femme et une autre plus âgée. Je les ai aperçus de loin. J'ai hâte de les voir se rafistoler grâce à la maison. Il est magique, cet endroit. Je l'ai toujours su. C'est pour ça que je viens chaque jour. Pour me rafistoler. Et pour sentir la présence de Madeleine.

La seule question que je me pose, c'est pourquoi, depuis quelque temps, Capucine s'éloigne de la ferme pour s'enfoncer dans la forêt avec un gros sac sur le dos, en vérifiant si on la voit ou si on la suit. Ça lui ressemble pas de faire des cachotteries.

Jalouse des étoiles

Ils se sont peu parlé durant leur premier dîner. Ne supportant pas le silence, Karine a meublé en lançant quelques sujets. Se dire quoi, écorchés tous les trois ? Quand on ne se connaît pas. Quand on revient de là. Le bas du bas. Il fut question du nom des lieux-dits, de la beauté des paysages, du calme absolu, de la gentillesse des accueillants. Juste de quoi batailler contre les anges qui passaient.

Karine a ouvert une bouteille de vin et s'est aperçue qu'elle serait seule à la boire. Clémence vacillerait à la première gorgée. Rémy a décliné.

– Vraiment ?

– Incompatible avec mon programme de musculation.

– Ah.

Il ne se souvenait pas à quel point il était compliqué de ne pas consommer d'alcool dans la vraie vie, celle en dehors des murs gris, sans que les autres soient surpris. Karine n'a pas insisté.

Après avoir rangé les assiettes et les couverts dans le lave-vaisselle, Clémence s'est éclipsée dans sa chambre. Elle a fermé la porte derrière elle, a hésité à tourner la clé, s'est ravisée. Elle se bat contre ses peurs, gagne parfois.

Son doudou coincé dans le cou, elle ouvre l'enveloppe et en déballe le contenu, pour mieux l'apprivoiser. Elle touche chaque élément du bout des doigts, comme elle a aimé le faire avec l'arbre au milieu de la pièce, tout à l'heure, quand les deux autres avaient le dos tourné. Puis elle range le tout et referme le rabat. Elle a pris des BD, décide d'aller se brosser les dents pour ne plus avoir à ressortir de la pièce. Et pour ne pas croiser Karine dans la salle de bains. Elle la trouve gentille mais bruyante et volubile. Un peu futile aussi. Clémence porte des vêtements neutres, ne se maquille jamais, préfère ses cheveux courts. Elle trouve les décolletés arrogants et les faux ongles sans intérêt. Elle n'a jamais vraiment eu de modèle féminin. À part Mathilde Letellier, dont elle aime le chignon et le rose sur les joues, parce qu'on dirait une poupée.

Karine fume une cigarette, accoudée au balcon qui surplombe le jardin, un dernier verre de vin à la main. Le soleil a déjà disparu derrière la crête et continue d'éclairer la montagne en face. Les nuages se colorent de mauve. Adrien revient du potager avec ses outils et son chien qui se déplace avec une grande délicatesse, l'anse d'un seau rempli d'œufs dans la gueule. Des chauves-souris commencent à s'échapper de leur abri entre les lattes en bois qui couvrent la façade et s'envolent dans une trajectoire rapide et saccadée. Karine n'aime pas ces bestioles. Elle a toujours peur qu'elles s'agrippent à ses cheveux. Leur vol furtif et imprévisible l'angoisse.

– Elle ne mange pas beaucoup, la petite, constate Rémy qui vient de la rejoindre.

– Quand on a envie de disparaître…

– Pourquoi ?

– Je l'ignore. La seule chose que je sais, c'est que les angoisses sont capables de couper l'appétit.

– C'est étrange. Même quand j'ai peur, j'ai faim.

– Un gros bébé comme toi a besoin de calories. Évite quand même de finir toutes ses assiettes.

Elle n'a pas tort, pense Rémy. Déjà qu'elle mange peu, si en plus il lui prend ses restes. Il n'a cependant pas envie d'expliquer à cette inconnue pourquoi il se jette ainsi sur des plats succulents, pourquoi son corps réclame à ce point un surplus de bonne nourriture. Sur des plateaux à la propreté douteuse, les repas souvent infâmes de la prison étaient toujours insuffisants. Surtout pour « un gros bébé » comme lui. Que dire des prix exorbitants de certains produits proposés par la cantine de l'établissement, le magasin pour les détenus et la seule façon d'améliorer leur alimentation et leur quotidien, à condition d'en avoir les moyens. Heureusement, ses parents lui donnaient de l'argent. Mais il fallait ensuite ruser. En donner un peu pour qu'on vous laisse tranquille. Ne pas faire de stock sous peine de le voir disparaître quand vous aviez le dos tourné. Attendre la commande hebdomadaire, en profiter rapidement, et patienter jusqu'à la semaine suivante pour manger quelques fruits et un peu de chocolat. Il se demande encore de quelle façon son corps a réussi à fabriquer du muscle avec si peu de protéines.

– Elle fait comment pour tenir debout ? s'étonne-t-il en pensant aux rares bouchées avalées par Clémence.

– Comme beaucoup d'autres. Elle s'accroche à trois fois rien.

Rémy fume en silence. À pouvoir porter le regard à des kilomètres et sentir le vent du soir sur le haut de sa joue, il est pris d'un vertige. Une bouffée de liberté s'engouffre jusqu'au fond de ses poumons. Shoot de drogue douce.

Et ce calme.

Ce calme…

À peine un chien dans une maison voisine. Un camion qui passe sur la départementale au loin. Pas de détenus qui hurlent, pas de verrous qui grincent, de portes qui claquent. Pas de télé qui braille et tant pis pour les autres.

Pas d'autres.

– Tu fumes depuis longtemps ? l'interroge Karine.

– L'adolescence. J'aimerais arrêter mais c'est dur.

– Pareil ! Cette cochonnerie nous tue et on continue. Tu as des enfants ? l'interroge Karine.

– Non.

– Et donc, tu es libraire ?

L'embarras s'empare à nouveau de Rémy. Il écrase son mégot dans le pot en terre garni de sable posé au coin du balcon et élude la question en parlant de fatigue après cette première journée.

– Tu es sûr que tu ne veux pas dormir là ? Capucine nous a montré la cabane dans la forêt. Le confort est rudimentaire.

– Je m'en contenterai.

Si elle savait…

Puis il s'éloigne, portant sur le dos son sac et son désarroi.

La lune, à son dernier quartier, vient de se lever et distribue de faibles rayons de lumière blanche entre les troncs noirs. Il ne manque plus que quelques cailloux pour être sur les traces du Petit Poucet. Rémy suit la piste à peine dessinée sur le tapis d'aiguilles qui mène à la cabane, sous le couvert des arbres et de la nuit qui tombe.

Quand Adrien la lui a fait visiter, il s'est dit que cet espace constituerait une bonne transition entre sa cellule et une chambre normale presque trop coquette. Deux mètres cinquante sur quatre, trois petites fenêtres sans barreaux. Cachée au milieu des sapins, en retrait du chemin. Il faut savoir qu'elle est là pour la trouver, ou bien chercher des champignons.

Cette cabane un peu sombre, seulement éclairée par une lampe à gaz, est parfaite pour réapprendre à son corps, étape par étape, l'ivresse des grands espaces, la douce folie du silence. Un vieux lit-bateau où il doit plier les jambes pour se coucher, une table, une chaise, un petit coin doté d'un miroir, d'une cruche et d'une bassine en terre cuite pour se rafraîchir le visage, se brosser les dents, se rincer les mains. Un fauteuil, une table de chevet où poser un livre. Un poêle à bois pour l'hiver. Des petits rideaux fleuris aux fenêtre. *Ils devraient essayer en taule. Qui sait ? Des fleurs sur un tissu devant les barreaux, et trois points de gagnés dans les statistiques du taux de récidive.*

Il préfère remonter vers la surface en marquant des paliers de décompression. Ne pas aller trop vite, pour ne pas être étourdi par trop de liberté. Déjà tout à l'heure, à la table du dîner : cuisine excellente, regards bienveillants, brise douce. Il en avait des sueurs, comme si tout était trop beau pour être vrai. Et en fumant, sur le balcon, il s'est senti aspiré par l'horizon. S'il n'y avait pas eu la rambarde, il se serait envolé.

Il ne veut plus tomber de trop haut.

Il ne ferme pas à clé derrière lui. Que risque-t-il ? Il a côtoyé des blaireaux bien plus dangereux que ceux de la forêt pendant ces années à l'ombre.

Le tout premier palier sera de dormir sans verrou fermé de l'extérieur. Pouvoir sortir en pleine nuit si ça lui chante, aller se soulager contre un arbre sans en référer à personne.

Il fait défiler son passé, ce qu'il s'autorisera à dire pour raccrocher les wagons sans évoquer la prison. Ses études, son métier, la maison construite de ses propres mains qui lui a échappé, les yeux doux de sa femme, du moins les premières années, ses illusions perdues.

Il pleure sa vie d'avant.

Il pleure Pauline.

Un peu plus bas, sous d'autres rayons de la même lune, Clémence aussi pleure dans son lit. Bousculée par la nouveauté, aspirée par sa propre vacuité, chahutée par un avenir trop pressé de la jeter dans la grande ronde des adultes.

Karine a éteint sa tablette sur laquelle elle visionnait une émission, elle est revenue du Pays basque où il fait bon manger, chanter, jouer. Elle a collé son oreille à la porte et entendu les soubresauts de Clémence. Elle hésite. De quoi a besoin cette petite musaraigne perdue ? Tranquillité ou réconfort ? Son instinct de mère répond en premier : *Va la câliner*. Elle ouvre la porte et passe la tête, puis les épaules, puis le corps tout entier, sur la pointe des pieds.

À genoux au pied du lit, elle pose sa main sur l'os saillant de son épaule. Puis elle attend. Longtemps.

– Tu me dis pourquoi ? essaie-t-elle finalement.

– Il y a assez de problèmes sur terre pour ne pas rajouter les miens.

– Alors viens, il faut que je te montre quelque chose.

Karine saisit la main de Clémence et l'attire sur le balcon. Frêle, la jeune femme frissonne, à peine couverte d'un débardeur dans la fraîcheur du soir. Son aînée l'entoure de ses bras et lui soulève le menton. Clémence n'aime pas être touchée. Elle se laisse pourtant faire.

– Regarde là-haut, toutes les étoiles. Quand j'étais petite, mon père me disait qu'elles étaient là pour absorber nos soucis. Il y en a des milliards dans l'univers, alors on a le droit d'avoir chacun la nôtre pour veiller sur nous et aspirer nos peines. Il suffit de choisir la tienne et de lui faire confiance.

– Je n'en connais aucune.

– On ne voit que les plus brillantes à cause du morceau de lune qui vient de se lever, mais on aperçoit Véga. Regarde !

Karine lui explique ensuite qu'il s'agit de la cinquième étoile la plus brillante du ciel, et qu'il suffit de repérer la Petite Ourse et la Grande Ourse pour la trouver dans la constellation de la Lyre, par une petite opération de géométrie dans l'espace.

Clémence trace une ligne fictive entre l'étoile Polaire au bout de la Petite Ourse et Alkaïd au bout de la Grande, puis part à 90 degrés à l'opposé et découvre l'intense luminosité de Véga.

Elle aime instantanément cette étoile et trouve soudain Karine beaucoup moins futile.

– Et si elle est déjà prise par quelqu'un d'autre ? s'inquiète Clémence.

– Je suis sûre qu'elle a passé son tour pour t'attendre. Et qu'elle brille plus que les autres pour que tu la retrouves facilement.

– Et toi ? Comment tu as appris ?

Karine lui raconte ce collègue dont elle était amoureuse, professeur de physique, passionné d'astronomie. Les nuits étoilées passées avec lui sur une couverture au milieu des champs et durant lesquelles il ne s'était jamais rien passé.

– Il n'avait d'yeux que pour elles. J'étais jalouse des étoiles. Je me suis fait une raison et j'ai gardé quelques repères dans le ciel. Allez, je file me coucher. Nous avons du travail demain.

Quelques minutes plus tard, Clémence cherchera une couverture dans laquelle elle s'enroulera pour parler encore un peu à Véga, puis elle se couchera en serrant contre elle la boîte qu'elle a sortie de l'enveloppe, avec le fol espoir que quelques couleurs se tatouent sur son cœur pendant la nuit.

C'est un autre tatouage dont il sera question en fréquentant cet endroit.

Elle ne le sait pas encore mais son cœur y croit déjà.

Tenir grâce à un regard

Il n'avait jamais mesuré à quel point le concert des oiseaux à cinq heures du matin pouvait être puissant, en décibels et en ressourcement, comme si rien n'avait de prise sur eux. Les hommes peuvent bien s'entretuer, les oiseaux continuent à chanter. En prison, les oiseaux peuvent bien chanter, les hommes continuent à s'entretuer.

Une bête grognait à l'extérieur quand il a ouvert les yeux. Il s'est redressé et a cherché à distinguer une forme dans le sous-bois. À quelques mètres de là, un jeune sanglier, le groin enfoui sous les feuilles mortes, retournait la terre à la recherche de nourriture. Rémy s'est recouché, à deux doigts d'envier l'animal sauvage. À part les chasseurs, qui pour lui chercher des histoires ? Aucun patron pour lui mettre la pression dès le matin, pas de femme exigeante pour lui reprocher de ne jamais en faire assez.

Il regarde le plafond en bois. Chaque petit nœud dessine des formes. Ici, deux personnages tiennent une raquette. On aperçoit Sid dans *L'Âge de glace*. Là, un visage souriant. Cette cabane raconte des histoires. Rémy sent que la sienne recommence aujourd'hui. Il aurait presque envie de graver un cœur dans une des planches avec une inscription : *Ici est né Rémy Souhait. Au milieu des oiseaux et des sangliers. Le bébé de quatre-vingt-huit kilos se porte bien.*

A-t-on le droit de renaître à soi-même ? de passer l'éponge et de jeter aux rapaces les miettes de son passé triste ? de faire comme si on apparaissait au monde, vierge de tout, pour se laisser une deuxième chance.

Rémy sait qu'il portera son histoire jusqu'à sa mort. Peut-être même après. Les anciens taulards intriguent. On se demande toujours ce qu'ils ont bien pu faire pour mériter plusieurs années de prison. Malversations, braquage ? On imagine même le pire.

Allongé dans le lit étroit de cette cabane sommaire, il a plutôt envie qu'on retienne de lui ses bons côtés, ses qualités. Être accepté, pardonné, et, dans un rêve un peu fou, aimé. Qu'on lui accorde de l'indulgence.

Rémy ne se sent pas l'âme d'un salaud. On lui dit depuis tout petit qu'il est quelqu'un de bien. Un peu impulsif, mais le cœur sur la main. Et le besoin de protéger ceux qu'il aime sans pouvoir supporter qu'on leur fasse du mal. Qui pourrait le lui reprocher ?

Dès le collège, il a senti les injustices autour de lui se planter dans sa peau comme des lames de couteau. À force de douleurs vives, il s'est fabriqué une carapace, et un jour, parce qu'une pointe un peu plus forte que les autres l'a transpercée, elle a explosé.

Tous les éloges que ses parents ont reçus lors de son enfance exemplaire ont été dissous dans la crasse de la prison. Et Rémy n'était même pas là pour les réconforter. Lui qui croyait, petit, qu'on n'enfermait que les méchants.

Dans la cour, en primaire, il faisait une tête de plus que

les autres et les filles lui tournaient autour. Pas pour ses beaux yeux, mais parce qu'elles se sentaient en sécurité près de lui. Il lui paraissait normal de les défendre. Il avait été bien élevé, avec le respect inscrit en lui comme une évidence. Aujourd'hui, il y pose des mots, mais à six ans, le respect est instinctif. Il n'a jamais eu de plaisir à tirer la queue de cheval d'une de ses camarades ou à voler des billes ou des cartes de jeu.

Un jour, son père, professeur de français dans le collège où il était inscrit, avait reçu la visite d'une mère d'élève qui l'avait remercié d'avoir si bien élevé son fils. Il était tellement heureux d'en parler le soir, à table. Rémy était seulement allé voir une élève de cinquième, la veille, dans le bus, en lui tendant son pull, pour lui suggérer de le nouer autour de sa taille et de rentrer chez elle. Il savait d'avance qu'avec cette tache de sang sur son pantalon, on allait se moquer d'elle. Ne rien faire pour elle lui semblait inconcevable. Encore plus participer aux railleries. La mère de l'adolescente avait rendu ce pull à son père en lui disant qu'il pouvait être fier de son fils.

Même en venant le voir en prison, son père est resté fier de Rémy. Et Rémy a tenu grâce au souvenir de ces regards. Celui de ses parents. Celui de son meilleur ami. Celui de Pauline. Celui de cette fille dans le bus.

Il veut redevenir ce jeune homme. Oublier le gouffre dans lequel il s'est enfoncé.

Il se lève et s'accroche à l'une des poutres de la charpente apparente pour tester sa solidité, vérifier s'il peut y accrocher une corde.

Quelques secondes d'éternité

À l'aube du premier jour en compagnie de cette nouvelle communauté, Adrien déambule dans la hêtraie avec son chien. Il aime ce moment où le soleil n'a pas encore dépassé la montagne. Où les nuages se colorent de rouge pour l'annoncer. Où les bancs de brume dans les coins froids des champs s'attardent à l'abri du vent avant de se dissiper. Où chante l'écho du premier train qui progresse dans la vallée en contrebas. Où il se sent plus proche des arbres que des humains. Il aime l'odeur d'humus des matins de printemps, le chant du pic épeiche dans la canopée, ses pas dans les feuilles de l'automne précédent. Des branches mortes craquent. La matière organique se décompose pour redonner du vivant. La nature a cette intelligence. Son fidèle compagnon déambule, la truffe collée au sol. En arrivant ici deux ans plus tôt, l'animal s'est découvert une passion pour le bois. Il déplace des quantités phénoménales de branchages au fil des balades, parfois présomptueux de la force de sa nuque pour en soulever certains.

Bloom marque soudain l'arrêt en direction de la cabane. La porte vient de se refermer et le jeune homme marche dans leur direction. Il espère que les cris qu'il a poussés pour affronter la douleur n'étaient pas audibles. Il installe un sourire sur son visage et frotte avec vigueur ses cheveux qui commencent à repousser. Il avait opté pour le crâne rasé, plus simple en prison. Plus dissuasif aussi. Il paraît qu'il a une gueule d'ange avec ses cheveux châtains bouclés et fins. La repousse est aléatoire. Qu'importe. Il a besoin de liberté, même capillaire.

– Bien dormi ?

– Je crois. Souvent réveillé, mais le temps de me souvenir où j'étais et je replongeais.

– Tant mieux ! Je pense qu'elles dorment encore, mais tu peux aller te faire un café en attendant. Ou petit-déjeuner si tu as faim. Sens-toi libre.

Cette petite phrase anodine le bouleverse. Il ne l'est pas complètement aux yeux de la justice. Mais dans son corps, dans sa tête, au milieu des arbres et des premiers rayons qui commencent à dorer les champs, se sentir libre d'aller boire un café ou de rester dans la forêt est déjà une victoire immense. Il pense à Mme Metzger qui lui a permis de décrocher cette place en conditionnelle. Il ne la remerciera jamais assez. Même si cela ne devait durer qu'un seul jour, personne ne pourra lui reprendre ce qu'il ressent à cet instant précis. Le goût précieux de l'air qu'il respire, l'affection de ce chien qui cherche les caresses, et l'horizon à perte de vue. Celui de la prison était à perte de vie.

– Tu sais pourquoi j'étais en taule ?

– Non.

– Personne ne me l'a demandé depuis que je suis là.

– C'est important ?

Les deux hommes regardent dans la même direction, vers les sommets vosgiens. Ils respirent, immobiles. Seul le chien déambule à la recherche des traces de lièvre ou de chevreuil.

Le soleil dépasse enfin la montagne, se pose sur leurs joues. Et la chaleur soudaine de ce premier rayon donne envie à Rémy de n'accorder aucune importance à son passé, puisque cette lumière du matin le rappelle au présent.

– Tu ne sais pas non plus ce que j'ai vécu. On va travailler ensemble. On construira des choses, c'est un bon début. Si un jour tu veux m'en parler, tu pourras. Je n'ai pas besoin de le savoir pour faire les foins avec toi ou construire le muret au fond du jardin. Allez, viens ! Je commence à avoir faim ! Et les animaux aussi. Tout à l'heure on changera le parc des chevaux. Tous ensemble, nous irons plus vite.

En attendant, Adrien lui montre comment nourrir les poules. Le mélange de graines, l'eau dans les bassines, le verrou à tourner pour qu'elles aillent gambader dans l'enclos qui leur est réservé. Elles sont toutes derrière le grillage à caqueter d'impatience. Quand Rémy leur ouvre la porte, elles filent dans toutes les directions. Leur offrir ce geste de liberté ajoute à son plaisir d'avoir retrouvé la sienne. Il aime déjà cette existence simple alors qu'il n'en a encore rien vu, alors qu'Adrien le prévient qu'ils ne vont pas chômer. S'il savait à quel point Rémy a envie de se retrousser les manches. Il pourrait travailler quinze heures par jour, à s'en faire mal au dos, aux mains, aux pieds, du moment qu'il peut s'arrêter quand il veut pour lever le nez et regarder un instant les nuages passer.

Avant de rejoindre Capucine pour le petit déjeuner, Adrien a donné rendez-vous à Rémy à neuf heures pour préparer le matériel des clôtures. On lui a conseillé de fixer à l'homme un cadre, des horaires, des objectifs.

Le silence règne dans la grange rénovée. Elles dorment encore à l'étage. Rémy allume la cafetière, ouvre les placards, dépose tout ce qu'il peut sur le bar haut qui jouxte la cuisine.

Il pense à cette étrange situation dans laquelle il se trouve. Sortir de prison et partager le quotidien de deux inconnues qui ignorent ce dont il est coupable. Il s'est fait couler un double serré, le boit en regardant par la fenêtre la route des crêtes au loin. Un jour il pourra s'y promener. Enchaîner les circuits pédestres, découvrir les lacs, les chaumes, les sommets, les fermes-auberges. En altitude, le sentiment de liberté est prononcé, le vent s'intensifie, l'horizon s'étire. On se sent plus puissant. Trop haut pour être atteint par la misère de certains cœurs humains qui tremblent au lieu de battre.

– Alors, cette première nuit ? lui lance Karine qui descend l'escalier en chemise de nuit.

– Clémence dort encore ?

– Je crois qu'elle a du sommeil à rattraper.

– Pas seulement du sommeil.

– Elle fait ce qu'elle peut.

Karine grimpe sur un tabouret haut avant de s'étirer longuement. Les mains autour de la tasse brûlante que l'homme vient de lui tendre, elle trempe ses lèvres dans le café. Elle aussi fait ce qu'elle peut. Elle pense à sa longue descente aux enfers, l'impossibilité de réagir, de se battre, le vide et le froid qui s'installent dans sa chair, le corps qui finit par parler pour elle. Puis la lente reconstruction pour comprendre où les ordures s'immiscent pour piéger les femmes fragiles, dans quelles failles ces types accrochent leur grappin, dans quels creux ils versent l'acide de leur prétendue supériorité. Elle observe du coin de l'œil ce jeune homme en face d'elle, qui croque dans son pain avec l'arrogance de celui qui a faim. Elle se demande qui il est, d'où il vient, comment il la perçoit.

Le parquet a grincé à l'étage. Clémence apparaît quelques instants plus tard dans un pyjama ample. Le visage chiffonné, les paupières gonflées de larmes ravalées, elle évite leur regard et vient s'asseoir devant un bol vide.

– Tu prends quoi le matin ? lui demande Rémy.

– De l'eau chaude.

– Avec une tisane ? du thé ?

– Non

– Et tu manges quoi ?

– Je sais pas encore.

Karine lui propose les céréales qu'elle a achetées la veille. Elle décline. Du fromage ? Du jambon ? Du pain frais qu'Adrien a déposé dans le sac de l'entrée ? Elle opte pour un œuf dur. Elle n'a jamais goûté ceux d'une ferme. Rémy en fait rouler un dans sa direction. Clémence le saisit et le cogne doucement sur le bois de la table pour briser la coquille. L'homme regarde les doigts frêles en se demandant si l'un d'eux va casser avant l'œuf. Il approche sa main chaude et charnue, enveloppe celle de la jeune fille, glaciale et anguleuse, puis l'accompagne, en dosant son effort. La coquille finit par céder et Clémence lui sourit.

Il a avalé deux tartines généreusement beurrées quand elle achève d'écaler son œuf. Chaque geste est lent et appliqué. Comme si elle avait réfléchi au moindre mouvement pour qu'il soit le plus économe en énergie. Elle le coupe en deux. Il est encore un peu coulant en son centre.

– Je n'ai jamais vu un jaune aussi orange ! s'exclame Karine. Ça donne envie d'y tremper un pinceau. On dirait de la gouache.

Clémence sourit à nouveau. Deux fois en l'espace de quelques minutes. Les deux autres se regardent, satisfaits. Ils le seront encore plus si elle se décide à le manger.

Elle ne picore que la moitié d'une moitié. Cela aurait été tout pour ce matin, si Rémy n'avait pas brandi une cuillère pleine de miel en lui suggérant d'y goûter, puisqu'il est produit dans le bâtiment d'à côté. Il la lui tend en la tournant sur elle-même et la presse : « Dépêche-toi de la mettre en bouche avant que tout ne coule sur la table. » Karine trouve la ruse touchante. Le regard du jeune homme sur Clémence ne trompe pas : il a décidé de prendre soin d'elle. Karine aimerait aussi attirer l'attention, générer de l'empathie, qu'on la considère, qu'on la dorlote. Elle se dit qu'elle ne paraît peut-être pas assez fragile, ou qu'elle est trop âgée pour qu'un jeune homme lui accorde de l'intérêt. De toute façon la place est prise. Le coup de foudre est tombé sur l'arbre d'à côté.

– C'est pas le tout mais on compte sur nous pour travailler, rappelle Rémy. Je vais préparer le matériel avec Adrien. On vous attend dehors.

– Je dois venir ? demande Clémence.

Rémy ne lui laisse pas le choix.

Les deux hommes sont déjà au bout du champ quand Karine et Clémence les rejoignent en slalomant entre les crottins. Rémy sourit. Karine porte un T-shirt moulant et décolleté, elle s'est maquillée. Elle a quand même enfilé des baskets. À paillettes.

Adrien dirige les opérations. La brouette est pleine de piquets, il faut les disposer tous les cinq mètres environ.

– Comment on sait qu'il y a cinq mètres ? demande Clémence.

– Tu fais cinq grands pas.

– Je mesure 1,55 mètre. Mes pas ne font pas un mètre, constate Karine.

– Fais-en six, lui suggère Rémy.

Clémence a trouvé un mètre déroulant dans la brouette et s'est isolée pour mesurer son pas. Adrien a beau lui assurer qu'il n'est pas nécessaire d'être aussi précis, elle n'en démord pas.

Rémy a saisi la masse et propose à Karine de tenir le piquet pendant qu'il frappera pour l'enfoncer.

– Et si tu tapes à côté ?

– Je te brise le poignet. Tu ne me fais pas confiance ? répond-il, à mi-chemin entre la plaisanterie et l'agacement.

– Comment te dire…

Clémence s'approche en silence, saisit le poteau. Rémy hésite. Puis il se met à frapper de toutes ses forces en tenant le manche suffisamment près de la masse pour limiter le risque d'accident. À chaque coup porté, il voit vibrer le corps de la petite. Elle ne tient pas le piquet, elle s'y accroche. Concentrée et investie dans sa mission, elle se sent utile.

Rémy commence à ruisseler. Il y a dans ses coups toute la rage accumulée entre les quatre murs d'une prison sale.

Toute sa rage contre ce qui l'y a conduit. Il y a dans ses coups l'envie de construire, de créer, d'œuvrer. Il finit par enlever son T-shirt qui colle à sa peau et le gêne dans ses mouvements. Adrien le devine persévérant et déterminé, sinon il ne serait pas si musclé. Il faut une volonté sans faille pour se tailler un tel corps en soulevant de la fonte. Ici, les travaux font office de salle de sport. Béton à couler, crépi à appliquer, tas de terre à déplacer, murets à monter, plafonds à peindre, arbres à tailler. Un peu de sport avec Capucine, vélo, randonnée, course à pied, et puis l'amour, souvent, longtemps.

Adrien se demande depuis combien de temps Rémy n'a pas ressenti cette brûlante fusion de la chair avec celle de la personne qu'on aime, les ondes qui s'alignent, l'arc électrique qui parcourt le corps tout entier pendant quelques secondes d'éternité, le cerveau qui flotte dans les endorphines et ne veut plus en sortir.

Depuis combien de temps n'a-t-il pas aimé…

Karine s'est assise dans le pré. Elle admire le corps musclé en pleine activité. Elle veut croire qu'il reste des hommes bons, des costauds tendres, des drôles, dans les bras desquels elle pourrait s'abandonner. Elle se console en se persuadant de les préférer plus expérimentés, mais elle admire quand même et finit par s'en aller pour aider Capucine au potager.

Entre deux coups de masse, Rémy observe Clémence. Quelque chose s'installe dans son regard qui ressemble à du désœuvrement.

– Tu veux rejoindre Karine ?

Clémence ne répond pas. Elle lâche le poteau et s'éloigne sans un mot. Ses jambes ne sont pas plus épaisses que les avant-bras de Rémy. La surface irrégulière du champ la secoue lorsqu'elle marche et sa silhouette bouge à la façon d'un pantin désarticulé. Parfois, elle dévie légèrement comme si un souffle de vent ou un papillon l'avait bousculée.

Adrien s'est également mis torse nu. Sa peau mate ne craint pas le soleil, à part cette énorme cicatrice que Capucine a pris soin de couvrir d'écran total un peu plus tôt.

– Blessure de guerre ? essaie Rémy.

– Dans le vrai sens du terme.

Tout en installant les isolateurs sur les piquets, il commence à lui parler du Mali. La mission, les djihadistes, les patrouilles, la peur au ventre, qui finit par s'installer au quotidien. Il s'arrête pour boire quelques gorgées d'eau, s'assoit dans l'herbe et raconte le crash de l'hélico, ses jambes qui ne répondent plus, cette douleur au flanc. L'odeur de la chair grillée. La rocambolesque évacuation.

– Comment as-tu réussi à te tenir à un train d'atterrissage en plein vol alors que tu venais de te crasher ? s'étonne Rémy, admiratif.

– L'adrénaline. La soif de vivre, répond Adrien. Ma mère ! ajoute-t-il en souriant.

Il évoque ensuite le rapatriement, sa peau sauvée de justesse, ce morceau-là et le reste du corps. Le choc post-traumatique et la longue remontée pour accueillir les cauchemars qui ne le quitteront jamais. Les copains qui sont repartis, pas lui. La honte au début, et puis la phrase de Tchekhov que sa psy lui a soufflée.

Rémy la tourne dans sa tête.

– Comment savoir qu'on est juste…

– C'est une sensation au fond de soi. Tu es en harmonie ou tu ne l'es pas. À condition de savoir t'écouter.

– Quand mon patron me mettait la pression et que j'allais au boulot avec une boule dans l'estomac, je n'étais pas juste avec moi alors…

– Non.

– Et quand ma femme me reprochait des tas de choses alors que je faisais déjà tout pour elle, elle n'était pas juste avec moi.

– C'est toi, en l'acceptant, qui n'étais pas juste avec toi-même, non ?

Rémy pense aussi à Pauline. À ce qu'il n'aurait jamais dû admettre. À ce qu'il aurait dû faire plus tôt.

Adrien lui explique qu'il n'est pas trop tard. Cette phrase fonctionne dès qu'on en applique le principe.

– Pour toi aussi ?

– Quand j'ai croisé Capucine sur le quai d'une gare, il était juste que je m'arrête, que je laisse Bloom la renifler pour la réconforter. Et la suite est là, sous tes yeux.

– Vous semblez si amoureux.

– Nous le sommes. Quand la vie te balance des évidences, il ne faut pas résister. Et vous ? Vous n'étiez pas amoureux ?

Rémy réfléchit longuement. La question est difficile. Il s'apprête à répondre quand il aperçoit Capucine qui s'approche d'eux avec des casquettes et des recharges d'eau. Adrien s'interrompt, lui promet qu'ils en reparleront s'il le souhaite, se lève et va à sa rencontre.

– On allait rentrer. Il nous manque du fil et des isolateurs.

– Moi je retourne au jardin.

Adrien la regarde s'éloigner, amoureux et motivé. L'objectif partagé d'autonomie alimentaire participe à l'équilibre de leur couple et il se réjouit de la savoir aussi volontaire.

Un domaine en permaculture met des années à se construire. Un écosystème vivant s'apprivoise doucement. L'année prochaine, ils aménageront des structures grillagées pour faire grimper les tomates et les courges à la verticale, dont le feuillage permettra d'offrir de l'ombre à des légumes trop sensibles aux rayons brûlants. Ils pailleront encore plus épais pour garder l'humidité des sols, puisque les sécheresses vont s'accentuer. Ils s'adapteront, résilients comme les plantes, y passeront du temps. Adrien savoure tellement les bienfaits du jardin.

– Je suis sûr qu'il aura un effet sur Clémence et Karine, confie-t-il à Rémy.

– Il faudra qu'elle fasse des concessions avec sa manucure.

– Ici, l'essentiel gagne sur le futile.

– Clémence trouvera peut-être l'envie de manger.

– Elle ne résistera pas aux fraises chaudes et aux petits pois sucrés.

Les deux chevaux piaffent d'impatience de l'autre côté de la clôture pendant qu'on finalise leur nouveau parc.

Enfin, Rémy leur ouvre le fil et les regarde, satisfait, se jeter sur l'herbe grasse.

Quelques minutes plus tard, Adrien repart avec les outils. Il laisse Rémy derrière lui, qui caresse une des deux juments pendant qu'elle broute. Il aime sentir sous sa main le flanc de l'animal chauffé par le soleil, les tressaillements de la peau pour chasser les mouches, la queue qui balaie l'espace pour les dissuader de revenir. Impassible et sereine, Stevia n'attend rien de lui, accepte ses caresses sans interrompre son quotidien.

Elle est simplement là. Six cents kilos de tranquillité.

Rémy en a les larmes aux yeux.

Code de la route du cœur

Elle a toujours aimé les hommes.

Ou peut-être a-t-elle toujours aimé qu'ils l'aiment.

Au lycée, elle était la rigolote qui mettait l'ambiance, avec qui les garçons voulaient sortir. Karine n'était pas une fille facile ; elle n'était pas difficile non plus. Son corps pulpeux affolait les pubertés. La période était simple, elle avait l'impression de choisir au rythme de ses envies.

Aimer être aimé est un besoin à double tranchant. On finit par chercher l'amour pour de mauvaises raisons. Elle s'est tailladé le cœur.

Son premier mari n'était pas mauvais. Simplement pas le bon. Il est parti pour une femme plus calme. Karine n'était pas malheureuse avec lui. Surtout, elle n'était pas seule. Karine hait la solitude, la froideur du lit le soir, le grand vide du matin quand l'alarme sonne et qu'elle ne réveille que vous. On prend un chien ou un chat, parfois un doudou. Mais ils n'ont pas les bras rassurants d'un homme bienveillant. Son psy lui a expliqué qu'elle a tellement aimé son père et qu'il le lui a tellement mal rendu, qu'elle passe sa vie à le chercher. Et à prouver qu'elle est « aimable ».

Cette obsession a fini par la perdre. Elle est plusieurs

fois tombée dans le piège de ces hommes vautours qui vous font croire que vous n'êtes rien sans eux. Le docteur Diderot l'aide à réaliser qu'elle est quelqu'un à elle toute seule. Qu'elle a de la valeur et des valeurs. Il lui apprend à différencier les bras oppressants ou protecteurs. La nuance est parfois tellement subtile à déchiffrer par un corps qui crie famine, insatiable de tendresse.

Karine apprend, comprend, accepte l'idée de se tromper encore. Plus dans les mêmes excès. À écouter les signaux d'alerte, même s'ils résonnent de façon lointaine. Ne pas se voiler la face sous prétexte qu'on a besoin d'amour. Il est toujours facile, après coup, de rembobiner l'histoire et de se dire « j'aurais dû ceci, j'aurais pu cela », de réaliser que les clignotants s'étaient allumés mais qu'on ne voulait surtout pas les voir, de peur d'être seule.

Le docteur lui a fait repasser son code de la route version cœur. Ne passer qu'au vert, ne pas accélérer à l'orange, s'arrêter au rouge. Rebrousser chemin dans les impasses. Regarder dans les rétros avant de bifurquer sur une nouvelle route. Il l'a aidée à se réparer après le crash. Depuis, elle roule doucement.

Karine aime pourtant la vitesse. Sa fureur de vivre à elle. Il lui parle d'une énergie intéressante contre laquelle il ne faut pas lutter, lui suggère d'au moins boucler sa ceinture de sécurité pour limiter les dégâts en cas de collision.

L'harmonie entre Capucine et Adrien fait rêver Karine. *Quel est leur secret ?* Bien sûr, elle ignore leur quotidien. Se disputent-ils, ne se parlent-ils pas certains soirs ? Personne ne sait ce qui se joue derrière les portes fermées des chambres à coucher. Reste que ce qu'ils offrent à voir est simple et beau.

Comme le regard de Rémy sur Clémence. Cette impression qu'il lâcherait tout pour la ramasser si elle trébuchait. Karine imagine qu'il l'a sûrement trouvée attachante au premier regard, qu'il a éprouvé d'emblée cet élan de tendresse qu'elle a elle-même eu pour la petite dans le taxi. Elle imagine qu'il est le genre d'homme à sauver les oiseaux qui se cognent à la vitre.

Une semaine qu'ils sont là et Karine se demande si elle a fait le bon choix.

Promesse de survie

Une routine s'est presque installée. Chacun a pris ses marques, ses habitudes, ses réflexes.

Aucun magasin dans le périmètre autorisé à Rémy tant l'endroit est perdu. Pour ne pas avoir à justifier cette interdiction de circuler dont dépend son maintien en conditionnelle, il a inventé une absence de permis en brodant sur le fait qu'il a toujours habité en ville ou à proximité, qu'il fait beaucoup de vélo, qu'il se débrouille ainsi. Il s'imagine un quotidien sans voiture, lui qui aime tant les destinations lointaines et les routes désertes la nuit. Lui qui a souvent pris des risques, et ce jusqu'au jour J. Le dernier avant de tout rendre : son véhicule, ses clés, son permis, sa liberté.

Clémence se porte mieux loin de l'agitation des villes, elle n'aime pas les supermarchés, les rayons où l'on se croise en se frôlant. Elle se porte mieux loin des gens. Aux Censes perdues, elle savoure la rareté des interactions sociales. Toujours privée de racines, elle commence à construire quelques repères avec ses nouveaux tuteurs. Tout paraît simple avec Adrien, Capucine est douce. Elle reste réservée avec Karine, qui n'a pas encore trouvé la bonne longueur d'onde pour capter ses ultrasons. Ce que Rémy semble réussir. Comme s'il devinait ce dont elle a besoin. Comme s'il comprenait ce qu'elle ressent. Comme s'il était une seconde peau sur sa silhouette fragile. Elle pourrait vivre cela comme une intrusion, la présence d'un parasite. Elle l'accueille comme une armure, en est émue. Un bouclier musclé, tatoué, protecteur, qui lui manque cruellement depuis qu'elle est enfant. Et puis, il dégage une part de mystère qui donne envie d'en savoir plus. Un cliffhanger à la fin d'un chapitre. Pour la première fois, Clémence aimerait en apprendre davantage sur quelqu'un. Ce jeune homme est un livre qui s'est ouvert sous ses yeux, et elle n'a pas envie de le refermer.

Karine a proposé de s'occuper des courses. Elle a besoin de ces shoots de civilisation, de rayons pleins, de trois pour le prix de deux. L'opulence la rassure. Même s'ils ne sont pas de marque, elle trouve toujours un T-shirt ou un foulard à glisser dans son caddie pour étoffer sa garde-robe et se changer les idées. Au diable la décroissance, elle fait marcher le commerce mondial. Chacun dispose d'un budget, ils décident ensemble des achats nécessaires à la communauté et elle déduit ensuite ses écarts sur le ticket de caisse. Elle se débrouille toujours pour ranger seule les courses.

La veille au soir, ils ont partagé une boisson chaude autour d'un feu allumé au milieu du jardin, entre de grosses pierres disposées en cercle. La nuit sans lune les enveloppait de sa couverture épaisse et sombre. Aucun éclairage public dans ces hameaux perdus. Clémence s'était assise à côté de Rémy, Karine bavardait pour combler le vide de l'obscurité, couvrir les sons qui auraient pu l'inquiéter. Par moments, le silence des hommes laissait le bois libre de crépiter, les grenouilles de chanter, les houppiers des grands arbres sombres de frémir.

Un cri puissant a déchiré l'obscurité. Clémence a tremblé sans le montrer, Karine a sursauté en demandant de quel animal il s'agissait, s'il était loin, dangereux, affamé. Les trois autres ont souri. « Sûrement un blaireau, il a bien plus peur de toi que toi de lui. » Alors qu'on l'avait entendu à plusieurs centaines de mètres, Karine se retournait régulièrement pour scruter le noir profond du champ derrière eux, à la recherche de deux étincelles.

Adrien a expliqué qu'on était plus en sécurité la nuit au milieu de la forêt qu'en ville. Karine n'a pas voulu le croire. Puis il a observé Capucine du coin de l'œil, assise à ses côtés, le regard perdu dans les flammes, le sourire un peu triste, comme si elle tentait de participer tout en étant ailleurs. Il lui a pris la main, a chuchoté : « Quelque chose ne va pas ? » Elle est revenue à la réalité en lui souriant plus généreusement, a esquivé la question en proposant d'aller faire une balade en forêt lors de la prochaine lune. Ils se sont amusés des virulentes protestations de Karine. Puis Adrien a enchaîné :

– Nous partons pour trois journées intenses. Elles s'annoncent radieuses du côté du ciel, et odieuses pour vos muscles et la paume de vos mains. Vous allez découvrir certaines parties de votre corps que vous ignoriez, sauf Rémy, je pense, et vous me détesterez un moment. Mais c'est pour la bonne cause. Les chèvres arriveront bientôt, il nous faut du foin pour l'hiver. Vous me pardonnerez quand nous dégusterons nos bons fromages. Et faire les foins vaut toutes les salles de sport. Abonnement gratuit !

Karine et Clémence se sont regardées, inquiètes.

– Adrien exagère ! a temporisé Capucine. La période des foins est aussi un moment de partage agréable. Paule et Jeannot, nos voisins, viendront aider en cas de nécessité. Une occasion pour vous de croiser d'autres visages.

Dès leur arrivée dans la maison deux ans plus tôt, ils ont pu bénéficier de la solidarité du voisinage. Tous les villages alentour sont éclatés en dizaines de hameaux disséminés entre les langues de forêt qui s'avancent dans les champs. De vieilles bâtisses aujourd'hui rénovées, érigées alors que les hivers étaient rudes, les conditions de vie difficiles. L'entraide est une valeur qui s'est construite en même temps que les murs. Paule et Jeannot ont été particulièrement présents, attentifs, généreux.

Le matin de ce premier jour de foins est radieux, Adrien et Rémy prennent leur petit déjeuner aux aurores, sur la terrasse. La rosée s'évapore avec les premiers rayons, en même temps que le café fume dans les tasses. Un repas silencieux fait de fromage et d'œufs. Une énorme tranche de pain complet, une poignée de camerises et les premières amélanches. De l'énergie pour nourrir les forces qui vont se déployer.

Il faut partir le plus tôt possible. La barre de coupe a été préparée la veille, à l'arrière du tracteur, pour commencer les premières parcelles sans perdre de temps. Adrien guettait la météo agricole depuis une semaine. Tous les paysans du coin vont faucher. Trois journées parfaites s'annoncent, brûlantes et venteuses. Ils pourront déjà faner une première fois en début d'après-midi. Six hectares à couper en une matinée, il ne faudra pas chômer. Rémy a posé mille questions la veille, autour du feu. Il souhaite apprendre à piloter le tracteur, à gérer les machines, le bras de force, le releveur, la fourche avant. Il a envie de cambouis sur les mains, de moteur qui tourne et de vérins qui coulissent. Adrien commencera à piloter en lui expliquant les commandes. S'ils n'ont pas pris de retard, il lui laissera la main dans le dernier champ. Rémy intègre les informations, il comprend rapidement les consignes. Une aubaine.

Les trois femmes se sont retrouvées autour de leur petit déjeuner. Clémence peine encore à avaler la moindre bouchée avant midi. Karine la taquine chaque matin : « Tu picores comme un poussin ! » Une noisette par-ci, deux cuillers à café de yaourt par-là. Capucine se surpasse pourtant avec des viennoiseries toutes plus appétissantes les unes que les autres. Brioche, chinois, cake au citron, au chocolat. Clémence ne prélève que les miettes sur le bord du plat. Parfois, elle accepte un lait chaud avec un peu de cacao. Elle touille doucement dans la tasse brûlante puis observe le tourbillon d'insouciance que forment ses souvenirs d'enfance.

Tout le monde essaie de la motiver. Presque trop. On l'a déjà assez embêtée à l'hôpital ! Qu'on lui fiche la paix avec la nourriture, du moment qu'elle trouve la force de faire face au quotidien ! Rémy se demande d'où elle tire son énergie. Lui a besoin d'une collation le matin et d'un goûter l'après-midi pour ne pas tourner de l'œil entre les repas ou disparaître en lui-même, emporté par une tornade de vide au creux de son ventre. Depuis sa sortie, il dévore. La liberté donne faim.

Clémence tient. Elle se lève le matin, bêche, nourrit,

balaie, sarcle, cueille, frotte. Sans défaillir. Ces tâches quotidiennes sont devenues un repère, une façon de structurer ses journées, de se sentir exister. Le rêve un peu fou du docteur Letellier se dessine peu à peu. La bonne volonté œuvre.

L'appétit de Clémence, tel un petit animal, se réveille par moments, après des années d'hibernation, et gigote dans son estomac, comme s'il creusait son terrier. Cette minuscule créature l'effraie. Et si elle devenait incontrôlable ? Et si Clémence tombait sous son emprise ? Et si elle ne faisait plus que manger, manger, manger ? Elle prendrait des fesses, des seins, des formes, un creux de reins. Elle deviendrait pulpeuse. Comme Karine, qui aime qu'on ne regarde qu'elle. Clémence ne veut pas être un objet de désir, un butin, une proie.

Capucine a saisi un stylo et un bloc-note. Elles prennent le temps d'élaborer les menus des jours à venir pour tout préparer à l'avance. Elles doivent pouvoir participer au fanage et à l'andainage en cas de défaillance des machines. Tout doit être prêt ce soir, au plus tard demain avant midi, pour ne plus avoir à se soucier de l'alimentation. Salades composées, tourte maison, quiche aux légumes, pain et fromage, desserts réconfortants.

Une fois le programme établi, elles se munissent de passoires, de cageots, de couteaux et partent à l'assaut du potager.

Clémence cueille des radis. Elle observe le collet, juste au-dessus de la surface de la terre, qui permet de deviner le degré de croissance. Cependant, chaque prélèvement reste une surprise. Le radis sera-t-il long et fin, gros et

Capucine la voit trottiner vers la grange avec un entrain qui témoigne du soulagement. Elle s'en réjouit et prend le temps de regarder autour d'elle en attendant son retour. Karine a désormais passé le stade de s'inquiéter pour l'état de ses ongles. Elle s'échine à sortir quelques pommes de terre nouvelles en fouillant dans le sol à pleines mains sous le pied encore vigoureux, comme on le lui a montré, pour ne prélever que les plus grosses, laisser aux autres le loisir de se développer. Ses gestes témoignent d'une hargne et d'une volonté que Capucine reconnaît. Elle aussi a mis sa colère dans les coups de masse, de pioche, dans les brouettes de terre retournée, dans les pierres déplacées, dans les ronces fauchées. Les débris de son passé ont fini au compost en même temps que les mauvaises herbes. En fouillant la terre, Karine enfouit au passage les souvenirs dont elle veut se débarrasser. En comblant les trous et en ratissant pour laisser la plate-bande régulière, elle comble ses failles et fait place nette à la surface de sa propre terre. Si le processus a fonctionné pour Capucine, il agira pour d'autres.

Elle ferme les yeux pour sentir le vent puissant sur sa joue, respirer la chaleur de l'air ambiant, entendre le bruit du moteur dans les champs en contrebas et imaginer Adrien au volant. L'herbe est coupée pendant que les cœurs se recousent.

Elle aime la période des foins. L'électricité de ces quelques jours intenses où l'homme se confronte aux lois de la nature, où il se réjouit quand tout est enfin rentré, à l'abri, comme une promesse de survie pour un hiver rigoureux.

Elle s'accorde une bouffée d'espoir, croise les doigts afin que ce qui la soucie et qu'elle ne peut avouer à personne cesse de s'aggraver.

rond ? D'abord déstabilisée à l'idée de ne pas savoir à quoi s'attendre, pire, d'en choisir un encore trop petit, elle finit par se prendre au jeu et les range par taille et par forme. Certains sont grignotés par des vers, d'autres par des mulots. Elle s'en émeut. Capucine la rassure :

– Dans un jardin en permaculture, on ne fait pas contre, on fait avec. Trop de mulots ? Il faut favoriser les prédateurs. Les rapaces en sont mais ils risquent d'attaquer les poussins. Les chats sont efficaces également, mais ils aiment les oiseaux, les lézards, les chauves-souris, qui eux sont utiles pour se débarrasser des insectes. Il faut chercher l'équilibre en tout. Dans la constitution du sol, dans les populations qui y vivent, dans ce qu'on consomme et ce qu'on rend. Tu peux laisser sur place les fanes de radis trop abîmées, elles enrichiront la terre. Nous ferons un potage avec les plus belles, en ajoutant de la menthe et des orties. Tu verras, c'est délicieux.

Clémence tressaille. Des orties… Comment avouer, sans paraître ridicule, qu'elle en a une peur bleue. Qu'elle les fuit comme la peste. Capucine est déjà repartie vers la cabane de jardin en quête de gants épais et d'un sécateur, ainsi que d'un seau propre. En contrebas du potager, la haie en abrite une énorme touffe d'un vert puissant. Elle montre à Clémence comment s'y prendre. Ne choisir que les quatre à six feuilles de tête, sur des pieds qui n'ont pas encore fleuri. Il faudra ensuite les recouper dans une passoire pour les séparer des minuscules tiges qui pourraient piquer le palais. Clémence reste en retrait, incertaine et tremblante. L'envie étouffée par la peur, comme une fleur sous le liseron envahissant.

– Tu devrais aller mettre un pantalon épais. Avec un jean et des gants, tu ne craindras plus rien.

Des tranches de soleil couchant

Elle vient tout juste de partir.

Elle était fatiguée, la madame des villes, après sa première journée de foins. Elle était pourtant pas dans les champs. À l'époque, on faisait presque tout à la main. On avait de l'huile de coude et des paumes calleuses. C'était le seul moment de l'année où j'avais le droit d'approcher ma Madeleine, dans cette maison que je viens voir chaque jour. Les corvées s'enchaînaient chez les uns, chez les autres, même si son père rechignait à la prêter. Il parlait d'elle comme d'un outil. Elle était courageuse, elle laissait les autres femmes à la cuisine et venait nous aider à faner en enroulant ses mains délicates dans des bandages de fortune. Elle saignait parfois, et moi, j'avais envie d'embrasser les ampoules sur sa peau pour l'apaiser. Mais j'avais que mes yeux pour lui apporter un peu de réconfort. Et c'était elle, finalement, qui me rassurait, en me souriant malgré le sang. On s'arrangeait pour être ensemble à réceptionner le foin dans le grenier de la grange. C'était dur, il fallait l'emporter au fond aussi vite que les autres déchargeaient la charrette, mais on avait parfois le temps de se frôler dans la poussière qui saturait l'air. Elle avait un fichu dans les cheveux, une grande jupe et un chemisier un peu ouvert qui laissait voir sa peau ruisselante. Avec le soleil du soir qui l'éclairait à travers l'espace entre les planches, elle ressemblait à un ange. Et quand elle sentait que je m'interrompais pour la regarder, elle souriait en poursuivant ses mouvements. J'avais envie d'arrêter le temps.

Aujourd'hui, les foins ont plus la même saveur. Les hommes sont sur leur tracteur et y a plus de Madeleine souriante dans les tranches de soleil couchant. Mais à chaque fois qu'ils se mettent à couper dans les champs autour de chez moi, rien qu'à humer l'odeur, j'ai le cœur qui pince et l'envie de me coucher dans le foin avec mes souvenirs.

Elle s'appelle Karine. Elle a une belle poitrine. Faut dire qu'elle hésite pas à la mettre en valeur, alors forcément, on la remarque. Elle est venue s'asseoir à côté de moi en fin d'après-midi en me disant : « Je me cache, j'en peux plus. » Elle a pas l'habitude de travailler avec ses mains, on le voit tout de suite. Les ongles vernis, c'est rare à la campagne. Le sien est tout écaillé. Elle avait apporté deux bières fraîches. Sûrement pour m'amadouer. Déjà que j'ai du mal à marcher, si en plus c'est de travers…

Elle a bu la sienne en silence. Quand elle a commencé la mienne, je me suis dit qu'elle avait vraiment soif. Ou alors qu'elle avait autre chose sur le cœur, qu'il fallait diluer. Elle s'est mise à parler. C'est drôle ces gens à qui on n'a pas besoin de poser de questions et qui se racontent comme si on avait ouvert une porte et une fenêtre pour faire courant d'air. Tout le contraire de ma Madeleine timide et réservée qui rougissait de montrer son mollet. Elle m'a demandé ce que je faisais là, toute la journée. Je lui ai répondu que je les surveillais. Elle m'a regardé avec un sourire qui demandait si c'était vrai. Bien sûr ! Je suis pas malintentionné, je guette, c'est tout. Pour l'instant, ils font que du beau, les jeunes. Je vérifie quand même.

La dame est un peu exubérante. Pas méchante. Ni idiote. Elle a juste envie qu'on s'intéresse à elle. Moi j'ai passé l'âge d'avoir besoin qu'on m'aime. L'amour de Madeleine m'a suffi, même s'il était impossible. Même s'il n'a pas duré longtemps. Je suis sûr qu'il existe encore.

Elle est repartie avant le dîner. Je me suis mis en route un peu après, pour être rentré à l'heure de l'auxiliaire de vie. Chaque semaine, ma maison s'éloigne un peu plus de ce banc. Ils devraient vérifier, les agents communaux, qu'il ne se passe pas un truc surnaturel.

Peut-être que la prochaine fois, ce sera le jeune homme qui me proposera de partager une bière.

La petite viendra pas. Elle doit avoir peur de moi. Ça se voit rien qu'à la regarder se déplacer. Elle scrute partout comme une souris qui sort de son trou et qui a peur du méchant chat.

Je le sais, moi, ce qu'elles ont vécu, les personnes qui se méfient comme ça.

Un panier en osier

Le rythme est intense. Pour l'instant les machines tiennent. Les humains aussi.

Rémy a pris en main le tracteur le matin de ce deuxième jour des foins. Il a tout observé la veille. Les vitesses à passer, les manettes pour soulever les engins à l'arrière et la fourche à l'avant, le bras de force à actionner pour enclencher les dents des rotatives. Adrien lui a expliqué, montré, réexpliqué, lui qui n'y connaissait rien en s'installant aux Censes perdues – les militaires ne font pas les foins –, lui qui a tout appris avec Jeannot. Et avec lui-même. Se tromper, recommencer, se tromper encore, recommencer toujours.

Rémy est seul au volant, fier comme un paon. Lui vient une pensée pour ses deux codétenus. Ils le railleraient de le voir sur le siège usé d'un tracteur fatigué au milieu de nulle part, à sourire comme un gamin parce qu'il retourne du foin. Lui, l'intellectuel, le rat de bibliothèque, le rêveur, l'ange rasé dont ils ne cessaient de se moquer. N'empêche qu'il s'en sort mieux qu'eux, même si leurs peines étaient bien plus courtes. De toute façon, ils n'auraient même pas plaisir à être là, à sa place. *Peut-être même qu'ils ont peur des araignées, ces petits caïds de cité qui trafiquent pour se faire du blé.*

Adrien, au milieu du champ, continue à lui donner des indications. Il s'agit de faner une première fois, en atteignant au mieux les angles. Rémy mettra plus de temps que lui mais ils n'en manquent pas. Les six hectares seront bouclés avant le déjeuner et ils pourront procéder à un deuxième passage dans l'après-midi. Le vent brûlant sèche les brins presque instantanément. Cependant, Adrien est soucieux. On annonce des orages pour le lendemain en fin de journée. Ce mois de juin est trop chaud. L'atmosphère électrique va s'accentuer. Il en a parlé aux autres agriculteurs du coin. Personne ne traîne. Certains avaient même hésité à commencer. La période des foins est un pari. On le gagne souvent, parfois on le perd. Il y va de la qualité de la nourriture pour le reste de l'année, de celle du lait ou de la viande.

Ils faneront encore le lendemain matin avant d'enchaîner avec les andains, et tout ira bien. Depuis qu'ils se sont installés sur ce domaine, Adrien est devenu optimiste et serein. Comme si rien n'était grave, comme s'il fallait oser. La nature a toujours le dernier mot quoi qu'on fasse. Alors, autant avoir de l'audace, une audace de toute façon tellement dérisoire lorsque le danger est un simple orage plutôt que les terroristes du Mali.

Un panier à son avant-bras, Karine s'approche, protégée sous un grand chapeau de paille. Quand ses baskets à paillettes ont rendu l'âme, elle a commandé sur internet des chaussures de marche. Elle les porte toute la journée.

Elle s'installe à l'ombre de la haie. En cette fin de matinée, les rayons cognent déjà dur. Adrien a mimé le signe d'un temps mort à Rémy qui termine sa longueur avant de couper le moteur. Il saute de l'engin avec la souplesse d'un homme heureux et arrive, souriant et assoiffé, devant le panier plein d'eau, de jus de fruits, de bière et même d'une petite bouteille de rosé bien frais. Adrien opte pour un jus dilué, Rémy pour de l'eau. Karine a aussi disposé quelques morceaux de cake salé dans une corbeille en osier. Adrien s'enquiert du travail à la maison, de la santé des six poussins nés la veille.

Le calme avant la tempête…

Des orties et du temps

Alors qu'elle marche dans la forêt – petit temps volé à cette période chargée –, Capucine implore son père de lui envoyer un coup de pouce, un miracle, une solution nouvelle. Elle a l'impression de les avoir toutes testées, rien n'y fait. Elle ne peut que regarder mourir sous ses yeux ce qu'elle a tant choyé.

Il serait malgré tout fier d'elle, lui dirait de regarder du côté de ce qui se passe bien, affirmerait qu'elle a finalement trouvé sa vocation en prenant soin des autres et qu'il n'était pas nécessaire pour cela d'être médecin comme lui. Pourtant, Capucine ne fait que mettre à disposition ce lieu. Lui seul est responsable de la thérapie. La vue sur les montagnes au loin, le vent dans les arbres en lisière, toutes les fleurs sauvages qui poussent spontanément, les rapaces qui planent calmement, les nuages dans le ciel, le bruit de l'eau à la fontaine. Quoi d'autre pour oublier son passé ?

On lui rétorquera qu'elle aurait pu garder tout cela pour elle, pour Adrien, rester dans leur petit monde calme parce qu'*ils ont déjà donné*, parce qu'ils ont le droit de se reposer. Mais son père lui a transmis le sens des autres. Tendre la main, partager. Alors elle donne, des primevères et des cumulus, des chênes et des grenouilles, des orties et du temps.

Les trois locataires se sont acclimatés les uns aux autres. Le pari n'était pas gagné, ils auraient pu être méfiants ou fermés, il n'en est rien. Ou alors ils cachent bien leur jeu. Capucine suppose que la fragilité de Clémence y est pour beaucoup. Tout humain normalement constitué – du moins le croit-elle – a tendance à prendre soin de l'animal blessé s'il respire encore. Karine aurait l'âge d'être sa mère, Rémy son frère. Et puis, ils ont été jetés dans le travail quotidien pour éviter de trop réfléchir. L'activité intense a du bon.

Adrien est heureux, dans son élément. Il leur apprend mille choses. Actif du matin au soir, satisfait de ses réalisations et de ses nouveaux plans. Et elle se sent toujours aussi protégée dans ses bras.

Les deux hommes s'entendent bien. Capucine leur trouve la même sensibilité. Peut-être les mêmes failles.

Elle ignore ce qui a conduit Rémy en prison. Il n'a pas le profil, rien de mauvais au fond des yeux. Capucine n'y déchiffre que de la honte et un mystère difficile à porter.

Avant l'orage

Adrien est tendu depuis le milieu de l'après-midi. Ce troisième jour de fenaison semble interminable. Les deux tiers des andains étaient formés quand, soudain, la machine a lâché. Le ciel au-dessus des montagnes commence à prendre les nuances d'un gris de plus en plus foncé. La qualité du foin est parfaite. Une pluie d'orage et il perdra de ses vertus.

Adrien est nerveux, comme son chien, mais pour d'autres raisons. Bloom s'est éloigné, ce n'est pas le moment de tourner autour de son maître. Il reste auprès d'Étoile, une bergère australienne pure race aux yeux vairons.

– L'andaineuse a lâché. Je m'en doutais. Il reste plus d'un hectare. Il va falloir mettre un coup de collier. Capucine, tu peux appeler Paule et Jeannot ? Karine et Clémence : chapeau, bonnes chaussures, sparadrap sur les mains. Vous suivez Rémy. Il va vous montrer comment faire. Moi, je commence à presser.

Tout le monde s'exécute sans un mot. On prévoit un panier avec de l'eau. Les râteaux sont saisis, brandis comme les fourches de la Révolution.

Rémy leur montre comment ratisser l'herbe sèche pour l'amener en tas réguliers. Il a vite appris à manier l'outil en bois pour chercher les résidus que le tracteur n'atteignait pas. Désormais, il faut effectuer à la main ce que la machine réalisait si bien. Aligner l'andain au bon endroit pour qu'Adrien puisse presser sans encombre.

Clémence regarde l'étendue du champ et se demande si elle y arrivera. Karine déclare qu'elle mourra avant la fin. Rémy ne leur laisse pas le temps de tergiverser. Il est déjà en action, torse nu, le dos en train de virer au rouge. Un chapeau quand même, pour ne pas tourner de l'œil.

Les gestes des deux femmes sont hésitants mais efficaces. Quand Capucine vient prêter main-forte en compagnie des voisins, Rémy court en direction du bruit du tracteur, un champ plus bas, son râteau dans une main et l'autre sur son chapeau tant le vent commence à souffler. Récupérer les refus de la presse et les enfourner au fur et à mesure pour en perdre le moins possible, et ainsi pouvoir nourrir les chèvres cinq jours de plus l'hiver prochain. Il n'apprendra pas à presser. Pas cette fois-ci. Il est trop urgent de finir. Un chauffeur expérimenté s'impose. Peut-être l'année prochaine. Sera-t-il encore là ? Le contrat avec le SPIP ne prévoit rien en ce sens. Il n'est question que de refaire le point régulièrement pour décider de la suite à donner à sa réinsertion. Revenir pour le plaisir ? À moins qu'il ne soit à nouveau derrière les barreaux ? Il n'est qu'en sursis. Qui sait… L'idée lui glace le sang malgré la chaleur de la journée.

Il chasse rapidement cette pensée, ne focalise son attention que sur l'outil qui racle le sol. Il songe à Clémence qui doit déjà souffrir avec sa peau fine et ses muscles timides, à Karine, qui doit agoniser mais sera fière d'avoir survécu, à ses parents qui seraient émus de le voir se démener pour finir le travail à temps, courir dans ce pré aussi libre que le vent, s'extirper peu à peu de l'enfer dans lequel il s'est jeté lui-même. Ils ont bien tenté de le mettre en garde quand il a rencontré cette Marlène. Ils la trouvaient superficielle, opportuniste, égoïste, sans oser le lui dire, essayant seulement de mettre en lumière certaines situations anormales dont Rémy n'avait pas conscience, pour le préserver de la chute vertigineuse qu'ils redoutaient, mais il était déjà pris dans le tourbillon de l'aveuglement. Ils ont ensuite été présents, quand ils l'ont vu décliner. Ils se sont fait une raison en acceptant l'idée qu'il faut parfois éprouver certaines souffrances pour s'ouvrir sur un nouveau chapitre.

Comme le douloureux travail de la naissance qui permet à la femme de réaliser qu'elle devient mère.

Rémy est en train de devenir lui-même.

La prison a été sa salle d'accouchement.

Il est venu renaître ici.

Adrien est soucieux. Le temps manquera. Certes, ils auront peut-être tout pressé avant la pluie, mais encore faut-il mettre la récolte à l'abri. À deux tracteurs, il eût été plus facile d'avancer. Mais les voisins agriculteurs sont dans la même urgence.

Rémy est reparti pour finir le dernier champ avec les autres. Tant pis pour ce que la presse recrache. La terre le digérera. Ou les lièvres. Ou le vent.

Quand Adrien commence à presser à l'autre bout de la

prairie, ils sont six à finir de rassembler le foin. Les mains font mal, les bras, les dos. Le souffle est court. On presse le pas. On met plus de puissance dans le manche. On se sourit, on s'encourage.

Karine essaie de rire de tout. Elle parle pour meubler, se changer les idées. Elle est arrivée à la limite de ses capacités physiques. Déjà au-delà de ce qu'elle imaginait, motivée par l'énergie du groupe, l'urgence, la volonté des autres.

Clémence travaille en silence. L'apparence de lenteur n'est qu'application. Elle se refuse à laisser le moindre brin derrière elle. Tout en s'activant, elle engrange dans ses tiroirs à souvenirs les nuances de vert, de jaune, de brun qui composent la matière. Les bleus et gris dans le ciel quand elle s'autorise à lever le nez pour offrir un peu de répit à ses paumes. Elle étoffe sa palette de couleurs intérieures.

Elle aime être là, malgré la douleur qui lui révèle chaque parcelle de son corps. Même s'il manque de force, le voilà utile. Cueillir des fruits, ramasser des légumes, chercher des œufs, tenir un râteau lui donne du sens. Un sens perdu. *Les Censes perdues*. Et elle a faim, de tant bouger. Dieu qu'elle a faim ! Elle n'a plus en tête que la soupe d'orties et l'énorme salade verte, celle de pommes de terre à l'huile de noix et les œufs durs. La mayonnaise qu'elle a appris à faire. Le pain qui levait ce matin, qui a cuit, qui refroidit. Elle mangerait presque du foin. Le petit animal dans son estomac creuse désormais un gouffre. Alors elle boit de l'eau. Beaucoup d'eau. Son T-shirt est mouillé. Elle n'avait pas transpiré depuis des années. Qui soignera ses mains ? Capucine, sûrement, si elle a le temps. Clémence la trouve belle. Elle aime le couple qu'elle forme avec Adrien. Ils semblent tant se respecter. Elle n'a jamais connu une telle atmosphère et n'imaginait même pas cela possible. Elle qui ne connaissait que les colères, les injures, les coups. Peut-être qu'elle aussi aura un jour droit à l'amour. Un amour tout beau, tout doux, qui prend dans les bras et qui rassure. Un amour qui ne détruit pas. Ou alors qui se brise avant de briser.

Tous les andains sont constitués. Juste à temps pour être dévorés par la presse qui avale le foin comme un animal vorace. Capucine aime le claquement de la machine, l'ingénieux mécanisme, pourtant rudimentaire. Les petites bottes qui tombent à l'arrière, au fur et à mesure. Adrien prie pour que rien ne lâche dans la dernière ligne droite. Il a changé deux fois les bobines de fil en pensant à la machine à coudre de sa mère. Ce noueur capricieux s'était cassé l'année précédente en laissant deux hectares derrière lui. Heureusement, les orages n'étaient pas au rendez-vous cette année-là. L'aide d'un voisin, le lendemain, lui avait permis d'épargner sa récolte. Pour l'instant, tout tient.

Magnanime, le destin ne concentre pas toutes les calamités la même année.

Paule et Jeannot sont repartis. Lui commençait à boiter, grimaçant en secret, elle peinait à tenir la cadence. Ils n'ont plus vingt ans mais répondent pourtant présent dès qu'on a besoin d'eux. Adorables voisins, le cœur sur la main. Un couple exemplaire dans le hameau, sur lequel personne ne médit et qui règle les conflits de voisinage autour d'un verre partagé et d'une bonne tarte aux pommes. Ils reviendront pour le dîner.

Karine est rentrée avec Capucine. Il fallait bien quelqu'un pour l'aider à dresser la table.

Le tonnerre gronde sur la montagne et le ciel noircit à vue d'œil. Antichambre des ténèbres, les premiers éclairs au loin fendent les nuages comme un laser découperait du tissu. À l'opposé de l'horizon, le soleil se couche paisiblement. La lumière tourne le dos au néant, l'ignore prodigieusement. Et les petites bottes de foin vulnérables au milieu. Adrien a enclenché la première lente du tracteur et saute de la cabine pour aider Rémy qui charge à la hâte les bottes sur la remorque. Clémence est restée. Elle découvre aujourd'hui qu'elle n'est pas du genre à abandonner le navire. Elle se nourrit surtout de l'énergie folle qui se dégage de ce moment de nervosité partagée. Elle soulève péniblement chaque botte pour l'approcher de la trajectoire de la remorque, titube, manque tomber sous leur poids, pendant que Rémy en saisit une dans chaque main et trottine pour les lancer ensuite à deux mètres de haut. Adrien s'est hissé sur la plateforme pour les ranger au fur et à mesure, gagner de la place, en charger un maximum par voyage, tout en guettant le mouvement du tracteur qui commence à dévier dans le sens de la pente. Il saute à terre, court vers la cabine, redresse le volant, redescend, recommence. Si Jeannot était resté, il aurait au moins pu rouler.

– Clémence, viens par-là. Tu vas conduire.

– Mais je ne sais pas faire ! répond-elle, affolée.

– Il n'y a rien de sorcier. Juste tenir le volant et rouler droit. On n'a pas le choix. Il faut accélérer.

Envahie par un mélange bouillonnant de panique et d'excitation, elle s'installe sur le siège déchiré qui crache une vieille mousse usée. Elle, la petite Clémence, transparente aux yeux du monde et qui pèse à peine plus qu'une portière de ce tracteur, est aux commandes d'un convoi de plusieurs tonnes. Elle en aurait presque le vertige s'il ne fallait pas convoquer une extrême concentration. Elle doit assurer. On compte sur elle. Qui l'a fait jusque-là ? Elle s'essuie les yeux avec le bas de son débardeur avant de regarder derrière l'engin les deux hommes solides qui s'activent sans réfléchir, des brins de foin collés sur leur front en sueur. Ils se chamaillent la puissance musculaire. Concours de virilité pour se donner du courage.

Devant, derrière, dans les rétros sur les côtés, Clémence doit tout surveiller. Elle redresse légèrement le volant pour passer entre les deux rangées de bottes qui s'alignent à perte de vue, la langue entre les lèvres, appliquée comme une petite fille qui colorie sans vouloir dépasser. Un échange de regards avec Adrien. Il lève le pouce, satisfait. Pas autant qu'elle.

Un aller-retour plus tard, après qu'on a mis à l'abri ce qui vient d'être chargé, le manège recommence. Il lui a montré comment accélérer. Elle hésite, finit par oser en apercevant le ciel de plus en plus menaçant. Le soleil s'est couché. Le vent est encore chaud. Un premier orage est passé dans la vallée d'à côté. Un autre arrive. On distingue les trombes d'eau au fond du paysage. La pluie engloutit les montagnes.

Il ne reste qu'une longue rangée de bottes. La remorque

est presque remplie, le nuage approche. Ils n'auront pas le temps d'un dernier voyage. Ils redoublent d'efforts et de puissance. Rémy grimace. Pourtant entraîné, son corps souffre. Il n'a jamais enchaîné autant d'épaulés-jetés. Il faut les lancer de plus en plus haut pour espérer voir partir le convoi plein à craquer. Planter solidement la fourche dans le cube de foin pressé, le soulever puis donner l'impulsion, les bras levés, pour qu'il se détache et vole vers Adrien qui est perché à au moins trois mètres du sol, sur cette surface instable qui tangue comme une mer déchaînée, au rythme des variations du terrain que les roues affrontent.

– Je file mettre la remorque à l'abri, lance-t-il à Rémy et Clémence. Essayez de disposer les dernières bottes inclinées deux par deux, l'une contre l'autre, pour qu'elles soient le moins mouillées possible. Tant pis, on viendra les chercher demain. On se retrouve à la maison. Bravo ! Vous avez été top ! Je ne sais pas comment j'aurais fait sans vous.

Les deux se lancent un regard complice avant de s'élancer vers leur objectif. Rémy les rapproche, Clémence les installe selon les indications. Les premières gouttes se font sentir, accompagnées maintenant d'un vent frais qui porte le grondement de plus en plus puissant du ciel. Il leur en reste une dizaine avant qu'un mur de pluie ne s'abatte sur eux.

Rémy saisit la main de Clémence et l'entraîne vers l'abri à chevaux au bout du champ. Ils y arrivent hors d'haleine, trempés jusqu'aux os. Ils ont réussi. Clémence manque tomber. Elle a jeté toutes ses forces dans cette dernière course. Accrochée au bras de cet homme solide comme un drapeau à son mât, elle volait presque. Elle se pose sur le sol paillé, dans un endroit à peu près sec. Il s'assoit à côté.

– Tu n'as pas froid ?

Elle est brûlante et glacée. Elle secoue ses courts cheveux mouillés du bout des doigts et se transforme en petit hérisson fragile. Les bandages de ses mains sont devenus roses avec la pluie. Rémy lui saisit un poignet et commence à défaire le tissu. Des ampoules ouvertes apparaissent. Clémence tremble en découvrant le champ de bataille autour de sa ligne de vie.

– J'ai une peau fragile.

– Je crois qu'il n'y a pas que la peau. Et en même temps, je te trouve très solide. Tu as eu beaucoup de courage aujourd'hui. Bravo !

– Toi aussi, répond-elle pour détourner ce compliment dont elle n'a pas l'habitude.

Faut-il rougir, sourire, regarder dans les yeux, les baisser ? Faut-il prendre et savourer ?

Il souffle doucement sur la chair à vif pour l'anesthésier. Il faudra soigner quand l'averse sera passée, qu'ils auront pu rentrer. Se doucher, savonner, sécher, désinfecter, appliquer un baume et un nouveau bandage. Sera-t-elle encore capable d'ouvrir l'enveloppe et d'en déballer le contenu comme chaque soir ? Elle l'espère.

Clémence ferme les yeux et engrange dans ses souvenirs le ciel noir, le champ jaune, les bottes rangées deux par deux comme des couples amoureux qui restent debout malgré l'orage. Elle doit laisser une trace de ce qu'elle voit, de ce qu'elle surmonte. Elle doit en parler au monde. Au diable les ampoules, les bandages et les lignes de vie abîmées.

Certaines cicatrisations requièrent de la couleur.

L'échelle des peines

La table est mise, une profusion de plats pour reprendre des forces, se réconforter, se féliciter. Des recettes froides, hormis la fameuse soupe : menthe-orties-fanes de radis. Elle attend sagement dans la soupière que quelques humains fatigués viennent se brûler les papilles à son contact.

Deux jours plus tôt, sa préparation a permis à Capucine d'apprivoiser un peu plus Clémence, de comprendre au fil de la discussion pourquoi elle avait aussi peur des orties. De lui montrer aussi qu'on survit de les affronter. Les peurs comme les orties. La jeune femme avait remis ses gants pour couper les pointes et ne garder que les feuilles tendres, puis elle a ajouté les fanes de radis dans la casserole. Enfin, elles sont allées cueillir la menthe. Capucine en a profité pour lui enseigner les aromatiques. Différencier le thym de l'origan, froisser les feuilles de verveine citronnée, de sauge, de mélisse et les porter à son nez pour s'imprégner des odeurs puissantes. Elle lui en a même fait croquer, et Clémence a grimacé tant le goût était fort. Elle a aimé découvrir et apprendre ce qu'elle ne connaissait que déshydraté, en flacons au supermarché. Puis elles ont recouvert d'eau, ajouté du sel, du poivre, quelques épices et ont laissé mijoter.

Quand la soupe a été moulinée, additionnée d'un filet de crème fraîche, Clémence, méfiante, y a trempé une cuillère et l'a goûtée du bout des lèvres. Elle l'a trouvée délicieuse. Orties domptées et adoptées. Petite victoire pour Capucine, qui lui a ensuite proposé de goûter chaque plat pour vérifier l'assaisonnement.

– Je n'y arriverai jamais. Il y en a trop.

– De toutes petites bouchées ?

Elle a réussi avec trois salades puis s'est arrêtée, les larmes aux yeux. Capucine a fait diversion en lui demandant s'il fallait corriger les saveurs de celles-ci. Clémence a hésité, lui a avoué sa peur de se tromper, l'incertitude de ses papilles qui n'ont jamais connu une telle diversité. Un petit panier d'assaisonnements sera finalement déposé sur la table et chacun se débrouillera.

Tous se sont douchés, changés, les yeux rougis de soleil, de poussière, de fragments de foin et de tonnes de fatigue. Capucine a pris soin des plaies de Clémence. Elle a appliqué du miel, un pansement gras, des bandes. Cela a piqué. Clémence n'a pas pleuré. D'avoir conduit un tracteur la rend plus solide.

Ce soir, autour de la table, elle attend les réactions, espère des compliments quand les autres goûtent la soupe. Des Mmmm, des Ooohh, des questions, des bravos. Clémence est soulagée. En même temps que le contenu de leur assiette, ils font disparaître le souvenir de ces centaines de points blancs sur les jambes, quand elle était tombée dans les orties, en jupe, à l'âge de cinq ans. Ainsi commence-t-elle à digérer la brûlure qui avait duré des heures, les railleries de son père qui l'avait traitée de mauviette, qui s'était moqué d'elle jusqu'au soir en la voyant pleurer dans les bras de sa mère qui n'osait rien dire. Clémence avale quelques cuillerées. L'amertume n'est plus que dans sa tête. Sa bouche lui souffle qu'elles sont inoffensives.

– On l'achète encore. Bientôt ce sera la nôtre, affirme Adrien en proposant un supplément de crème fraîche à chacun.

– Vous ne vouliez pas des chèvres pour le fromage ? s'étonne Karine.

– Une petite vache nous permettra d'avoir un autre type de lait. Celui de chèvre est plus typé, tout le monde n'aime pas. Et il n'est pas assez riche pour couvrir nos besoins en crème et en beurre.

– Riche en quoi ? demande Clémence, qui pour la première fois prend la parole spontanément dans une discussion commune.

– En matières grasses et protéiques. Ce qui participe à la consistance des produits transformés.

Capucine lance un clin d'œil à son compagnon. Ils l'atteindront un jour, cette autonomie. Adélie, sa petite sœur, en sera heureuse, elle qui se bat pour sauver le vivant sur une planète envahie par des humains cupides et inconscients.

Durant le dîner, Paule et Jeannot ont raconté la vie du hameau, les autres voisins, leur existence bien remplie, leurs petits-enfants trop loin. Ils sont partis avant le dessert. Adrien somnole de bonheur et d'épuisement. Il aime ces soirs où l'esprit sait pourquoi le corps va s'endormir en tombant comme une pierre. Une fatigue saine et puissante. Il se demande à voix haute combien de bottes ils ont pressées.

– Mille trois cent douze, répond Clémence sans hésitation. On en a rentré 1165 et il en reste 147. D'ailleurs, on a mis les trois dernières ensemble, sinon l'une d'elles aurait été seule sous la pluie.

– Tu les as toutes comptées ? s'étonne Karine.

– Oui, répond-elle en rougissant.

– Et toi, tu comptes pour nous, dans les deux sens du terme ! affirme Rémy en la regardant dans les yeux.

Elle a baissé les siens. Elle va bientôt pouvoir compter ses larmes.

Face au doux embarras dans lequel est plongée la jeune femme, Adrien recentre les attentions sur le foin en constatant qu'ils ont fait une assez belle récolte malgré le manque d'eau des dernières semaines. Puis un silence s'installe. Karine se sert un dernier verre de vin. Assommée par l'épuisement, elle est plus discrète qu'à l'accoutumée. Elle mesure la puissance de la solidarité pour venir à bout des tâches qui semblent hautes comme des montagnes. Les clôtures, les foins, le potager. Agir ensemble leur permet d'avancer plus vite et de tenir éloigné le découragement. Précisément ce qu'elle essayait de transmettre à ses élèves quand elle leur proposait de travailler en groupe. Ils lui manquent.

Rémy finit par rompre le silence après avoir pris une grande inspiration :

– J'ai besoin d'être honnête avec vous. De vous dire d'où je viens et pourquoi je suis là. Nous commençons à mieux nous connaître, à partager de beaux moments. Je ne veux pas que vous ayez un jour l'impression que je vous ai trahis.

– Tu n'es pas obligé, précise Adrien.

– Je sais. Mais je me sens bien avec vous. J'aurais l'impression de vous cacher quelque chose. De ne pas être sincère. De gâcher l'esprit qui règne ici.

Capucine saisit la pile d'assiettes à dessert et distribue une part de tarte aux fraises à chacun. Il faudra s'occuper les mains, regarder sa cuillère, mâcher longuement, nourrir le palais de saveurs sucrées pour laisser au jeune homme le temps de la confidence. Sans connaître la raison de son incarcération, elle sait que l'aveu sera douloureux.

Il ne tergiverse pas et se lance comme on saute dans le vide sans réfléchir. Sans même vérifier qu'on dispose d'une sécurité.

Il n'en a pas.

Chute libre.

– Je sors de prison. J'ai fait quatre ans là-bas. J'étais condamné à sept, mais entre les remises de peine pour bonne conduite et la conditionnelle, j'ai pu sortir.

Un ange passe, déguisé en diable. Personne n'ose l'interroger. Pourquoi sept ans ? On se doute que ce n'est pas pour avoir roulé sans permis ou volé un sac à main. Il avale un morceau de tarte aux fraises en lui trouvant un goût de sang. Il s'est longuement mordu l'intérieur de la joue juste avant de prendre la parole. Comme si une partie de son cerveau lui interdisait de parler, pendant que l'autre le suppliait de le faire. De ces dilemmes insensés qui donnent le vertige.

Il n'arrive pas à poursuivre. Chacun regarde son assiette. Mâche en silence le morceau de tarte. Les fraises sont juteuses et sucrées. Comme un pansement sur la réalité. Rémy s'est arrêté de manger. Clémence n'a même pas commencé. Elle se tord les doigts, une question au bout des lèvres refuse de les franchir. Un sombre « pourquoi » rôde autour de sa tête. La prison. Elle se souvient du sentiment de protection qu'elle ressent quand elle est à ses côtés. Et s'il était dangereux ? Et si elle s'était trompée ? Est-elle condamnée à être en danger ? Clémence repense à l'abri à chevaux sous la pluie, à ses grandes mains chaudes qui protègent les ampoules, à son regard doux sur elle. Il ne peut pas être mauvais. Elle refuse de le croire. Pas tous. Pas lui. Elle baisse la tête quand il la regarde. Leurs yeux se ratent, s'évitent. Timidité de crise.

– Bon ! s'exclame Karine. J'imagine que tout le monde se demande ce qui t'a valu une telle condamnation. En même temps, on se fiche un peu de la raison, non ? T'as pas une tête de psychopathe.

Les muscles des joues de Rémy tressaillent. Il serre les dents en regrettant le saut, en attendant de se désagréger au pied de la falaise sous le regard médusé de ceux qui n'avaient rien demandé. Sa petite cuillère laboure la tarte, dissèque les fraises. Pourtant libre, sa chute l'enferme dans un jusqu'au-boutisme auquel il n'avait pas songé. Le sol s'approche dangereusement. Quoi qu'il dise, il va s'écraser. Mais se taire équivaudrait aussi à parler.

– Tu as raison, on s'en fiche un peu, confirme Adrien. La seule chose qui compte ici est de regarder où l'on va, pas d'où l'on vient. Qui veut une boisson chaude ? demande-t-il en se levant.

Personne ne répond.

Rémy aimerait regarder Clémence, scruter le moindre signe sur son visage. Il a peur que le peu de complicité qu'il a réussi à créer avec elle en deux semaines ne se soit désormais envolé.

Chacun digère. Le repas et les aveux. Rémy se rend compte qu'il ne pourra plus jamais rencontrer quiconque sans avoir à avouer sa faute ou assumer le fait de la taire. Plus il dure, plus le silence devient épais et difficile à rompre. Contre toute attente, Clémence ose :

– Pour moi, ça change rien. Je suis sûre que tu es quelqu'un de bien.

Elle se sauve en laissant son assiette de dessert encore pleine. La veille, elle avait pourtant tourné le fouet dans la casserole pour réaliser une savoureuse crème pâtissière, étalé la pâte sablée et l'appareil refroidi, rangé minutieusement les fraises en spirale. Soixante-seize au total. Deux mangées en cours de route tant elles sentaient bon. Elle a l'estomac plein, non pas de ce repas qu'elle n'a fait que picorer mais d'une boule qui prend toute la place dans son ventre. Elle va se réfugier dans son alcôve, les couleurs de la nature imprimées sur sa rétine, et demain peut-être, elle grignotera la part de gâteau que Capucine lui aura réservée.

La fuite de l'une interrompt la chute de l'autre. Les regards se tournent ailleurs. Répit miraculeux qui sauve un instant Rémy de l'aveu. Il ne pense qu'à Clémence, ému par les derniers mots qu'elle a prononcés. Il a tellement peur de la décevoir. Entre ses mains qui tremblent encore, sa petite cuillère est tordue. L'angle à 90 degrés du manche atteste les turbulences émotionnelles qu'il vient de traverser.

Karine quitte à son tour la table en silence. Elle commence à se demander si l'homme assis en face d'elle est réellement aussi doux qu'il semble l'être. Elle pense à celui qui lui a fait du mal et qui n'a même pas été condamné.

L'impunité est un poison versé sur les plaies des victimes. Karine a fui sans qu'il soit inquiété. Et combien d'autres ? Faut-il se battre ou capituler ? Elle, la guerrière, la joyeuse, la solide, a rendu les armes. Elle aimait pourtant son métier. Il l'en a dégoûtée.

En marchant sur la route en lisière de forêt, elle éprouve le besoin d'appeler Timothé.

Un peu plus tard, elle fouillera discrètement au fond du placard, derrière les bouteilles d'huile, à la recherche de réconfort.

Rémy propose à Adrien de faire à sa place le tour des animaux afin qu'il puisse rejoindre Capucine, à fleur de peau après ces trois jours intenses. Il s'attarde un instant auprès des chevaux enfin débarrassés des mouches et des taons qui les rendent fous à longueur de journée. Petit répit jusqu'aux premiers rayons de l'aube. Stevia se repose dans un des deux box, les yeux à demi fermés. Il s'approche d'elle, la caresse.

– Tu ne sais pas non plus, toi, pourquoi j'étais en prison, n'est-ce pas ? Tu veux que je te le dise ?

Il se met sur la pointe des pieds et chuchote dans son oreille. La jument reste impassible. À peine un souffle un peu plus fort que les précédents. Rémy colle son front contre la crinière pour sentir sa chaleur, puis il verrouille la porte de l'enclos derrière lui.

Une larme coule sur sa joue.

Se blottir

Elle a attrapé l'enveloppe, décidée à se servir enfin de ce qu'elle contient, puis l'a reposée, comme si elle n'était pas prête, pas encore à la hauteur pour lui faire honneur.

Elle sort de sa chambre en quête du verre d'eau qu'elle pose chaque soir sur sa table de nuit. La porte du balcon est ouverte. Rémy contemple les étoiles. Elle a envie de lui montrer la sienne, qu'elle trouve désormais du premier coup. Rémy sursaute en la voyant. Il pensait qu'elle serait épuisée après cette grosse journée. Il pensait surtout qu'elle aurait peur de lui.

Clémence lui demande une cigarette. La réponse est cinglante :

– Hors de question que tu commences !

Elle a déjà fumé, en début d'adolescence, en le cachant à ses grands-parents chez qui elle habitait. À l'hôpital, s'approvisionner était devenu compliqué, d'autant qu'elle n'avait pas d'argent.

– Tu n'es pas choquée de savoir que je sors de prison ?

– Non.

Rémy écrase cette cigarette dont il aimerait pouvoir se passer et revient s'accouder à la rambarde. Rassuré, il jette ses yeux dans l'univers, extase de liberté, et se met à réciter lentement un poème de Rimbaud :

L'étoile a pleuré rose au cœur de tes oreilles,
L'infini roulé blanc de ta nuque à tes reins ;
La mer a perlé rousse à tes mammes vermeilles
Et l'Homme saigné noir à ton flanc souverain.

Clémence l'accueille en silence. Elle aime la musique des mots. Rémy lui parle alors de ses auteurs préférés. De la puissance de la mélancolie pour transformer le laid en beau. Il lui raconte tous les ouvrages de poésie qu'il a lus et relus. Son ancienne activité de libraire qui lui a permis de s'occuper de la bibliothèque pendant les années qu'il a passées en prison. Il a demandé à la directrice d'acheter d'autres recueils de poèmes. Il en apprenait par cœur et en recopiait sur les murs de sa cellule, en espérant aider ainsi les détenus suivants quand lui sortirait.

Clémence s'est souvenue des cours de 4e, quand ils avaient essayé d'en écrire avec M. Wagner, le professeur de français. Il avait affirmé que ses vers étaient puissants et lui avait demandé si elle allait bien. Pas trop à cette époque, mais ce n'était pas à lui que Clémence souhaitait en parler.

– La poésie adoucit tout. Elle soigne et elle répare, poursuit Rémy. Tu ne voudrais pas essayer d'en écrire, pour raconter ton histoire ? Parfois, ce qu'on a à exprimer résonne dans d'autres cœurs et peut les apaiser aussi.

En l'écoutant parler ainsi, Clémence a du mal à imaginer qu'il puisse être dangereux. Il semble tellement bienveillant, cultivé, intelligent.

Elle réfléchit. Comment écrire des vers sur la mort de sa mère. Comment trouver des mots pour décrire la violence de son père sous ses yeux de petite fille. Comment coucher son drame sur un bout de papier et le transformer en poésie.

Exténué par les tonnes de foin soulevées, Rémy va se coucher. Il a semé l'idée d'écrire, elle germera peut-être.

Il est minuit, Clémence est fatiguée et ne dort toujours pas.

Rémy s'est installé dans une des chambres encore libres à l'étage. Comme s'il avait acquis le droit de rejoindre le quartier des innocents, maintenant qu'il a avoué.

Clémence l'imagine de l'autre côté de la cloison. Elle a envie d'aller se blottir contre lui, comme quand elle dormait sur le canapé avec sa maman parce que son père criait trop fort et les terrorisait. Elle n'ose pas, ne le connaît pas assez. Il dort peut-être déjà. Il a tellement travaillé aujourd'hui.

Sa présence, même dans la pièce adjacente, suffit à la rassurer. Elle aurait aimé avoir un grand frère comme lui. Il les aurait défendues.

Elle repense à l'idée d'écrire.

Elle essayera.

Clémence s'endort en serrant un coussin contre elle, le sourire aux lèvres.

Choisir à qui avouer

Rémy a retenu la poignée de la porte pour qu'elle ne grince pas. Il avance dans la chambre à pas de loup. Le soleil est levé mais la pièce, dont les rideaux sont tirés, est encore baignée de pénombre. Il s'approche du lit et se penche au-dessus d'elle. Comme il aimait le faire avec Pauline. Se nourrir de sa beauté, de sa sérénité, de cette innocence qu'il avait l'impression d'avoir perdue depuis longtemps et qu'il retrouvait là, dans la douceur de son corps endormi. Avec cette impression un peu excitante de lui voler du temps.

Clémence est jolie dans son sommeil. Les traits fins de son visage sont apaisés. Seul moment où elle ne paraît pas aux abois. Elle semble de verre. Il aime cette vulnérabilité. Cette fragilité. Il pourrait la briser en serrant seulement ses doigts. De quoi lui donner un sentiment d'invincibilité.

Il approche la main de son cou. La clavicule de la jeune femme se dessine sous sa peau. Il pourrait presque la saisir entre son pouce et son index, a envie de l'effleurer. Rémy a toujours aimé le contact des os à travers la barrière cutanée. Faire rouler la peau sur eux, sentir leur contour sous la pulpe de ses doigts, les deviner, les dessiner. Comme un symbole de force et de stabilité sous la matière mouvante et fragile de la chair. Quand il a rencontré Marlène, il aimait jouer avec le styloïde de son poignet, la malléole de sa cheville, la crête iliaque de son bassin. Puis elle s'est laissée aller, sous prétexte de ne pas être heureuse. Elle a pris du poids, et les os se sont tus, ou alors ils ne murmuraient qu'une boursouflure lointaine. Il n'a plus senti sa peau, ni le reste de son corps. Elle refusait de se laisser approcher, même pour un instant de tendresse. Il mangeait en face d'une ombre, dormait aux côtés d'une chimère, marié à un mirage.

Clémence respire calmement. La bouche à peine entrouverte. Un petit filet d'air émet un sifflement discret. Son cou est minuscule. Une main suffirait pour en faire le tour.

Rémy pourrait rester des heures ainsi. S'asseoir à côté du lit, attendre qu'elle se réveille. Aimer son regard perdu qui émerge des limbes et se rassure en l'apercevant veiller sur elle. *Ou alors elle sursauterait, effrayée, en se souvenant que je sors de prison ?*

Rémy refuse cette éventualité. Il doit agir maintenant, sinon il sera trop tard. Il lui caresse doucement le front en lui chuchotant quelques mots au creux de l'oreille.

Clémence se redresse en sursaut, de la panique dans les yeux. Elle met quelques secondes à comprendre où elle est.

– Calme-toi, tout va bien. Je suis venu te réveiller parce que le spectacle commence et je ne veux pas que tu le rates.

– Quel spectacle ?

– Celui de la vie.

Clémence saute de son lit, enfile un short et des chaussettes, se frotte vigoureusement les cheveux et dévale les escaliers pour rattraper Rémy.

Bloom fait les cent pas autour d'Étoile, la tête basse et la queue entre les jambes. Tout le monde se tient en retrait. Deux petits sont déjà nés. La chienne semble étonnée d'en voir un troisième.

Capucine s'est approchée. Elle murmure des mots rassurants à la mère, sans la toucher. Trois jours plus tôt, Clémence l'a aidée à aménager un coin tranquille près de la chaudière, loin du passage et des courants d'air. Ce nouveau petit chiot est encore dans sa poche. Étoile est occupée avec les deux premiers. Capucine déchire la membrane pour libérer le liquide et sèche la boule de poils humide avec un linge chaud. Karine, rebutée par les sécrétions sanglantes, finit par s'en aller, suivie par les deux hommes qui ont d'autres chats à fouetter.

Trois heures plus tard, les huit petits sont nés. Clémence est restée sagement assise sur un coussin à proximité, appelant Capucine à chaque nouvel arrivant. Le placenta a été expulsé et mangé par la mère. La gamine a demandé naïvement si les femmes faisaient de même.

– On le voit parfois. Physiologiquement, l'idée est très bonne. Mais il faut choisir à qui tu l'avoues…

Elles ont ri ensemble, avant d'aider les chiots à se diriger vers les mamelles gorgées de colostrum. Clémence a repéré le plus petit, le chétif, celui qui bouge moins que les autres, qu'on va peut-être rejeter. Elle l'a pris entre ses mains en lui promettant qu'elle ne l'oubliera pas, qu'elle prendra soin de lui. En le voyant un peu hagard, un peu perdu, elle l'a surnommé Ploupy. Puis elle l'a approché d'un téton libre, en repoussant délicatement les autres chiots déjà en train de boire goulûment, le corps dilaté de plaisir.

Manger est une question de survie. Le réflexe est bien présent, même chez le plus faible. Surtout chez le plus faible.

Manger.

Peut-être a-t-elle perdu cet instinct le soir du drame. S'autodétruire pour disparaître. Une formule plus simple que de se battre pour exister. Plus simple que de chercher un abri de survie.

Aux Censes perdues, toute chose vivante possède cet instinct. La poule protège ses œufs, l'herbe pousse dans chaque parcelle de terre, la souris fuit le chat, les rapaces sont à l'affût.

Et pourquoi pas elle ? Pourquoi Clémence Chemin ne serait-elle pas légitime à pousser, à se faire sa place au milieu des autres entités animées de ce monde ?

Ploupy, fragile et faible, tète avec vigueur.

Elle aimerait ressentir cette force, cette évidence, cet élan.

Elle va chercher une feuille de papier et part s'installer sur le banc près de l'étang, à l'ombre, un peu cachée. Trois grenouilles ont sauté dans l'eau quand elle est arrivée. Les carpes ondulent doucement, comme pour lui montrer le chemin de l'apaisement. Elle ferme les yeux, pense au petit chiot.

Le jour où je suis née, maman partie nulle part
Est-ce que j'ai été motivée par l'envie de boire
Au sein maternel que tu m'as donné
Ou bien j'étais celle qui voulait pas manger ?

Clémence compte sur ses doigts en relisant à voix haute. Six, sept, neuf, cinq, cinq, cinq, cinq, six. Les rimes sont là mais le rythme n'est pas régulier. Elle réfléchit, rature, essaie d'autres termes, recommence à compter. Elle pense à Rémy et aux alexandrins parfaits, cherche des synonymes, enlève des mots, les prononce à voix haute. Plusieurs fois. Elle sèche, pense abandonner, admire les nénuphars, les hirondelles qui boivent en plein vol, minuscules Canadair qui n'ont que leur soif à éteindre.

Ses pensées endormies sortent de leur torpeur lorsque le vol d'un papillon clignote autour d'elle.

Elle entend soudain la musique, griffonne les paroles :

Le jour où je suis née, maman de nulle part,
Ai-je été animée par le désir de boire
À ce sein maternel que tu m'as présenté
Ou étais-je de celles qui ne voulaient manger ?

Clémence repose son crayon, relit, plie le papier en quatre et le glisse dans sa poche, étonnée d'avoir réussi à rédiger ces quatre lignes, comme si les mots étaient venus d'ailleurs, comme si elle n'avait fait que saisir un récit déjà écrit. Elle montrera à Rémy pour savoir si le poème fonctionne. Elle lui demandera par où commencer pour raconter son histoire.

Une histoire qui ne fait pourtant que commencer.

La première marche

Clémence passe une grande partie de son temps à observer les chiots. Elle effectue les tâches quotidiennes pour lesquelles elle est inscrite sur le grand tableau mais va s'asseoir dès qu'elle le peut à côté du panier, dans la chaufferie. Elle n'ira pas avec les autres dans la forêt pour préparer les premiers parcs à chèvres, au fond d'un minuscule vallon où l'herbe est abondante entre les arbres clairsemés et où les ronces feront le bonheur des dévoreuses. Elle a promis à Capucine, qui doit s'absenter, qu'elle veillerait sur les petits.

Une fois arrivé dans la clairière, chacun s'est approprié l'outil le plus adapté à ses capacités.

Sécateur à la main, Karine est postée devant l'étendue du travail qui les attend, un poing sur la hanche et un énorme soupir dans la poitrine.

Adrien a saisi la débroussailleuse et s'est dirigé vers le fond de la parcelle pour ne pas leur faire subir le bruit du moteur.

Dans l'herbe haute encore humide de la rosée nocturne,

Karine et Rémy se chargent de protéger à l'aide d'un grillage les jeunes pousses d'arbres.

– Tu vas faire quoi quand tu auras purgé ta peine ?

Rémy apprécie que personne ne l'ait encore questionné sur les raisons de son incarcération. Ils ont eu cette délicatesse. À moins que ce ne soit de la crainte, pense-t-il soudain. Clémence, elle, n'a pas peur. Au contraire. Il lui semble même qu'elle s'est un peu plus rapprochée de lui depuis qu'elle sait. Passer pour un dur rassure peut-être certaines âmes craintives. Ou bien excite celles qui cherchent le grand frisson… À quelle catégorie appartient Karine ?

– Je n'ai plus vraiment envie de travailler comme salarié. La pression m'a rendu dingue. Et toi ?

– Pareil. Mais je ne sais rien faire d'autre. J'étais une bonne prof. J'aimais ce métier. Mais je crois que j'ai perdu la flamme. J'ai peur d'y retourner.

Concentré sur ses gestes, Rémy donne de violents coups de fourche pour tenter de démanteler les broussailles. Équipée de gants épais, Karine tire sur les ronces emberlificotées autour des jeunes troncs et les entasse un peu plus loin. Elle aime l'idée de se débarrasser de tout ce qui pique et étouffe. Un instinct bestial l'envahit. Elle aimerait nouer ces tiges en une boule énorme. Se défendre a posteriori. Plus elle y pense, plus elle les arrache violemment, sous le regard amusé de Rémy.

– Elles ne t'ont rien fait ces ronces, pourquoi tu les martyrises ainsi ?

– Tu ne peux pas comprendre.

– Au moins, tu es efficace.

Elle redouble d'efforts pour arracher et arracher encore

les friches en espérant décrocher en même temps les épines encore plantées dans son cœur.

Bientôt à bout de forces, Karine s'éloigne pour se désaltérer. Elle a préparé des boissons dans un panier en osier qui patiente à l'ombre d'un sapin. Elle a souvent besoin de pauses, alors que Rémy est stakhanoviste. Elle en profite pour échanger quelques SMS avec Timothé.

Quand elle revient à sa hauteur, Rémy, en appui sur le manche de sa fourche, regarde le sol.

– J'ai trouvé quelque chose d'étrange.

Au milieu des broussailles, une cavité rectangulaire entourée d'un minuscule muret de pierres joliment alignées. Trois marches s'enfoncent dans la terre.

– Qu'est-ce que c'est que ça ?

– Aucune idée. En tout cas, il y avait un paquet de branches au-dessus, bien rangées les unes à côté des autres. Et elles sont là depuis un moment vu leur état de décomposition.

Karine court chercher Adrien.

– Tu peux venir ? On a trouvé un truc un peu plus bas.

– Ah ? Un obus ?

– Mieux !

– Une dent de dinosaure ? Un elfe ?

– Encore mieux !

Rémy a commencé à dégager la terre qui comble la cavité. Une nouvelle marche est apparue.

– On va peut-être trouver un souterrain ! espère Karine.

– Ou bien un abri. La zone était pleine de militaires pendant la Deuxième Guerre, explique Adrien. Ou alors une cave. De très vieilles fermes existaient dans le secteur. Elles ont été détruites pour récupérer les pierres de grès. Il faut en parler à Jean, le vieux du banc. Il saura sûrement s'il y avait une maison ici.

– L'escalier est très étroit. Trop pour une cave ou un abri militaire. Je ne passe pas en largeur, constate Rémy.

Karine lui fait remarquer qu'il est hors catégorie en terme de largeur d'épaules. Elle se poste face à l'escalier. Constate qu'elle passe sans difficulté.

– La profondeur des marches est minuscule aussi.

– Si c'est une entrée secrète, elle n'a pas vocation à se voir.

– Tu penses qu'Indiana Jones est enterré sous nos pieds ? se moque Rémy

– Tu connais Indiana Jones, toi ? s'étonne Karine.

Elle est certaine que cet escalier n'est pas là pour rien. Qu'il mène à quelque chose. Elle retrouve ses réflexes d'étudiante. Sa licence d'archéologie en poche, passée vingt ans plus tôt, elle s'était réorientée vers des études d'histoire pour devenir prof. Mais les quelques stages réalisés durant les vacances d'été dans de vieux châteaux à restaurer posés sur les contreforts vosgiens de la plaine d'Alsace avaient nourri sa curiosité.

Elle est déjà en train d'imaginer les recherches qu'elle va pouvoir engager pour trouver des informations. D'abord, à la mairie pour le relevé de cadastre. Ensuite, elle épluchera les archives de la presse locale. Rémy se propose pour rendre visite à Jean. Une bonne occasion de faire sa connaissance.

Adrien leur suggère dans un premier temps de remettre les branchages en place et de poursuivre leur travail, afin d'éviter de prendre du retard. Karine est trop excitée, elle ne peut s'y résoudre.

Agacé de voir l'heure tourner, il pense aux chèvres qui vont bientôt arriver et qui n'en auront rien à faire d'Indiana Jones. Ils pourront revenir à leurs heures perdues. S'il trouve du temps libre, il les aidera peut-être, au moins pour surveiller qu'ils ne mettent pas au jour n'importe quoi.

– Méfiez-vous quand même des bombes.

Le cœur léger

Ils ont prévu d'arriver en début d'après-midi. Ils auraient souhaité emmener leur fils au restaurant – voilà des années qu'il n'en a pas eu l'opportunité –, mais les règles sont strictes. La visite n'est autorisée que sur le lieu où il réside.

Rémy les attend sur le parking. Sa mère est déjà en larmes lorsque la voiture se gare. Elle tombe dans ses bras et gémit de bonheur. Il la serre longuement contre lui en souriant à son père qui attend son tour. Rémy écarte un bras pour l'y accueillir. Il a ici la place de les ouvrir en grand.

– On a apporté quelques affaires. Des vêtements, des livres, du chocolat, du bon café. Tout est dans le coffre.

– Maman…

– J'ai essayé de la raisonner, mais tu la connais.

– Tout n'est pas pour toi, se défend sa mère.

Capucine et Adrien les accueillent autour d'un café. Clémence s'est sauvée dans sa chambre, Karine a choisi de les laisser entre eux. Les parents ont prévu un énorme panier garni pour les hôtes de leur fils, maigre preuve de leur gratitude. Des bouteilles de vin, du saucisson, des confitures, du pain d'épice, des chocolats et bien d'autres victuailles encore. Ils ne cessent de les remercier, la voix étranglée par l'émotion.

Capucine les observe, émue. Un beau couple, uni. Elle, petite, un embonpoint joyeux, les cheveux tirés en un chignon parfait. Lui, grand et sec, pantalon en velours et lunettes carrées, une barbe grise soignée. Elle est volubile, il se fait discret. Ils se tiennent la main en parlant de Rémy.

Un peu plus tard, ils iront se promener tous les trois dans la forêt à l'arrière des bâtiments.

Rémy leur parlera de tout ce qu'il a appris jusque-là. Il leur décrira Clémence, une petite brindille dans le vent qui, sous sa fragilité d'animal blessé, avance parfois sans se poser de questions avec une puissante détermination. Il fera lire à son père sa première poésie griffonnée sur un morceau de papier. Rémy se souviendra de son professeur de lettres durant ses études supérieures, qui leur avait dit un jour que certaines personnes, au demeurant très rares, n'avaient pas besoin d'apprendre à écrire pour savoir le faire avec une musique intérieure presque divine. Comme si, d'un coup de baguette magique, elles savaient puiser des mots dans leur répertoire puis les ranger parfaitement pour qu'ils chantent ensemble.

Rémy taira ces moments où Clémence s'approche si près de lui que leurs bras se frôlent comme si elle cherchait un point de contact. Ces sourires discrets qui peinent à s'effacer quand il la félicite de brosser Stevia sans trembler, ou qu'il l'encourage à soulever une charge qu'elle imaginait d'emblée trop lourde et qu'elle réussit à déplacer.

Ils traverseront quelques moments de silence où sa maman lui prendra la main en la serrant fort. Puis ils repartiront, le cœur léger de savoir qu'ils pourront revenir plus facilement qu'au parloir, même si une demande d'autorisation est encore requise.

Rémy regardera la route un long moment après que la voiture aura disparu dans le premier virage.

Il soupirera et pensera à Pauline.

Oser vivre malgré les rapaces

Un panier se promène au bout du bras de Clémence. Dans le calendrier des activités, aujourd'hui, sa case est cochée pour le ramassage des œufs. Depuis leur arrivée, presque trois semaines plus tôt, elle n'a fait qu'accompagner, regarder de loin. Elle a peur des poules, de leur côté imprévisible, de leur bec puissant et des coups qu'elles sont capables de porter. Encore plus du coq, qui charge parfois, quand il est question de défendre son harem. Elle profite de leur absence pour se glisser dans le poulailler. Les nids formés dans la paille comptent chacun un œuf ou deux. Elle les pose délicatement dans son panier. Reste le dernier, où couve une poule blanche qui émet un son strident dès que Clémence approche la main. Elle essaie par l'autre côté. Rien n'y fait. La bête est déterminée. Instinct de survie. *Laisse mes œufs tranquilles !*

La jeune femme ressort bredouille et cherche de l'aide autour d'elle. Karine, qui jardine au fond du potager, ne sera pas forcément plus à l'aise pour soulever le volatile. Rémy creuse une tranchée pour couler les fondations de la future serre, elle ne veut pas l'interrompre. Capucine est partie s'occuper des ruches. Reste Adrien, qui sort à l'instant de l'atelier, quelques outils en main. Elle se dirige vers lui, les yeux brillants.

– Tu t'es fait mal ?

– Je n'arrive pas à soulever la poule qui couve, répond-elle en laissant échapper une larme.

– Ne te mets pas dans cet état pour un œuf…

– Il y en a peut-être plusieurs.

– Même ! Tu as peur qu'elle te pince ?

– Oui.

– Ne bouge pas.

Il pose ses outils et retourne à l'atelier. Revient quelques instants plus tard avec deux longs gants en cuir et lui propose de l'accompagner. Elle les enfile avant d'entrer en zone ennemie. Ils sont mille fois trop grands, mais elle se sent protégée. Hésitante, elle s'avance vers la poule, encouragée par Adrien qui la guide dans sa progression.

– Saisis-la d'un geste précis et déterminé puis lâche-la un peu plus loin. Elle essaie de t'impressionner mais va te laisser faire.

Clémence respire profondément, s'approche du nid, les yeux brouillés de peur. Elle saisit l'ombre devant elle et la jette au sol comme si c'était une boule de feu. La poule pousse un cri et s'éloigne en protestant. Deux œufs patientent. Elle enlève un gant. Ils sont brûlants. Elle aime aussitôt cette chaleur sur ses mains glacées malgré l'été. Adrien la félicite pour son courage avant de s'éloigner. Clémence n'a pas du tout envie de ranger ces deux œufs dans le panier avec les autres. Ils portent la saveur du combat, le goût de la victoire. Délicatement, elle en glisse un dans chaque poche de son short.

Après avoir daté et mis à l'abri la récolte du jour, elle rejoint la grange d'une démarche claudicante. Elle a besoin d'un instant pour se remettre de ses émotions, sans savoir si le creux dans son ventre est lié à la peur ou à la faim. Elle a pourtant mangé un fruit et un demi-yaourt au petit déjeuner. Elle sort les deux œufs encore tièdes de son short, se décide à les plonger dans une casserole d'eau, allume le gaz et attend. Clémence ne fait qu'une chose à la fois. Elle a découvert il y a longtemps déjà à quel point ses journées effrayantes de vacuité pouvaient paraître remplies avec ce procédé. Elle caresse quand même l'arrondi du plan de travail. Elle aime le contact du bois. Dans ce logement, dès qu'elle le peut, elle s'installe de sorte qu'une de ses mains puisse le toucher, s'y attarder longuement. Elle ne cesse de s'accrocher à des tuteurs.

De petites bulles apparaissent au fond de l'eau en quelques minutes, puis des gros bouillons. Elle hésite. À la coque ou durs ? Elle jette un œil à la trotteuse de l'horloge, cette vieille pendule qu'on entend d'un bout à l'autre de la pièce. La même que celle de ses grands-parents. Elle s'endormait sur le canapé, juste en dessous, bercée par le son régulier des secondes qui s'égrenaient et lui prouvaient que le temps ne s'était pas arrêté, à la différence de son cœur. Alors elle se laissait traverser par le tic-tac puissant, comme s'il prenait le relais pour la maintenir en vie.

Elle tourne soudain le bouton de la gazinière. Trois minutes quinze. Elle croise les doigts pour que ces quelques secondes en plus ne compromettent pas son objectif. Elle coupe la cuisson sous un filet d'eau froide, puis elle met à griller une tranche de pain.

La voilà enfin assise sur un tabouret haut, ses deux trésors devant elle, chacun dans un coquetier. Et quelques lamelles de pain dorées. Elle inspire profondément, regarde par la fenêtre entre les deux pans de tissu fleuri, aperçoit les chevaux dans le pré, entend Rémy et Adrien crier pour s'entendre au-dessus du bruit de la bétonnière. Elle balaie la pièce du regard, le coin canapé, les BD, le fauteuil devant le poêle à bois qu'elle aimerait essayer en hiver, pour se brûler les genoux de trop s'en approcher, la cuisine où elle a déposé un bouquet de graminées. Elle se sent détendue.

Puis Clémence s'évertue à découper un chapeau aux bords réguliers. Il n'est pas aussi parfait que ceux de son enfance, mais elle est satisfaite de trouver sous le blanc dur un jaune orange et coulant à souhait. Elle a réussi. À déplacer la poule, à acheminer les œufs, à interrompre la cuisson au bon moment, à former un joli chapeau. Elle a réussi à s'accorder ce temps.

Tout est victoire dans ce moment, et en savourant la première bouchée de pain grillé enduit de ce jaune fermier, Clémence est tiraillée entre le plaisir de la saveur dans sa bouche et le souvenir ému que celle-ci réveille dans son cœur. Pour la première fois depuis si longtemps, elle ressent l'envie d'une bouchée supplémentaire. Puis d'une autre. Et d'une autre encore. Pour retrouver sa maman.

Elle n'ira pas racler le fond de l'œuf et sentir la petite cuillère suivre l'arrondi parfait de la coque. Elle ne finira pas la lamelle de pain grillé. Son estomac refuse, démissionne, abdique. Il s'impose à elle, prend toute la place. Une boule énorme. Clémence se sent punie d'avoir osé écouter ses papilles et sa mélancolie. Elle essaie de chasser cette maudite sensation, en vain. Alors elle file à l'étage et en revient avec l'enveloppe. Elle sent que le moment est arrivé. Elle y plonge la main et en extrait un pinceau et un carnet à dessin. Elle veut essayer. Laisser une trace de cette victoire sur elle-même. Elle décalotte le deuxième œuf, trempe le bout du pinceau dans la texture liquide et dépose des petites taches de jaune sur le papier. Deviendront-elles des iris d'eau, des boutons-d'or, des papillons, des bottes de foin amoureuses ? Qu'importe la forme qu'elles prendront, ces petites traces de courage resteront. Satisfaite du résultat, elle recommence sur une deuxième feuille. La première sera pour le docteur Letellier. Puis elle ouvre la boîte d'aquarelles. Dès le soir de son arrivée, elle avait déballé les godets pour les positionner dans les cases, par code de couleurs. Chaque soir, elle les caressait du bout des doigts, encore doux de n'avoir pas été entamés par le pinceau. Elle complétera son dessin avec quelques nuances de vert, de gris, de bleu. Ce soir. Ou peut-être demain. L'urgence était de saisir ce jaune.

Elle regarde les deux coques ouvertes et les miettes sur la surface en bois. Des larmes coulent. Clémence pleure le combat de titans qui se joue en ce moment entre la toute petite fille et la plus grande. Entre le vent coléreux des souvenirs et l'envie de se sentir légère. Son estomac douloureux d'être sollicité tente de se venger, mais Clémence se sent emplie de boutons-d'or, d'iris et de papillons, pleine d'un petit morceau de la vie d'ici, qui paraît simple et si paisible. Elle n'a pas seulement savouré un œuf frais, elle a aussi mangé un peu de la gentillesse qui flotte au-dessus de ce lieu, de la fantaisie qui pousse un peu partout, des nuages calmes qui passent sans se poser de questions et de l'insouciance des poules de M. Seguin qui se fichent des buses tournoyant plus haut dans le ciel. Peu importe le risque, du moment qu'elles ont l'ivresse de l'herbe fraîche.

Comme elles, Clémence aimerait oser vivre malgré les rapaces.

Le froid du mystère

Adrien a vu revenir Capucine en voiture. Il profite d'une brouette pleine de béton que Rémy vient de commencer à insérer dans les agglos du mur de la serre pour s'accorder une pause et aller à sa rencontre, dans l'intimité de leur maison.

Quand il entre dans la cuisine, Capucine sursaute, replie la lettre qu'elle est en train de lire et la fourre dans la poche arrière de son pantalon.

– Tout va bien ?

– Oui. Et toi ?

– Je me sentirais mieux si je comprenais ce qui t'arrive. Tu disparais sans explication, parfois pendant des heures.

– Tu me surveilles ?

– Je m'inquiète. Je te connais par cœur. Je vois bien que quelque chose te soucie.

– Un peu de fatigue, voilà tout.

Adrien s'approche d'elle et lui ouvre ses bras. Elle s'y réfugie en retenant ses larmes. Ce n'est pas le moment. Et puis, elle s'en veut. Ne comprend pas ce qu'elle a fait de travers pour en arriver là. Elle a honte d'agir en cachette, mais elle ne veut pas l'accabler. Lui aussi est fatigué, présent sur tous les fronts, ne ménageant pas ses efforts depuis deux ans pour transformer cet endroit en nid douillet.

Elle a dû prévenir les autorités compétentes. Elles lui ont donné la marche à suivre. Elle devra détruire une partie des éléments et rester vigilante.

Elle finit par pleurer. Il la serre plus fort, impuissant et triste. Il lui dit qu'il l'aime, espère en silence qu'elle n'est pas tombée amoureuse d'un autre. Que pourrait-elle lui cacher, à part une aventure ?

– Moi aussi, je t'aime. Ne t'inquiète pas. Ça va passer.

Capucine ne sait pas encore que le risque de tout perdre se dessine doucement.

La relativité de l'enfer

C'est le gamin qui est venu ce soir. J'ai eu du mal à partir, mais il fallait que je sois à l'heure pour les soins de ma jambe. L'infirmière me crie si elle doit m'attendre parce que je vadrouille. Je lui dis que ça soigne d'aller marcher, rapport à la circulation sanguine. Elle me répond que j'ai toute la journée pour marcher et que elle, elle a d'autres ulcères à traiter. Elle est gentille, alors je fais un effort.

Il est venu s'asseoir à côté de moi sans un mot. Pas de bière non plus. Il s'est allumé une cigarette et m'a tendu son paquet. Des années que j'en avais pas grillé une.

À mon âge, une cigarette de plus ou de moins ne changera rien à mon destin. On a fumé en silence pendant un moment, en regardant la ferme. La petite revenait du potager avec son panier. Elle s'est redressée depuis qu'elle est là, comme si elle avait gagné des centimètres en décidant de moins se cacher.

– Elle est touchante. On dirait un oiseau fragile qui a envie de voler, qu'il m'a dit.

– Il y a de l'espace ici, que je lui ai répondu. « Même pour le simple envol d'un papillon, tout le ciel est nécessaire. »

– Paul Claudel.

Il m'en a bouché un coin ! J'en connais pas beaucoup, des citations. Celle-ci, elle est sur une carte que m'a envoyée l'équipe des aides à domicile pour la nouvelle année, il y a cinq ans. Avec un papillon jaune, un citron, dessiné à côté. Je l'ai coincée dans le miroir de la salle à manger. Je la trouve belle. Alors qu'il la connaisse et qu'il sache l'auteur me l'a rendu attachant directement.

On a continué à fumer sans parler.

J'aime bien les gens qui savent faire exister le silence. Presque il aurait pu repartir juste après, sans un mot, que ça m'aurait plu.

Mais ça m'a plu aussi qu'il reste.

Il m'a posé des questions sur l'histoire de la région pendant la guerre, pour savoir s'il pouvait y avoir des souterrains dans le coin. Y a pas beaucoup de souterrains, c'était pas une guerre de tranchées, mais je lui ai quand même raconté la bataille de Bruyères, le maquis, le Bataillon perdu. Une sacrée histoire. Le 141e bataillon était constitué de 270 soldats texans, encerclés par 700 Allemands sur la crête, juste au-dessus d'ici, et le général Dahlquist qui décide, en 44, d'envoyer le 442e bataillon composé de Nisei. Le jeune savait pas qui étaient ces soldats. Des immigrés japonais, que je lui ai expliqué. Les combats ont été terribles. Ils avançaient mètre après mètre en se battant soldat contre soldat. Les pertes ont été énormes. Au final, ils ont sacrifié 800 Nisei pour sauver 270 Texans. Une des dix batailles les plus importantes des États-Unis. Un « second Cassino », comme ils disent, rapport à la bataille de Cassino en Italie où c'étaient déjà des Nisei qui avaient combattu. On peut me demander ce qu'on veut sur cette histoire, je connais tout par cœur. Il y a quelques années encore, quand je pouvais monter jusqu'au chemin de crête, j'allais jusqu'à la Borne 6, pour une minute de silence devant le monument aux morts, et j'allais voir les différentes plaques clouées sur les arbres, au bord du chemin, qui rendent hommage aux soldats tombés sous le feu des Allemands. C'est quand même fascinant de sacrifier 800 hommes pour en sauver 200. J'ai jamais compris... Aujourd'hui, je leur envoie une pensée depuis mon banc, ça marche aussi.

Ensuite, le gosse m'a dit qu'on soupçonnait pas qu'il puisse y avoir eu autant de morts par ici, parce que le lieu ressemble plutôt au paradis. Je lui ai répondu qu'on voit des paradis dans des endroits normaux seulement parce qu'on a vécu l'enfer. Que c'est juste une question de relativité. Il s'est rallumé une autre cigarette, et sans que je demande rien, il m'a parlé de l'enfer duquel il revenait. Il m'a raconté son mariage raté, et tout ce contre quoi il était en colère. Et aussi la prison, sans me dire pourquoi il y est allé. Seulement la longueur de sa peine et tout ce qu'il a fait de bien là-bas pour se racheter une conscience. J'ai rien demandé de plus. Faut laisser mûrir les fruits tout seuls sans approcher le chalumeau. Je voyais sa cigarette trembler entre ses doigts. Et moi, je tremblais entre mes souvenirs.

Je lui en ai pas parlé. À mon âge à moi, on a déjà tout dit. Si c'est pas aux gens, c'est au temps, au vent, et à tout ce qui peut emporter ailleurs des bouts de passé trop lourds. Il avait besoin que je sache d'où il venait. Je vais finir par croire que l'air d'ici donne envie d'arrêter de se cacher. Adrien et Capucine se sont aussi confiés à moi en arrivant il y a deux ans. On peut pas mentir aux prés et à la forêt. Ni aux vieilles pierres. Elles savent tout de suite qui vous êtes. On peut encore moins se mentir quand on habite là.

Moi ? J'ai mes secrets, mais je suis honnête avec moi-même. Et avec Madeleine. Elle sait que j'ai fait tout ce que je pouvais pour elle.

Même si j'ai toujours pensé que j'aurais dû faire plus.

Compter les mailles

Voilà trois jours que Karine et Rémy se précipitent dans chaque interstice de temps libre pour aller creuser. Trois jours qu'ils se relaient pour remplir des seaux et les déverser à la surface. Le monticule de terre grossit, alors que le trou ne semble pas s'approfondir. Karine est souple et capable de se faufiler entre les pierres. Moins agile, Rémy est plus puissant pour soulever le seau. Ils alternent et se complètent.

Trois jours également qu'Adrien est morose. La tension monte. Il trouve les fouilles inutiles et elles commencent à occuper trop d'espace, en temps et en discussions. Adrien a surtout besoin que tout soit prêt pour accueillir les animaux. La petite machine à traire individuelle a été livrée, les parcs prennent forme, le bâtiment s'achève doucement. Les derniers détails sont les plus chronophages. Cet escalier vers nulle part lui importe peu. Bien moins en tout cas que l'attitude de Capucine, qui semble de plus en plus triste. Elle lui a annoncé qu'elle partait s'occuper des ruches, a décliné sa proposition de l'accompagner, prétextant un besoin de solitude. Il se sent soudain perdu, délaissé et inutile. Seule Clémence, que les fouilles n'intéressent pas, reste motivée pour l'aider au jardin. Attentive à ses explications, elle s'émerveille de la puissance de la nature. Elle ne l'a pas cru quand il lui a affirmé qu'il y avait autant de bactéries dans une poignée de terre que d'humains sur la planète. Il a dû lui montrer le livre dans lequel il avait trouvé l'information. Elle le lui a emprunté. Souvent, il l'observe de loin évoluer dans le potager. Elle regarde chaque tortillon qui s'élance depuis les tiges des pieds de melon ou de concombre, teste leur résistance quand ils s'accrochent au premier tuteur venu, en est impressionnée. Elle respire le parfum des fleurs de chèvrefeuille, des roses, du seringa, en fermant les yeux. Ses déambulations sont un poème, et Adrien les reçoit comme un baume sur le cœur.

Clémence ne se raidit qu'en présence des insectes. Elle a peur de tout ce qui pique. De tout ce qui bourdonne. De tout ce qui est imprévisible et peut agresser sans raison.

Karine imagine mille scénarios. Un souterrain qui traverse la montagne, des squelettes de soldats inconnus, des bijoux enfouis, une cave de grands crus. Se réveille en elle la petite fille aventurière qui accompagnait ses cousins dans la forêt à la recherche de sensations fortes au creux des cavités entre les rochers à la nuit tombée, à une époque où l'on acceptait encore que les enfants errent seuls, leur épée en bois à la main et leur liberté en bandoulière comme un bouclier contre la peur.

Des racines apparaissent désormais entre les pierres. Dans les entrailles d'un sol où les végétaux ne demandent qu'à prospérer, le vivant a repris ses droits sur la roche depuis des années.

Karine aime ces moments avec Rémy. Elle a envie de lui plaire, elle voudrait qu'il ait de la tendresse pour elle, et pourquoi pas de l'attirance. Il est beaucoup plus jeune, mais justement, le plaisir de se sentir désirée n'en serait que plus puissant, alors qu'il n'a d'yeux que pour Clémence et ne cesse de se préoccuper d'elle. A-t-elle assez mangé ? A-t-elle bien dormi ? Que va-t-elle faire aujourd'hui ? Peut-il l'aider ?

Karine aussi a besoin qu'on s'enquière de son sommeil, de ses repas, de ses besoins, de ses envies, de son corps, de son cœur. La seule attention que Rémy lui porte se résume à un regard critique et inquiet dès qu'elle se sert à boire, ce qui l'agace prodigieusement. Karine ne boit que pour le plaisir. Elle n'en a pas besoin. Qu'on lui foute la paix avec les réjouissances de la vie !

Les plaisirs de la chair lui manquent terriblement. Sentir le souffle d'un homme dans son cou, son sexe dur entrer en elle, deux larges mains pétrir ses fesses, ses seins, la tenir par la taille pour guider les mouvements de son bassin. Haleter ensemble, le cerveau enivré d'hormones, et retomber sur les draps humides, béats d'avoir joui sauvagement au nez et à la barbe du monde. Karine n'aime pas vraiment le sexe calme, le sexe pâle, les étreintes timides et les caresses délicates. Elle aime qu'on la bouscule, qu'on la chahute, qu'on la contraigne, qu'on la saisisse. Mais qu'elle y consente. Tout est affaire de nuance entre l'amant fougueux et le pervers. Cette nuance dont elle a longuement parlé avec le psy pour se préserver de ses propres failles. Elle sait désormais que certaines attirances sont périlleuses et nocives. Qu'elle doit apprendre à jouer avec ce feu qui la maintient en vie, sans pour autant se brûler. Trouver la zone tempérée. Le médecin lui a appris à accepter l'idée de renoncer à quelques vibrations du corps pour préserver son âme. À ne pas se jeter dans la gueule du premier prédateur venu sous prétexte de se sentir exister. L'idée aussi d'oser prendre des risques tout en sachant fuir face au danger.

Elle n'a pas encore mis en pratique la théorie. Pas d'amant à l'horizon. À quarante-cinq ans, sans travail, les opportunités de rencontres ne sont pas légion. La traversée de ce désert sans chair s'éternise et elle commence à avoir soif. Alors elle cherche d'autres plaisirs…

Rémy creuse sans la regarder.

À la ferme, l'après-midi est calme. Après l'effervescence des foins, celle des naissances, avant l'arrivée des chèvres, les moments paisibles permettent de se ressourcer.

Jeannot est venu aider Adrien à réparer l'andaineuse. Retaper le mécanisme et changer quelques dents cassées. Ils sont dans la courette, à l'arrière, tout près de l'atelier.

Paule l'a accompagné, pour ne pas rester seule à la maison. Couple fusionnel qui, même après cinquante ans de mariage, se tient la main en marchant, comme deux adolescents qui ne veulent pas se lâcher.

La retraitée passe le temps installée dans une chaise longue, à l'ombre du pommier, son ouvrage de crochet dans les mains.

Clémence l'observe depuis le balcon de la grange, dissimulée derrière le rideau. Elle voit les doigts gigoter dans un mouvement rapide et régulier. Intriguée, elle décide de s'approcher, descend les escaliers, sort de la maison et se cache derrière le tronc du saule pleureur qui trône à l'entrée du jardin. Paule s'arrête parfois, sort le crochet de l'ouvrage et l'utilise pour compter quelque chose, puis reprend de plus belle.

Clémence aimerait savoir ce qu'elle calcule. Elle s'approche encore un peu, cueille quelques fleurs au bord de l'allée pour se donner une contenance, excuser sa présence, brouiller les pistes de son affût.

– Tu peux venir, Clémence, je ne mords pas…

Alors la jeune fille s'approche sans un mot, les fleurs à la main. Elle s'assoit sur le muret et observe chaque détail. Elle aime l'entrelacs des fils de coton échappés des différentes pelotes. Les couleurs pastel, d'autres plus vives, qui se côtoient dans le panier en osier, suffisamment imparfait pour laisser penser qu'il est fait maison. La petite pochette en cuir, solidement fixée à l'anse, et qui contient des crochets de différentes tailles, une paire de ciseaux, une aiguille au large chas. Et des carrés, des ronds, des triangles multicolores, dont les mailles dessinent des motifs et autant d'arcs-en-ciel inédits.

– Tu sais crocheter ?

– Non.

– Tu n'as jamais eu envie d'essayer ?

– Je connaissais pas. Ça sert à quoi ?

– Le crochet ? À réaliser de jolies créations. À faire quelque chose de ses dix doigts. À prendre du temps pour soi.

– …

– Tu veux que je t'apprenne ?

– Je n'y arriverai jamais.

– Tu aimes compter ?

Compter n'est pas un plaisir chez Clémence, mais une nécessité, un acte de survie rassurant, enveloppant. Des jalons posés pour remplir l'espace, le rendre moins flou, lui donner une existence, un cadre. Comme pour recoller le sien, éclaté en mille morceaux. Compter, compter, compter, pour avoir le sentiment de compter.

Paule pose son ouvrage dans le panier, attrape une pelote de fil un peu plus épais, un crochet numéro 4 et les tend à Clémence. Une autre pelote et un crochet numéro 3 pour elle.

– Approche la petite chaise en fer forgé qui est là-bas, et installe-toi à côté de moi. Nous allons faire ensemble. Tu verras qu'il n'y a pas beaucoup de points à connaître. Une fois que tu auras eu le déclic, tu ne pourras plus t'arrêter.

Avec une patience d'ange, Paule exécute les gestes au ralenti pour montrer comment enrouler le fil autour des doigts afin de maintenir une tension permanente sans gêner le glissement. Puis elle lui apprend à faire un nœud coulant. Clémence est prête, le crochet enfilé, le fil emberlificoté entre ses phalanges longues et maigres. Fébrile, elle attend les instructions.

Paule lui enseigne le jeté, la maille en l'air pour réaliser une chaînette. Clémence commence, tremble, hésite, tire trop sur le fil, puis plus assez. Il tombe, elle le remet. Il retombe. Les mailles sont irrégulières, trop lâches ou trop serrées. Mais elles existent.

Avec mille précautions pour ne pas la bousculer, Paule la pousse à défaire les mailles puis à recommencer. Trois fois. Jusqu'à obtenir une base régulière de dix mailles. « On n'apprend pas le crochet sur des approximations. »

Capucine est rentrée, en nage sous sa vareuse, elle a aperçu les deux femmes sous le pommier. Elle sait que le beau soigne, que le beau panse, qu'il épanouit et qu'il compense. Elle en a besoin plus que jamais.

Elle a constaté avec joie que la petite mange un peu mieux qu'aux premiers jours. Elle aime les œufs, goûte les légumes à peine cueillis, au milieu du potager, a découvert les petits pois bien rangés dans leurs cosses, si jeunes qu'ils sont encore sucrés. Elle en croque par-ci, par-là. L'autre soir, Rémy l'a surnommée *la princesse au petit pois*. Ignorant ce conte, elle a cherché, s'est reconnue dans cette sensibilité exacerbée. Elle participe à l'élaboration des repas, apprécie la saveur des plats, du bout des lèvres, comme si elle se fabriquait un catalogue de goûts.

Elle lutte aussi contre les réflexes ancrés en elle depuis tant d'années, comme tatoués sur son estomac : ne jamais se resservir, laisser la moitié de l'assiette pleine, fuir le sucre et le gras.

Désormais, elle reprend une cuillère quand elle aime vraiment.

Elle sait monter une mayonnaise et écaler un œuf dur. Elle en extrait le jaune orange, l'émiette, le mélange à la sauce veloutée, remet le tout dans le demi-blanc dont la cavité parfaitement ronde lui rappelle sa palette de peinture, sur laquelle elle crée de nouvelles couleurs. Même si elle ne mange pas d'œufs mimosa, elle est ravie d'en préparer. Et parfois, elle apporte un œuf encore cru dans son alcôve, sépare le blanc du jaune et peint un vrai mimosa sur un fond de ciel bleu.

Même si des efforts étaient faits pour la rendre alléchante, la nourriture de l'hôpital était presque une punition. Ici, elle est une œuvre d'art. Clémence tient les couteaux comme elle tient son pinceau.

Ou comme elle tient son crochet, en ce moment même. Pour fabriquer quelque chose de ses mains.

Ces mains qui ont perdu trop tôt l'empreinte de celles, maternelles, qui tenaient bon, qui protégeaient, qui montraient le chemin.

Ces mains qui l'ont fait vomir, qui l'ont scarifiée, qui ont refusé de tenir une fourchette.

Ces mains, aujourd'hui, qui cueillent, creusent, peignent, déplacent des poules rebelles, conduisent un tracteur, tiennent un râteau, saignent et cicatrisent. Ces mains qui s'étirent le matin et frottent des yeux heureux de s'ouvrir avec le soleil.

Clémence a appris la patience depuis son enfance. Ne serait-ce que celle d'attendre que le temps passe. La petite fait preuve d'un calme délicat, d'une attention aiguisée, d'une présence forte et solide dans l'instant partagé. Paule en est touchée. Le mercredi après-midi, durant les ateliers bricolage du village, elle accompagne souvent des enfants qui ne tiennent pas sur leur chaise plus de dix minutes, qui perdent pied dès qu'il faut rester concentrés plus de cinq. Des enfants qui crient, qui gigotent, s'impatientent, lâchent tout pour aller bousculer le camarade plus petit qui les a provoqués.

Paule aime partager sa passion du crochet, surprendre ce moment magique où l'élève comprend. Quel enchantement de voir Clémence, qui, le sourire aux lèvres, s'est mise à accélérer ses mouvements sans rechigner à défaire pour refaire en mieux !

Jeannot revient bientôt, sa boîte à outils dans la main,

satisfait du travail accompli. Adrien pourra andainer le regain. Tout tient.

Le temps a filé, et Clémence ne l'a pas vu passer. Elle a monté des rangs, deux heures durant. Des mailles serrées, des demi-brides, des brides, des doubles, des changements de couleur, et quelques subtilités. Paule avait raison, une fois que l'on a compris le principe, la pratique est aisée et addictive. Clémence n'a plus envie de s'arrêter malgré la douleur dans ses phalanges, peu habituées à être ainsi contractées. Les minuscules muscles de ses doigts sont tétanisés.

La séance s'achève sur l'apprentissage des fils à dissimuler. Un petit carré de coton crocheté est né de ses mains incertaines. Elle ignore ce qu'elle pourra en faire. Paule lui suggère un carré à démaquiller, ou une petite éponge. Elle préfère qu'il devienne un support pour poser ses pinceaux.

Il fera office de trophée, car c'est le premier.

Et elle sait qu'elle aime compter les mailles.

Compter, compter, compter.

Jouer avec le feu

Avant de repartir avec Jeannot, deux jours plus tôt, Paule a laissé à Clémence un crochet et quelques restes de pelotes, ainsi qu'un livre avec des modèles de carrés et les schémas correspondants.

Quand elle découvre une nouvelle activité, Clémence est capable de la pratiquer pendant des heures. Comme Rémy. En prison, il s'est mis à dessiner des semaines durant, de façon compulsive. Ensuite, il a lu de la poésie, des journées entières, puis est venu le sport. Et comme il avait tout son temps, qu'il devait même le tuer pour ne pas devenir fou, il a tout pratiqué en parallèle. Il faisait en sorte de n'avoir aucune seconde disponible pour réfléchir. Agir l'empêchait de pleurer. Il en a été témoin, l'oisiveté est un mal qui ronge bien des détenus et grignote leurs dernières parcelles de sens. Lui voulait en retrouver, pour ne pas sombrer sous le poids d'un sentiment d'inutilité et de culpabilité aux yeux de la société.

Clémence participe aux tâches quotidiennes, mais dès qu'elle a un petit temps libre, une respiration, elle sort son crochet et poursuit son ouvrage. Rémy l'observe de loin, seule dans son monde, comme sortie de la houle humaine, naufragée heureuse.

Ce soir, il a préparé un feu de camp. Il aime regarder les flammes qui dansent librement, les étincelles qui s'envolent dans la nuit au gré du vent, les braises incandescentes qui s'amoncellent entre les pierres.

Il aime jouer avec le feu.

Seulement au sens propre.

Rémy était un garçon rangé, raisonnable, sérieux. Bon élève, gentil camarade. Discret, effacé. Il a intégré un club de gymnastique en sixième pour le quitter en terminale, s'offrant ainsi un corps sec et gainé, des bras épais, des épaules larges. Il aimait les épreuves au sol, les sauts, les enchaînements. Le professeur le trouvait gracieux dans sa puissance. Lui se réfugiait sous cette musculature aussi efficace qu'une carapace. Sous le bouclier de chair, il demeurait celui qui ne se sent jamais à sa place, ni en phase avec les autres, qui déteste l'injustice, se donne corps et âme pour être reconnu et aimé.

À tel point qu'il n'a pas vu le danger. Ni celui d'une épouse destructrice, ni celui d'un travail sous pression. Pas non plus celui de ses excès. Autre bouclier sur le bouclier. Penser qu'on est à l'abri alors qu'on s'expose encore plus. Jusqu'à exploser en plein vol.

S'il le pouvait, il recommencerait tout. Son adolescence, son couple, son métier, ses mauvaises béquilles.

Avec des si…

Alors il regarde le feu et laisse ses souvenirs partir avec les étincelles pour qu'ils s'éloignent dans le vent, deviennent poussière dans l'air froid de la nuit.

Pas si simple.

Il aimerait casser les rétroviseurs. Ne plus regarder en arrière. Seulement devant. Lancer sa voiture à pleine vitesse sur une piste vierge et se laisser manger par l'horizon en fermant les yeux, lâcher le volant, les poumons gonflés d'avenir.

Il regarde Clémence en face de lui, le visage déformé par la chaleur des flammes qui les séparent. Elle est allée chercher la lampe frontale pour continuer à voir ses doigts, le fil, les mailles, le schéma à comprendre et à suivre. Elle sourit en écoutant Karine raconter que, plus tôt dans la journée, Rémy est resté coincé dans l'escalier au niveau des épaules. Ils ont alors décidé qu'elle creuserait et qu'il monterait les seaux. Il a installé un trépied, y a accroché une poulie. Leur travail est de fourmi. Un espace semble se dessiner en bas de l'escalier. Le haut d'une cavité est apparu. Un début de tunnel ? Des marches descendent encore, il faut continuer.

– Tu en as parlé à Jean ? Il sait ce que c'est ? demande-t-elle à Rémy.

– Il l'ignore. Il se souvient des vieilles maisons, dans ce coin de forêt, quand il était petit. Elles ont été démantelées pour récupérer des pierres, mais il n'a pas souvenir de souterrain, de tunnel, de cave ou d'Indiana Jones. Il a parlé d'une éventuelle chambre de fontaine, mais n'en a pas connaissance sur cette parcelle. Cela dit, il n'allait pas trop par là-bas.

Avant de rejoindre Capucine, partie se coucher, épuisée, Adrien a annoncé le programme du lendemain. Il est chargé. Le foin à déplacer dans le bâtiment. La fromagerie à finir d'aménager. Le potager à pailler après l'avoir arrosé avec l'eau du puits.

Rémy se lèvera tôt et raisonnera Karine. Puisqu'on a besoin d'eux à la ferme, ils continueront à creuser plus tard. Il se demande cependant si le programme n'est pas intentionnellement chargé pour les empêcher d'avancer dans les fouilles.

Envergure déraisonnable

Karine n'a pas touché à ses vernis depuis une bonne semaine. Elle s'est même coupé les ongles court. Plus aucun colis dans la boîte aux lettres non plus. Pas de temps à perdre en faisant du shopping sur internet. Elle redouble d'énergie et ne se plaint plus de la fatigue, malgré un sommeil capricieux. Lampe à gaz à la main, elle a entraîné Rémy à poursuivre les fouilles à la nuit tombée. Ils ont cherché ce que pouvaient bien être ces deux cocons blancs suspendus au plafond de la cavité, immortalisés dans la galerie photo du téléphone de Karine.

Rémy est décidément trop large d'épaules pour pénétrer dans l'espace et y manier la pelle. Qu'importe. Karine aime l'idée que la suite de l'aventure repose sur elle. Un peu moins depuis qu'ils ont trouvé qui habitait ce genre de cocons de soie. L'araignée des cavernes ! Longues pattes noires. Envergure déraisonnable. Karine respire le plus calmement possible et s'efforce de penser au trésor éventuel qu'elle découvrira en grattant le sol avec sa petite pelle, tout en surveillant du coin de l'œil le berceau des affreuses petites bêtes.

À la surface, Rémy est assis dans la pénombre. Le temps

que met la fouilleuse à remplir chaque seau est de plus en plus long. Il fume, écoute les bruits de la forêt, laisse son regard s'habituer doucement à l'obscurité qui s'installe. Il entend en amont, au milieu des sous-bois, le bruissement des feuilles mortes, imagine un petit chevreuil, ou un merle. Un lièvre peut-être. Il observe les arbres autour de lui, ombres qui dansent dans le vent léger tels des chevaliers fantômes qui veillent sur les vieilles pierres et protègent le passé. Il se dit qu'ils voient peut-être d'un mauvais œil que de petits humains viennent ainsi le remuer.

Rémy tire sur la corde de la poulie accrochée au trépied. Il attrape le seau et verse son contenu sur le tas qui grandit à quelques mètres du chantier. C'est en revenant vers l'escalier qu'il entend s'échapper du sous-sol le bruit cinglant de la pelle sur la roche. Puis de petits sons brefs et identiques.

Karine sonde l'étendue de la pierre que son outil vient de percuter. Un creux, puis une autre pierre rectangulaire. Un autre creux avant une troisième pierre.

– C'est étrange, ce n'est pas un mur, mais elles sont parfaitement alignées, crie-t-elle. Je vais creuser encore un peu. Il est tard ?

– Il fait nuit. La température est agréable, continue autant que tu veux. Personne ne nous attend.

Car ils ont eu chaud, aujourd'hui, à préparer les derniers parcs pour les chèvres, à finaliser la fromagerie, à jardiner. Trente-cinq degrés à l'ombre en milieu de journée. La fraîcheur du soir offre un répit aux organismes en surchauffe.

Quelques seaux plus tard, Karine s'extirpe de la sombre cavité, les épaules égratignées d'humus, les cheveux collés au front, les mains noires. Sans la moindre gêne, elle enlève la terre accumulée dans le sillon de son décolleté à la lumière de la lampe à gaz qui commence à montrer des signes de faiblesse. Le jeune homme la trouve jolie dans l'effort. Attirante dans sa détermination. S'il apprécie les femmes dynamiques, il reste intimidé par les plus fortes. Lui les préfère fragiles, pour leur offrir sa protection. Elle lui lance un sourire séducteur dont il ne sait que faire.

– Tu as dégagé une oreille de M. Jones ? plaisante-t-il pour se donner une contenance.

– Non, mais trois pierres taillées avec une date sur chacune d'elles : 1942, 1944 et 1945.

Elle cherche son téléphone dans la poche arrière de son pantalon et brandit sous ses yeux la photo de la découverte.

– Étrange. On dirait les pierres qui ornent le seuil des maisons pour indiquer la date de construction. Elles sont profondes ?

– Aucune idée, mais je suis épuisée. On poursuivra demain ? J'ai besoin d'une douche. Et je ne veux pas croiser les araignées. Je suis sûre qu'elles sortent à cette heure-ci.

Un croissant de lune éclaire la minuscule route qui rejoint la maison. Karine sent revenir en elle cette petite flamme de passion qu'elle a toujours entretenue pour l'histoire. Évidemment, ces dates évoquent la guerre. D'expérience, elle sait que les conclusions ne doivent jamais être hâtives. Elle ne connaît pas les faits historiques qui se sont produits dans la région. Elle les imagine nombreux, comme dans toutes les zones de montagne. L'Alsace était occupée, les Vosges se franchissaient régulièrement. Dès que Rémy a évoqué la bataille de Bruyères racontée par Jean, elle s'est plongée dans la documentation. Elle est même montée sur la crête à vélo pour aller voir les plaques commémoratives, s'imprégner de la géographie, comprendre la dynamique des combats.

Mais elle reste dubitative.

Qu'est-ce qu'une pierre de seuil ferait enterrée là ?

Alors trois…

Rémy range les outils pendant que Karine se secoue avant d'entrer dans leur logement. Elle se déshabille à l'entrée, ne garde que sa culotte et sa brassière et rejoint la salle de bains à l'étage. Sa pudeur a depuis longtemps perdu la bataille de l'image.

Rémy s'arrête un instant auprès de Clémence, qui crochète à la lumière de la lampe du salon mansardé à l'étage. Un petit coin qu'elle a investi avec quelques pelotes de laine et des patrons de fleurs et autres pièces variées. Elle lui parle des granny squares, ces carrés colorés qu'elle aimerait faire en nombre pour se fabriquer une couverture, avec toutes les chutes de laine que Paule lui a apportées le matin même. Une coupelle contenant des framboises du jardin qu'elle est allée cueillir en début de soirée est posée sur la table basse. Elle en mange une de temps en temps. La laisse fondre sur sa langue, en sent chaque grain, les croque. Elles sont sucrées et juteuses mais ne suffiront pas à calmer la faim de Rémy. Il a besoin d'un vrai goûter de nuit, pour ne pas se réveiller à trois heures du matin avec un tigre rugissant dans le ventre. Il lui faut du pain, du beurre, du fromage, des aliments consistants.

Il lui faut aussi retourner à la cabane. Il s'y rendra le lendemain à l'aube, quand tout le monde dormira encore.

Un temps de guimauve

En promenant Bloom avant le lever du soleil, Adrien a aperçu Rémy entrer dans la cabane. Il a hésité à s'approcher pour voir ce qu'il allait y faire, s'est ravisé en supposant qu'il avait tout simplement oublié quelques affaires au moment de s'installer dans la grange. Il doit encore remplir les abreuvoirs, vérifier le degré d'humidité de la terre du potager et arroser si nécessaire. Ce dimanche de début juillet s'annonce encore chaud. Les ressources en eau commencent à faiblir, alors il optimise au maximum.

Après deux journées qui sont passées à la vitesse de l'éclair, les travaux sont enfin terminés. Les chèvres peuvent arriver, elles auront de quoi paître, se nourrir au râtelier et fournir leur lait à une fromagerie flambant neuve qui ne demande qu'à fonctionner.

Ils ont prévu de déjeuner chez des amis. Capucine et Adrien s'offrent de rares interstices de vie sociale au milieu du travail. Clémence a promis de veiller sur les chiots, qui commencent à ouvrir les yeux. Ils sont encore gauches, fragiles, hésitants.

En attendant, elle s'est installée au bord de l'étang, sur le banc à l'ombre, avec un crayon à papier, un carnet et son panier à laine. Elle ferme les yeux, écoute les bruits qui l'entourent, la baignent, la bercent. Bourdonnements, cris d'oiseaux, vent dans les feuilles, un aboiement de chien de l'autre côté de la colline. Tout est si calme, si loin de tout, si protégé. Personne ne pourrait la retrouver ici. Ce vent léger sur sa joue souffle la sécurité.

Elle cherche dans ses souvenirs la dernière fois où elle a été seule ainsi. Livrée à elle-même, investie d'une responsabilité. Elle ne trouve pas. Clémence ne vit que des premières fois depuis qu'elle est là, et elle y prend goût. Tout comme aux petits pois dont elle est allée chercher quelques gousses dans le jardin, pour les grignoter en écrivant. Les plus gros sont si beaux à contempler, parfaitement alignés dans leur étui, parfois plus carrés que ronds, leur croissance ayant dû s'adapter à l'espace. Elle regarde ses orteils qui reposent dans l'herbe et se dit qu'ils sont rangés comme les petits pois qu'elle tient en main. La nature n'est qu'une répétition de modèles, et elle en fait partie.

Pendant ce temps, Karine creuse en manches longues. Autant pour ne pas avoir froid que pour limiter le contact de sa peau avec les petites bêtes. Sa curiosité compense la peur des profondeurs. Elle n'est pas claustrophobe mais déteste les insectes. Comment partir en courant face à une araignée quand on est engoncée dans un trou de souris à deux mètres sous le sol ?

Elle n'a cessé de penser aux dates gravées dans la pierre, à se remémorer tout ce qu'elle a appris de cette période. Elle creuse en se souvenant de ses années à la fac, des aventures qu'elle a enchaînées, pour s'amuser entre les partiels. Les soirées festives et arrosées avant d'être raccompagnée par un nouvel étudiant chaque jeudi soir. Apprendre l'histoire et construire la sienne. L'analyser dans une cavité vosgienne perdue dans la forêt pour constater qu'en dehors de son fils, elle n'a pas fait de grandes choses dans sa vie. Peut-être que cela va changer aujourd'hui.

– La terre devient difficile à creuser.

– Oui, je sens les seaux plus lourds depuis un moment. De l'argile. On peut s'arrêter si tu veux !

– Certainement pas !

Un cri s'échappe du trou en début de soirée.

– Je crois qu'il y a un os !

– Au propre ou au figuré ?

– Les deux !

Rémy l'entend poursuivre ses investigations un long moment. Elle parle toute seule. Il ne discerne qu'un grommellement. Il suppose qu'elle révise à voix haute ses protocoles de fouilles archéologiques dont elle lui a parlé la veille, pour ne pas faire d'impairs. Il patiente calmement, comme il a appris à le faire en prison, pour la promenade, pour les activités, pour tout. Attendre que ce temps élastique veuille bien se contracter parfois. Ici, dans la forêt, il le trouve de guimauve.

Une bonne demi-heure plus tard, Karine s'extirpe enfin de l'espace exigu en essuyant son front couvert de terre. Elle lui tend l'écran de son téléphone.

– Regarde ! J'ai trouvé des bouts de métal, des fragments de tissu, et ce que je pense être des petits os, au pied de la pierre du milieu.

– Merde !

– Il faut que j'y retourne, mais j'ai besoin d'autres outils. La pelle est trop grosse. Il me faut une cuillère, un objet plus fin pour ne rien déplacer ou abîmer.

– Et prévenir Adrien ! Tu penses que c'est un squelette ?

– J'ai l'impression. On dirait un crâne, ce sont des os plats les uns sur les autres, ils sont tout petits, mais leur forme peut coïncider. Je n'ose pas trop y toucher. Le crâne ne se soude pas dès la naissance, d'où l'effondrement.

– Tu réalises ce que ça signifie ? s'emporte Rémy. Adrien va devoir appeler les gendarmes.

Karine ne répond pas. Elle regarde en direction du trou noir qui la fascine depuis plusieurs jours. Tellement concentrée sur ses recherches qu'elle peine à prendre du recul.

Rémy s'est assis en retrait, s'allume une cigarette, inspire profondément, garde la fumée longtemps dans ses poumons, baigne son cerveau de nicotine. Les gendarmes…

Karine est difficile à convaincre, mais Rémy ne veut pas d'ennuis. Il s'est refermé, menace de ne pas continuer à l'aider. Elle accepte finalement.

De retour à la maison, Rémy entraîne Adrien à l'écart, lui brosse le tableau de la découverte.

– Tu avais raison. On aurait dû reboucher et faire comme si nous n'avions rien vu. Je m'en veux d'avoir découvert ce truc, et d'avoir laissé Karine prendre le relais.

– Il est trop tard. Maintenant nous savons tous.

Un coq trop bavard

Adrien a passé une mauvaise nuit. Il leur en voudrait presque d'avoir mis au jour cette cavité. Ce matin, en se réveillant, il est à deux doigts de vouloir tout reboucher, recouvrir la zone d'un tas de branchages et qu'on n'en parle plus. Capucine le raisonne. Il ne peut pas agir ainsi en pleine conscience. Elle se persuade ensuite que cet événement majeur fera un peu diversion.

Ils se prennent longuement dans les bras, puis Adrien se lève et se penche, en appui sur le rebord de la fenêtre ouverte, pour observer les animaux déjà en activité, sa silhouette nue dessinée dans le contre-jour. Capucine l'aime toujours autant. S'ils n'étaient pas si soucieux l'un et l'autre, elle l'attirerait contre elle. Elle ferme les yeux et espère des lendemains qui chantent.

Adrien prend son petit déjeuner en lisant le journal puis se résigne à composer le 17.

Rémy est mutique depuis la veille, nerveux à l'idée que des gendarmes envahissent les lieux, posent des questions, enquêtent sur le passé des témoins, sous prétexte que ceux-ci ont exhumé des éléments qui pourraient ressembler à des ossements.

Il s'est levé tôt, n'a pris qu'un café avant de passer un moment avec les chevaux. Au lever du soleil, dans la fraîcheur du matin, les taons et les mouches se tiennent encore à distance des écuries. Et pourtant, Stevia est agitée. Elle tourne dans le box, bouscule Rémy qui essaie d'approcher doucement la main pour la caresser. Il cherche partout sur son corps si quelque chose peut la faire souffrir, soulève ses sabots, qu'elle veut bien lui présenter malgré tout. Les juments ont à boire et à manger. Dubitatif, il finit par s'éloigner et part s'enfermer dans la cabane.

Le véhicule de gendarmerie arrive dans la matinée, en toute discrétion. L'adjudant Thiriet n'aime pas jouer les cow-boys. Il préfère la simplicité, qui permet parfois la surprise. Garé sur le parking à l'arrière de la maison, il sort de la voiture et inspecte les lieux tout autour de lui. Une forêt dense, une petite route de campagne, quelques habitations au loin, l'isolement de celle devant lui. Un vieux est assis sur un banc en amont de la ferme. Ils s'observent. Ambiance de western quand même. Il apprécie généralement la présence des anciens sur les scènes où il est appelé. Souvent les meilleurs témoins. Tout dépend de leur vivacité d'esprit. Celui-ci lui semble âgé mais en bon état général. Il note.

Il remarque un chien qui patiente assis derrière une barrière en bois. Silencieux, il balaie l'herbe sèche de sa queue enjouée. Pour une fois que son uniforme ne déclenche pas une avalanche d'aboiements agressifs. Il note aussi.

Adrien se dirige vers lui, s'apprête à ouvrir le portail.

– Vous êtes sûr de votre chien ? s'inquiète quand même l'adjudant.

– Certain ! Il est content de retrouver des uniformes.

Bloom jaillit, court vers le gendarme et s'assoit à ses pieds en le regardant droit dans les yeux, joyeux.

– En effet…

– Adrien Petit, j'étais maître-chien. On a pris notre retraite il y a deux ans.

Il tend la main par réflexe puis la retire.

– Adjudant Thiriet. Quelle catégorie ?

– Explosifs.

– Il ne s'ennuie pas trop ?

– Ici ? répond Adrien en souriant.

Il propose un café. Même en confiance, le gradé refuse. Son collègue soupire, lui qui a du mal à émerger le matin. Capucine les a rejoints et se présente.

– Où se trouve la découverte ?

– Un peu plus loin dans la forêt. Trois cents mètres à vol d'oiseau.

– On y accède par la route ?

– Oui.

– Nous allons approcher le véhicule, vous me montrez le chemin ?

Bloom trottine à côté de son maître. Son collègue au volant, Thiriet observe les alentours, admire la vue. L'endroit est beau. Perdu mais beau. Il mesure la chance qu'ont ces gens de vivre ici, en lisière de forêt, protégés de la chaleur. Il rêve d'une vie au grand air, loin de sa caserne vétuste que les autorités n'ont pas encore pris le temps d'isoler et qui, en ce début juillet, présente des températures avoisinant les quarante degrés malgré les courants d'air. Il rêve de soirées où il pourrait suivre une émission ou une série sans entendre la télévision des voisins. D'expérience, il sait aussi que ces endroits isolés sont propices à des affaires macabres. Peu de passage, peu de témoins.

Assise sur le tas de terre, Karine attend, perdue dans ses pensées. En entendant le moteur, elle se relève, chasse la terre de ses fesses, remet ses cheveux en ordre, vérifie le décolleté de son T-shirt.

– C'est vous qui avez trouvé ce qui semble être un os ?

– Oui.

Grand, longiligne, rasé de près, cheveux très courts, l'adjudant parle calmement, sans donner l'impression d'être débordé malgré les dizaines de dossiers en cours. Son regard suspicieux pourrait faire naître en n'importe quel innocent un sentiment de culpabilité. En silence, il observe les lieux, prend quelques photos, note chaque détail dans un carnet. Récemment, il a suivi une formation donnée par ses collègues de la cellule d'identification criminelle, il sait à quel point son rôle à lui, premier maillon de la chaîne d'enquête, est important. Il ne s'agit pas de polluer encore plus la scène, de déplacer des indices, de piétiner des pièces à conviction. Sinon, il risque d'en prendre pour son grade.

Il demande à son collègue de baliser une zone de sécurité, invite Karine à en sortir. Sur ordre de son maître, Bloom reste en retrait. Le gendarme accepte l'aide d'Adrien pour dégager la végétation. Ce dernier lui explique le déroulé des faits. La préparation du terrain pour les chèvres, les quelques marches enfouies dans la terre, l'envie de savoir ce vers quoi elles mènent. Thiriet se retourne vers Karine pour voir les photos prises avec son téléphone.

– Nous allons devoir sécuriser les lieux et faire appel à un TIC pour la poursuite des investigations : un technicien en identification criminelle. Il va procéder aux relevés nécessaires. Pour ma part, j'ai besoin de savoir qui était là au moment de la découverte et qui a évolué dans cet espace. Vous n'avez rien constaté de suspect ces derniers temps ?

– Rien, répond Adrien. Manifestement, ce trou est bouché depuis fort longtemps. Il était plein de terre et couvert de branchages en décomposition.

– Nous ne pouvons écarter aucune piste en l'état actuel des choses. Il faut toujours se méfier des scénarios qui semblent évidents. Ce sont les plus tordus.

L'adjudant s'éloigne en sortant son téléphone de la poche de son pantalon.

Clémence ne tient pas en place depuis que les hommes en uniforme sont arrivés. Elle a attendu qu'ils repartent vers le lieu des fouilles pour sortir de la grange et rejoindre les chiots, a calé Ploupy contre elle et le caresse sans s'arrêter.

Capucine, venue les nourrir et vérifier que tout était en ordre, a sursauté en la voyant recroquevillée dans un coin de la pièce. Elle s'assoit à ses côtés.

– Tu n'aimes pas les gendarmes, n'est-ce pas ?

Clémence fait non de la tête tout en la baissant.

– Tu veux me dire pourquoi ?

– …

– Ils ne t'ont pas fait de mal, rassure-moi.

Autre non de la tête.

– Ils te font peur ?

– Non, répond-elle enfin d'une toute petite voix.

– Ils te rappellent de mauvais souvenirs ?

L'adjudant Thiriet revient quelques instants plus tard en direction du chantier, manifestement satisfait.

– Il arrivera en fin de matinée. En attendant, je vais procéder à l'interrogatoire des témoins. Plus personne ne doit accéder à la zone protégée.

– Encore moins des chèvres, j'imagine ? demande Adrien, dépité.

– Encore moins !

– Pendant combien de temps ?

– Tout dépend de ce que nous trouverons. L'histoire de quelques jours maximum, je pense. Si vous faites du fromage, le TIC en question raffole de la tomme de chèvre.

– Vous connaissez bien les goûts de vos collègues. Pour la tomme, il faudra attendre un peu…

– Les enquêtes sont parfois longues !

Accompagné d'Adrien, Thiriet se dirige d'un pas décidé vers la maison. Sur la route, Bloom déambule autour des deux hommes. Karine, contrariée, les suit à dix mètres en arrière. En un regard, elle s'est sentie suspecte.

Ils se sont attablés sous le pommier, l'endroit le plus frais en cette fin de matinée déjà chaude. Capucine et Adrien sont interrogés les premiers. Il leur demande les documents du cadastre, les références de la parcelle. S'interrompt à chaque cri du coq, qui voit d'un mauvais œil ce nouvel intrus. Impossible de s'entendre quand il chante. Au huitième cri, Thiriet soupire.

– Il va se calmer, le rassure Adrien. Il ne vous connaît pas.

– Il monte plus la garde que le chien…

Le gendarme écrit dans son carnet. Une énorme feuille jaune vient de tomber entre ses mains. Il la repousse vers le bord de la table.

– Déjà l'automne ?

– La sécheresse… Les végétaux souffrent. Les pommes aussi sont en train de tomber avant de mûrir.

Le lieutenant lève la tête pour s'assurer qu'il n'est pas en dessous de l'une d'elles. Ont-ils connu l'ancien propriétaire ? Non. Il avait disparu des années auparavant, sans descendance.

– Disparu ?

– Quand nous avons acheté la maison, nous avons trouvé une lettre sur le vaisselier, sous une épaisse couche de poussière. Elle disait…

Adrien attend la fin du cri.

– Vous n'avez jamais envie de le cuisiner au vin ?

– S'il n'était pas là, nous n'aurions pas de poussins. Donc, la lettre disait qu'il avait besoin de quitter les lieux depuis la mort de sa fille pour se changer les idées, qu'il reviendrait. J'imagine qu'il n'est jamais réapparu, parce que c'est la mairie qui nous a vendu l'endroit.

– Vous avez encore cette lettre ?

Capucine monte au grenier pour essayer de la retrouver. Elle espère qu'il ne fouillera pas dans le registre des autorités sanitaires. En redescendant, elle en profite pour passer par la chaufferie. Clémence n'y est plus. La petite se déplace comme le vent. Capucine ignore où elle est partie se cacher.

À son retour, elle tend la lettre au gendarme, qui lui propose de la glisser directement dans l'enveloppe en papier kraft.

– Vous croyez qu'elle a une importance ?

– Il ne faut rien écarter tant qu'on ignore tout de ces ossements. Ils ne sont peut-être même pas d'origine humaine. Dans la forêt, on trouve souvent des restes d'animaux. Mais dans le doute…

Puis il est question des voisins, d'éventuels autres témoins. Qui aurait pu constater des mouvements suspects ? Le vieux sur son banc est évoqué. Ainsi que Paule et Jeannot, qui se promènent très souvent. Avant la fin de leur entretien, Capucine lui demande, dans la mesure du possible, d'épargner Clémence, sensible et fragile, qui sort d'une hospitalisation longue.

– Je serai vigilant. Vous voulez bien lui demander de venir ?

– Je pourrai rester avec elle ?

– Elle est majeure ?

– À peine.

Il accepte. Capucine la retrouve en train de crocheter frénétiquement au bord de l'étang, dans ce petit coin qu'elle a fait sien, à l'abri de tout, derrière la végétation. La démarche agitée et le cœur battant, elle suit Capucine. Elle se plie à l'exercice, sa pelote dans la main, qu'elle triture sans fin, qu'elle écrase de ses doigts maigres. Elle n'a rien à dire, rien vu, rien entendu, n'a pas participé aux fouilles, elle préfère peindre ou crocheter. Oui, les autres sont gentils. Il ne s'est rien passé depuis qu'ils sont là. Non, elle n'a rien à ajouter.

Elle repart comme une petite souris, son ouvrage dans la main, sans jeter un regard à Karine qui, assise sur le perron, attend son tour. Clémence entre dans la forêt et file vers la cabane.

Rémy l'accueille, torse nu, la peau ruisselante.

– Ils ne t'ont pas trop embêtée ?

– Non, ça va. De toute façon, je ne sais rien. Et toi ?

– Je ne suis pas encore passé.

– Tu as peur ?

Il lui propose d'entrer et ajoute qu'il faudra un jour qu'elle lui apprenne le crochet. Il referme la porte et la regarde découvrir les lieux, étonnée.

À la recherche du trésor

Karine patiente sur le bord du chemin. Elle n'a pas franchi la limite matérialisée par la rubalise jaune siglée de la gendarmerie nationale. Un homme en tenue veille à l'intégrité de la zone en attendant le TIC. Elle a laissé sa place à Rémy, contente d'en avoir fini avec l'adjudant. Il lui a posé mille questions sur son passé, la raison de sa présence ici. Il a fallu lui expliquer les causes de son arrêt de travail, le suivi, l'impasse dans laquelle elle ne pouvait pas rester, la proposition de rejoindre cette structure pour quelques semaines. Elle a évoqué sa formation d'historienne, son expérience en archéologie, sa curiosité innée. L'argument Indiana Jones n'a pas eu l'air de le divertir. Son décolleté un peu plus, même s'il est resté neutre et concentré. Karine s'amuse de surprendre ces petits coups d'œil furtifs de la part des hommes dans les profondeurs de son sillon. Ces sursauts involontaires du regard qui ne fait que passer, mais qui passe quand même. Elle en joue, elle le sait.

Karine offre son corps au soleil qui perce à travers le feuillage des arbres en bordure de la minuscule route. Le vent qui vient de la forêt est rafraîchissant.

Arrivé en trombe, le Renault Master blanc soulève un

nuage de poussière en mordant la terre du bas-côté pour éviter Karine. Le conducteur freine brusquement, enclenche la marche arrière et s'immobilise devant elle en baissant la vitre.

– C'est par ici, la découverte du trésor ?

– Il est devant vous, répond Karine.

L'homme lui offre un large sourire sous ses verres teintés. Cheveux noirs en bataille, barbe de trois jours, dents blanches, les épaules larges sous son T-shirt floqué du sigle de l'identification criminelle, un tatouage à l'intérieur du bras droit, entre ses veines apparentes. Un engrenage. Karine l'a aperçu. Il soulève ses lunettes de soleil et laisse apparaître des yeux couleur charbon qui s'aventurent instantanément dans son décolleté, de façon appuyée et parfaitement assumée.

– Je vois ça. Quel dommage, je dois m'occuper de l'autre en premier. Vous savez où est l'adjudant Thiriet ?

– À la maison, un peu plus haut. Vous êtes passé devant. Dois-je prévenir que vous êtes arrivé ? Je peux aussi vous montrer la cavité.

L'homme se gare dans le chemin qui longe la zone protégée, juste derrière le Duster bleu de la gendarmerie. Il sort du véhicule et s'étire longuement. Avec les années, son dos commence à lui faire savoir qu'il n'a plus l'âge de se contorsionner autour d'un corps pendant des heures, dans des positions souvent extravagantes, et d'avaler des kilomètres chaque jour, parfois jusqu'au bout du département. En se dirigeant vers lui, Karine évalue la silhouette et constate qu'il aura le même problème de carrure que Rémy pour s'introduire dans l'escalier.

Il s'est arrêté un instant pour scruter l'endroit, les

alentours, les détails qui pourraient attirer son attention et que personne n'a vus. Il aime fonctionner à l'instinct, ne pas se laisser influencer par ce qu'on va lui dire ou lui montrer. Il respire les lieux, le nez tendu vers l'avant, tel un suricate du désert, sent le vent, écoute le moindre bruit, se fond dans le paysage et laisse parler les éléments qui l'entourent. Parfois il n'entend rien, parfois un murmure s'élève, qui lui ouvre des pistes. L'endroit est calme, perdu, un bout de forêt simple. Un travail de débroussaillage en cours, des clôtures installées.

– Des animaux viennent là ?

– Pas encore, des chèvres vont bientôt y paître.

– Vous allez faire du fromage ?

– Les propriétaires, oui. Je ne suis que de passage.

– De la tomme aussi ?

– J'imagine que oui.

Il ouvre la porte latérale et fouille dans son matériel pour sortir son appareil photo, quelques marqueurs à disposer selon les besoins.

– Vous n'enfilez pas de combinaison blanche comme dans les films ? s'étonne Karine.

– Vu ce qu'on m'a décrit, je ne vais pas chercher de traces ADN, la combinaison est donc inutile. On les met quand elles sont justifiées, ou quand il y a les journalistes de BFM TV !

– Dommage.

– Le tableau vous aurait plu ?

Frédéric Legrand, technicien en identification criminelle, aime les femmes dotées d'un certain aplomb, prenant du plaisir à jouer autant que lui à ce jeu de séduction qui fait peur à tant d'autres. Il sait mieux que personne que la vie est trop courte pour la perdre à tergiverser. Mieux que personne à quel point l'humanité peut être laide.

– C'est vous qui avez mis au jour ces possibles ossements ?

– Oui.

– Pourquoi avoir creusé ?

– Vous auriez laissé passer un escalier qui s'enfonce dans la terre entre deux murs parfaitement maçonnés ?

– Non, j'avoue. Comment vous appelez-vous ?

– Karine, avec un K. Et vous ?

– Adjudant-chef Frédéric Legrand, avec un F.

Thiriet arrive en trottinant. Il s'étonne que Legrand soit seul alors qu'on est un jour de semaine.

– Covid ! Il y en a encore. Et tu verras qu'il y aura d'autres vagues. On apprend à travailler seul. Vu ce que tu m'as décrit, je n'ai pas jugé utile de faire appel à l'astreinte de remplacement. J'imagine que c'est pollué de partout, comme d'hab.

– Évidemment. En même temps, vu où se trouvent les éléments, il était difficile qu'ils remontent seuls à la surface.

– Je peux vous accompagner, suggère Karine, qui le voit soulever la rubalise pour s'approcher après avoir pris quelques clichés d'ensemble.

– Ah non, madame, désolé, seules les personnes habilitées sont autorisées à franchir cette limite. Mais restez à proximité si nous avons besoin de compléments d'information.

Vexée, Karine s'assoit dans l'herbe, au pied d'un vieux bouleau dont les feuilles frémissent dans la brise. Adrien la rejoint. Elle s'étonne de l'absence de Rémy.

– Il a dû lui dire d'où il venait. Déjà que le gendarme semble suspecter tout le monde, je te laisse imaginer…

– Où est-il ?

– Avec Clémence, elle lui apprend le crochet.

– Sérieux ?

Karine sourit. À y réfléchir, elle a de la tendresse pour ce jeune homme sensible et tatoué. Elle préfère même qu'il ne soit pas tombé amoureux d'elle. Clémence en a plus besoin. Et puis, il est trop jeune, trop sérieux, trop dur par moments, trop éloigné de sa réalité de femme mûre.

– Je leur ai proposé mon aide, ils ont refusé.

– La procédure…

– Ils ne vont pas tarder. Vu comme ils sont taillés, ils n'arriveront même pas à atteindre la dernière marche.

Elle observe de loin, tend l'oreille, sans succès. Ils font de grands gestes autour de l'ouverture, regardent Karine à plusieurs reprises. Legrand s'engage dans l'escalier, muni de son appareil photo. Elle le voit disparaître quelques instants, puis remonter péniblement, l'uniforme griffé de terre. Alors que l'autre s'éloigne pour téléphoner, le technicien fait signe à Karine de le rejoindre. Elle feint de ne pas avoir vu son geste et s'allume une cigarette, en regardant au loin.

– Vous êtes du genre à vous faire désirer, n'est-ce pas ? lui lance-t-il en arrivant à sa hauteur.

– Vous avez réussi à entrer dans la cavité ?

– Évidemment non. Juste de quoi prendre quelques photos.

– Vous voulez que je creuse ?

– J'aurais besoin d'informations sur l'état dans lequel vous avez trouvé les lieux, et ce que vous y avez fait.

– Nous étions deux pour les fouilles. Dois-je appeler Rémy ?

Thiriet revient à ce moment-là en lui précisant qu'il serait préférable que le jeune homme traîne le moins possible dans les parages. Il a eu le procureur, il faut poursuivre les investigations et dégager les éventuels ossements.

– Débrouillez-vous pour y arriver, m'a-t-il dit, les budgets ne sont pas extensibles pour une découverte qui a peut-être dépassé le délai de prescription. Enfin, tu connais la musique…

Karine les entend parler de drone, d'une modélisation 3D de la cavité existante, d'un éventuel géoradar à la recherche d'un autre espace en arrière-plan et du tamisage de la terre jusque-là dégagée.

– Ce qui ne résout pas le problème des fouilles ni du relevé des pièces, conclut Legrand. On ne va pas faire venir le TIC spéléo de Pau, hein ? Il est souple et fin, mais beaucoup trop loin. Et avec une tractopelle, vu la maçonnerie existante, on provoquera plus de dégâts qu'autre chose.

Thiriet l'entraîne alors à l'écart et lui propose une solution que son collègue refuse catégoriquement. Pas protocolaire. Risquée. De quoi faire sortir le proc de ses gonds.

Mais ont-ils une meilleure solution ?

Mailles serrées

Clémence et Rémy n'ont pas quitté le banc au bord de l'étang depuis la fin des interrogatoires. Ils se sentent sous les branches du saule pleureur comme dans un refuge. Rémy essaie de tenir le crochet en suivant les instructions de la jeune femme. Il perd patience, soupire. Le fil retombe sans arrêt ou n'est pas assez tendu. Clémence a mis quelques heures à comprendre où il devait passer entre ses doigts, et avec lesquels le tenir pour le laisser avancer avec la bonne tension. Lui se décourage. Il lui dit qu'il préfère le noueur de la botteleuse, la pioche, la masse, la hache. Ce genre d'outils robustes qui donnent l'impression de cracher sa colère. Alors un crochet…

Sur Clémence, il a un effet puissant. Compter les points la soustrait au réel. La jeune femme fabrique de petits animaux. Il suffit d'une seconde d'égarement pour perdre le fil. Les rangs, les augmentations, les diminutions, inventer des objets qui prennent vie sous ses doigts lui permet de se fabriquer elle en même temps que ses œuvres. Se sentir exister quand elles finissent de prendre forme.

Elle se demande si Rémy n'a pas sollicité cette initiation pour lui faire plaisir, partager une activité et se changer les idées. Il lève souvent le nez de ses doigts pour regarder ailleurs, vérifier qu'un homme en tenue ne se trouve pas dans les parages. Il déteste leur présence. Clémence aussi. Cela lui rappelle le jour maudit. Les combinaisons, le ruban en plastique jaune et noir, les prélèvements partout, les lumières bleues. Le drap qui recouvrait le corps de sa maman, qu'elle voyait depuis le camion des pompiers.

Rémy regrette vraiment d'avoir aidé Karine à creuser. Il espère que l'affaire sera vite classée.

– Et quand j'en suis là, je fais quoi ?

– Une maille serrée.

Dans la vraie vie

Elle a dû répéter au TIC ce qu'elle avait déjà exposé à l'enquêteur. Karine ignore s'ils font exprès afin de pouvoir comparer ses versions ou si elle pallie un manque de communication entre les deux hommes. Elle s'y plie. Gendarmerie… Le tas de branchages, la météo du jour en question, l'horaire exact, la découverte de Rémy. Oui, il était seul quand il a mis au jour les premières marches.

– Que faisiez-vous à ce moment-là ?

– Je me désaltérais.

– Vous pouviez l'apercevoir ?

– Non. J'étais trop loin.

– Pourquoi vous être autant éloignée de lui si c'était juste pour vous désaltérer ?

Karine attrape son paquet dans la poche arrière de son short et en sort une cigarette. Elle en propose une au technicien, qui décline. Il continue à griffonner des notes sur un calepin en attendant sa justification. Elle avale plusieurs bouffées de nicotine avant de répondre, en regardant le sol.

– Vous buviez une bière à dix heures du matin ? s'étonne l'adjudant-chef.

– Il faisait déjà chaud !

– Et vous vous cachez pour boire des bières ?

Elle tire un peu plus fort sur la bouffée suivante.

L'aspect de la terre ? Des feuilles mortes en partie décomposées, quelques champignons, des mousses. Pas de végétation fraîche. Il faut dire, sous un tel tas de branchages…

L'homme a rangé son sourire séducteur en même temps que ses lunettes de soleil. Il est concentré, attentif, sérieux. Ce qui déstabilise Karine, qui ne s'attendait pas à un tel changement d'attitude. Elle le lui fait remarquer sur un ton qui se veut taquin. Il objecte de ne rien devoir laisser au hasard. Des cadavres de bébés, il en a trouvé plus d'un, qui dans un sac-poubelle, qui dans un seau. Des corps enterrés ou à peine dissimulés, entiers ou en morceaux, frais ou en état de décomposition avancée, parfois seulement une main au milieu d'une soupe de chair. Si l'affaire est sérieuse et récente, il devra répondre de son expertise auprès du tribunal.

Karine réprime un début de nausée en respirant profondément. Elle réalise que ces ossements cachent peut-être une histoire sordide. Elle vient de relier la mort à la vie par un pont jusque-là coupé par l'excitation des fouilles, et cette prise de conscience est comme un coup de poignard.

– Vous avez trouvé des objets en creusant ?

– Des bouteilles.

– Quelle marque ?

– Perrier et Kronenbourg.

– Vous les avez gardées ?

– Elles sont dans une vieille bassine en zinc, à la ferme.

Évidemment, il maugrée de savoir ces pièces à conviction stockées sans précaution. Un classique quand il arrive sur une scène gelée. Il est d'autant plus énervé quand ce sont des collègues qui ont souillé la zone avec leur ADN, leurs traces de pas, de roues, ou qu'ils ont déplacé le corps. Le SAMU, passe encore quand il est question de sauver une victime. Mais déplacer un cadavre…

– On ne pouvait pas savoir qu'il y avait des os en dessous.

– Au moins, vous les avez conservées. Autre chose ?

– Une munition.

– La douille seule ou avec la balle ?

– Complète. Je l'ai frottée pour trouver les inscriptions. Vous pensez bien qu'elles n'étaient plus trop visibles, elle date de 1938.

– Vous n'avez pas froid aux yeux ! Elle aurait pu exploser.

– Sans chaleur ? Sans pression ?

Le gendarme est étonné qu'elle s'y connaisse en munitions ! Karine est tentée d'ajouter « pour une femme », mais elle s'abstient. L'ambiance n'est plus à la provocation. Elle lui rappelle son cursus en histoire. Et puis, son premier mari était chasseur. Elle sait donc parfaitement qu'il est illégal de posséder une telle pièce sans qu'elle ait été démilitarisée, au risque d'être accusé de terrorisme pour détention illégale d'arme de guerre. Ils en avaient souri avec Rémy : « Tu crois vraiment que les gendarmes n'ont pas d'autres chats à fouetter que de s'intéresser à ceux qui trouvent une munition de la Deuxième Guerre en creusant dans leur jardin ? »

Ils rient moins depuis ce matin.

– Évidemment, vous n'avez aucune photo des différents stades de la fouille…

– Juste une ou deux.

– C'est fâcheux.

Puis l'homme referme son carnet d'un geste doux, regarde Karine au fond des yeux. Une étincelle de séduction renaît dans ses iris. Le naturel qui revient au galop, ou une discrète tentative de manipulation ? Karine hésite. Il prend une grande inspiration et lui annonce qu'ils vont avoir besoin d'elle. Le principe est totalement anti-protocolaire et le procureur devra quand même donner son accord après être sorti de ses gonds, mais si elle veut bien redescendre dans le trou, en acceptant la présence d'une caméra vidéo qui filmera tous ses gestes, le technicien lui serait reconnaissant de pouvoir poursuivre les fouilles sous sa responsabilité. Il s'assure dans la foulée qu'elle a bien une licence en archéologie et des stages à son actif, qu'elle a un casier judiciaire vierge et une conduite irréprochable.

– Vous ne me faites pas confiance ?

– Vous êtes le témoin numéro un. Par définition, je ne peux pas vous faire confiance. Si on ajoute au tableau votre collègue qui sort de prison, vous comprendrez qu'on marche sur des œufs.

– Il ne semble pas bien dangereux.

– Vous savez pourquoi il était en taule ?

– J'en sais sûrement plus que vous à propos de ce jeune homme. Vous ne partagez pas son quotidien depuis plusieurs semaines.

– Dieu m'en garde ! En attendant, je dois lever ce squelette, et si vous voulez bien, vous allez m'y aider.

Karine jubile. Que demander de plus ? Aller boire un verre après le chantier ? Et plus si affinités ? Elle doute que cela soit possible. D'abord parce qu'ils sont perdus au bout du monde, pas de bar après la deuxième à gauche, ensuite parce que l'adjudant-chef a sûrement une vraie vie après ses journées de travail. Elle le regarde chercher un numéro dans le répertoire de son téléphone, les sourcils froncés.

Il appelle le magistrat devant Karine qui n'en perd pas une miette, éloigne l'appareil de son oreille pour laisser passer l'orage. Ce procureur est expérimenté, efficace, mais assez colérique. Tout le monde le sait et s'en arrange. Pas le choix. Oui, il filmera tout, non, elle n'a pas l'air suspecte. Souhait n'est pas un délinquant, d'après son casier, le drame était un mauvais concours de circonstances. Oui, ils le gardent quand même éloigné de la zone. Non, il ne voit pas d'autre solution.

– À moins que vous veniez creuser vous-même, Monsieur le procureur. D'après mes souvenirs, vous êtes plutôt menu.

Karine entend l'homme beugler un « Démerdez-vous, Legrand ! » avant de raccrocher avec fracas. Il la regarde avec un petit sourire en coin.

– Vous osez taquiner le procureur !

– Il faut bien se détendre. Cet homme est sûrement délicieux quand il n'est pas débordé, dit-il en soulevant la rubalise pour inviter Karine à franchir la zone sécurisée.

– Donc, moi non plus, je n'ai pas de combinaison blanche intégrale ?

– Je vous assure que par cette chaleur, vous regretteriez vite de l'avoir enfilée. Maintenant, si l'idée vous excite tant, nous pourrions l'expérimenter dans d'autres circonstances.

Karine a juste le temps de voir l'adjudant Thiriet lever les yeux au ciel avant qu'il ne tourne les talons pour chercher les bouteilles et la munition. Elle se dirige vers la cavité, s'assoit sur la première marche de l'escalier, rentre minutieusement son T-shirt dans son short, tend son portable et son étui à cigarettes au TIC tout en l'écoutant lui exposer les instructions pour la fouille. Il lui explique le fonctionnement du modélisateur 3D, lui précise son prix pour la dissuader de le manipuler à la légère, puis il lui présente les outils dont elle aura besoin. Il faudra prendre des photos à chaque étape, ce dont il se chargera. Ils devront également remonter les seaux de terre pour la tamiser au fur et à mesure.

– La nature des différentes couches est importante pour savoir si la matière meuble a été récemment remuée.

– Je sais ! On raisonne de la sorte en archéologie. Et je peux vous confirmer que le comblement du trou ne date pas d'hier. À partir de la douzième marche, nous avons trouvé des racines de près d'un centimètre de diamètre.

– Quelle essence ?

– Sûrement les arbres alentour. Du noisetier, ou du sureau. Peut-être du saule.

– Vous vous y connaissez en munitions et en botanique ! Je suis impressionné.

Voilà plus d'une heure qu'ils travaillent. La couche d'argile était recouverte d'une strate plus sablonneuse mais à tendance organique, dominée par une dernière épaisseur d'humus très riche, preuve d'une décomposition lente de la végétation avec le temps. Aucun autre élément dans le tamis. Les bouteilles de bière et de Perrier, disposées sur une bâche propre préalablement étalée au sol, ne sont pas récentes. Une rapide recherche a permis de les situer dans les années 1990. Tout porte à croire qu'on est face à une découverte ancienne, mais Legrand a déjà eu affaire à des scénarios tellement tordus qu'il se méfie.

À force de gratter et de dégager l'argile, Karine a fini par mettre en évidence les vestiges d'une grande boîte en fer et des morceaux de tissu en partie conservés.

Elle laisse sa place au TIC, qui descend prendre quelques clichés à l'aide d'une perche. Elle demande une pause pour étirer ses bras et ses jambes, fumer et se détendre. Elle commence à souffrir de cette position acrobatique. Il s'assoit un instant à ses côtés et lui explique comment prendre les mesures dans la cavité pendant qu'elle se frotte les cuisses et les mollets pour en chasser la terre séchée et désengourdir ses muscles endoloris.

– On n'a pas un métier facile, hein ? Les légistes sont beaucoup plus confort que nous, avec une table d'examen réglable en hauteur pour leur petit dos, et la clim pour ne pas avoir trop chaud.

– Ils ne viennent jamais sur le terrain ?

– Pas toujours. Les urgences sont classées par ordre d'importance. Ils se déplacent seulement pour les grosses affaires. Nous n'avons pas leur expertise médicale, mais nous avons l'expérience, à force, pour relever les informations nécessaires au bon déroulement de l'enquête.

– Dans les films, on voit toujours le légiste.

– Nous, nous travaillons dans la vraie vie. On y retourne ?

Une étiquette qui arrange

Si on m'avait dit qu'à mon âge un gendarme viendrait m'interroger et remuer le bazar de mon passé…

Bon sang, je m'ennuie pas depuis qu'ils sont là, les trois nouveaux. Voilà qu'ils ont trouvé des ossements suspects dans la parcelle du bout du chemin. C'est peut-être un animal, que j'ai dit à l'adjudant qui prenait des notes. Y en a plein dans la forêt, des os de lièvre ou de chevreuil. Ou alors d'un soldat. Avec les années, ils refont surface. Surtout après les hivers rigoureux.

Comme les cailloux.

Il m'a posé plein de questions, il voulait savoir si j'avais vu récemment des personnes ou des mouvements suspects. Je lui ai demandé si j'avais une tête à épier les gens.

De toute façon, je me promène jamais par là-bas.

Ensuite, il m'a parlé des années 40, il m'a demandé si j'avais été témoin de quelque chose d'étrange à l'époque, ou si j'avais entendu parler de bébé mort et qui aurait disparu.

Madeleine, elle a pas eu le temps d'avoir des enfants. Son mari l'a fait mourir avant. Moi, j'aurais bien eu envie d'en avoir avec elle. Mais je l'ai pas dit à l'enquêteur. Ça regarde personne !

Quand il a eu fini son interrogatoire, il m'a demandé de pas partir trop loin, pour les besoins de l'enquête. Il croit que je pourrais aller où, le gamin, avec mon ulcère à la jambe et mes mains qui tremblent ? À Tahiti ?

Le jeune a attendu que la place soit libre pour venir me voir. Il avait des légumes dans un panier. Les alibis sont vite trouvés à la campagne. À vrai dire, il voulait savoir si le gendarme m'avait posé des questions sur lui.

– Même s'il l'avait fait, j'aurais répondu que je savais rien. Je suis pas un traître ! Et puis, t'as rien à te reprocher dans cette histoire, ou bien ?

– Bien sûr que non. Mais j'ai l'étiquette.

On est restés un bon moment sans rien dire. Il y avait deux merles chanteurs qui se causaient dans la forêt, derrière nous. Ce que j'aime chez ces oiseaux, c'est qu'après avoir chanté, ils laissent répondre l'autre, et ils attendent avant de chanter de nouveau. Ils réfléchissent à leur réponse, sans se précipiter. Et ce vide de quelques secondes, c'est le moment que je préfère. Je l'ai expliqué au gamin. Il n'avait jamais remarqué le dialogue des merles. Même si je crois qu'il apprécie le silence autant que moi.

Ensuite, il m'a donné quelque chose de la part de la petite.

– Un petit panier pour vos médicaments, ou du pain, ou n'importe quoi d'autre. Elle l'a fait au crochet. On ne l'arrête plus, alors elle commence à donner ses œuvres autour d'elle.

– C'est toi qui lui as dit de me faire ce cadeau ?

– Non. Elle sait que vous êtes là. Elle n'ose pas venir vous parler. Mais elle vous aime bien. Par procuration.

J'ai jamais été aimé par procuration.

Je suis rentré avec mes légumes, ma petite corbeille, et mon étiquette à moi de gentil petit vieux amnésique.

Le chocolat, quand même ?

Karine est rentrée pour dîner, avec l'interdiction d'évoquer les fouilles. Officiellement requise, elle a prêté serment de ne rien divulguer tant que l'enquête ne sera pas close. Sa langue brûle de ne pouvoir raconter la boîte, le linge, les os, mais elle a signé. Elle ne veut pas risquer trois ans d'emprisonnement ni une amende mirobolante pour violation du secret de l'enquête.

À table, il est question des chèvres dont l'arrivée est imminente, de l'actualité du potager qui déborde, de cette poule attaquée en plein jour par un rapace téméraire qui avait déjà eu le temps de lui croquer l'arrière-train avant d'être chassé par le chien, le même qui course les fameuses poules à longueur de journée, pour s'amuser. À croire qu'il défend ses jouets. Ce chien fait rire tout le monde. Et la poule survivra à ses blessures. Clémence est rassurée. Elle s'est vite attachée aux animaux d'ici, et les autres à elle. Dans les courses se trouve parfois un paquet de bonbons ou une petite attention de la part de Karine. Un stick pour ses lèvres sèches, un crayon fantaisie.

On évoque les petits chiens qui changent d'heure en heure. Rémy raconte l'émotion du vieux devant le cadeau de Clémence, qui choisit ce moment pour offrir la même corbeille à Capucine. Elle en a aussi promis une à Karine pour ranger tous ses produits de beauté. Elle s'est fabriqué un sac multicolore avec des chutes en tout genre pour accueillir ses pelotes. Clémence déborde de créativité et s'est vite affranchie des patrons et des schémas. Elle innove, essaie, invente de nouvelles formes, forçant l'admiration de tous. Surtout celle de Karine, qui à son âge peinait à sortir des sentiers battus, de la norme, du troupeau.

– Et toi, Rémy, tu fais quoi avec ton crochet ?

En guise de réponse, il brandit avec fierté son premier granny, dissimulé jusque-là dans sa poche. Il a d'abord essayé pour se calmer au milieu des véhicules de gendarmerie, puis il s'est pris au jeu, découvrant à quel point cette occupation lui vidait la tête.

– Je me demande si une telle activité pourrait exister en prison.

– On te traiterait de pédé, répond Adrien, la voix triste.

Rémy regrette ce monde rempli de cases. Karine pense aux siennes. Des femmes l'ont détestée et d'autres la détesteront encore. Elle provoque, elle plaît, son jeu de séduction fonctionne. De quoi attirer les foudres.

Le repas terminé, Karine quitte la maison en emportant du thé et une tablette de chocolat. Elle a pitié des gendarmes. Ont-ils seulement mangé ? Un sandwich fatigué, trouvé avant la fermeture de la boulangerie de proximité ? Elle a proposé de les inviter à dîner. Ils n'ont pas voulu. Ils semblent avoir pour consigne de ne jamais rien accepter. Le chocolat, quand même ?

Plongée dans la lumière froide de l'halogène à l'entrée de la cavité, sans portable et sans montre, Karine n'a pas vu la nuit tomber.

La douleur s'est éloignée de ses membres ankylosés. L'intérêt pour les fouilles, anesthésiant puissant, a pris le dessus. Ils ont à présent dégagé l'ensemble du squelette et les derniers morceaux de métal rouillé devenu dentelle. Ils devraient creuser davantage, mais les parois latérales risquent de s'effondrer avant. Elle sonde désormais le côté gauche, en face de la pierre 1942.

Frédéric Legrand la trouve remarquablement appliquée. Lui qui l'a jugée légère et aguicheuse au premier abord découvre son courage dans la fosse. Il faut rester attentif à chaque détail, ne rien endommager, ne jamais sous-estimer les risques de passer à côté d'un élément déterminant pour l'enquête.

Elle est revenue creuser malgré l'heure tardive. Sans se plaindre. Déterminée. Il l'entend forcer sur ses outils, souffler, geindre d'effort quand l'argile est trop dure, trop lourde, quand il faut déplacer une pierre dans une position peu académique. À chaque fois qu'elle doit lui laisser sa place pour qu'il constate l'avancée du chantier, elle ressort brillante de sueur, le visage, les bras, les cuisses couverts de terre, et toujours souriante. Il eût été dommage qu'elle enfile une combinaison blanche, mais l'homme se surprend à imaginer son petit corps bien en chair en sortir, juste vêtue d'une petite culotte en coton et d'un…

– Vous tenez le coup ? demande-t-il en tâchant de se reconcentrer.

– Oui, hurle-t-elle. Je crois que je viens de mettre au jour autre chose.

Ses mots sont étouffés par le souterrain, comme si celui-ci voulait garder le secret, ne pas dévoiler ce qu'il a caché jusque-là.

Elle a trouvé un nouveau fragment de métal, sans doute un autre morceau de la boîte. Il lui tend l'appareil photo. Après tout, elle se montre sérieuse et il pourra contrôler instantanément le cliché, la faire recommencer le cas échéant, et éviter ainsi de se contorsionner en forçant encore sur cette vertèbre réfractaire qui lui chatouille le rachis depuis plusieurs mois.

Les premiers éléments sont sous scellés dans la camionnette. Ils ne seront ouverts qu'à l'Institut médico-légal. Le reste gît encore sous terre et repose sur les épaules de cette Karine avec un K. Qui en est un à elle seule, se dit-il. Il attend dans la nuit, pianote quelques messages sur son téléphone, fait défiler les photos de ses derniers exploits en souriant d'un air satisfait, les nouvelles du monde. Aussi noires que le chocolat dont il a ouvert l'emballage. Intense, avec des morceaux de noisettes grillées. Délicieux. Un peu de réconfort après la découverte de ce squelette. Son expérience lui souffle que ce n'est pas celui d'un petit animal. L'os occipital et les deux minuscules pariétaux sont intacts et caractéristiques, effondrés sur eux-mêmes puisque les sutures n'étaient pas encore consolidées, ce qui laisse penser qu'il s'agit du crâne d'un nouveau-né ou d'un fœtus proche du terme. Il attendra la réponse de l'anthropologue médico-légal mais s'attend déjà à une conclusion sordide. Il craint aussi qu'il n'y en ait pas un, mais trois. La mise en scène penche en ce sens. L'homme espère seulement que les dates sur les pierres correspondent à celles des corps, auquel cas le dossier relèvera du service départemental d'archéologie, et non plus de la cellule d'identification criminelle qu'il dirige. Legrand est parfois las d'être aux premières loges dans le grand théâtre de l'horreur humaine. Ce qui ne l'empêche pas d'aimer son métier, sa rigueur, sa dimension scientifique, ce petit côté Sherlock Holmes. Quand il était gosse, il passait son temps le nez dans les livres, à étudier les techniques pour brouiller des pistes, envoyer des messages codés ou invisibles. Il se sentait invulnérable, capable de déjouer les pièges de tous les méchants du monde. Aujourd'hui, il ne se sent utile qu'aux victimes et à leurs familles. Ses grands rêves de justice ont laissé place à un sentiment d'impuissance. Il résout une affaire. D'accord. Tant mieux. Bravo. Et dix autres arrivent. Il essaie de ne pas y penser, de ne pas baisser les bras devant l'ampleur des dégâts, de ne pas chercher à comprendre pourquoi l'homme peut être à ce point abominable. Il fait son travail, et le jour où son estomac se retournera vraiment, alors il demandera sa mutation dans un autre service.

Thiriet a dû s'absenter pour une autre affaire. Les deux jeunes maréchaux des logis luttent contre la fatigue et ont accepté une barre de chocolat avec gratitude. Legrand serait bien resté quelques heures de plus, mais il ne peut décemment pas infliger à cette femme de creuser toute la nuit. Il chantonne :

– Nous approchons de l'heure où l'araignée des grottes sort pour se dégourdir les pattes !

Karine apparaît dans la minute, s'étonne de ne pas avoir vu passer le temps.

– Ma compagnie fait souvent cet effet-là. Nous reprenons dès que possible demain matin. Je serai là à sept heures.

– Vous habitez loin ?

– À la caserne. Dans mon coquet LCNAS.

– Votre quoi ?

– Logement concédé par nécessité absolue de service. Mais j'ai un petit pied-à-terre rural sur les hauteurs, pour me ressourcer pendant mes jours de repos.

Karine s'abstient de lui demander s'il a une famille, des enfants, une femme. Elle a constaté qu'il n'avait pas d'alliance.

Craquer pour un clin d'œil

Karine a réglé son réveil à l'aube. Elle ne s'était pas infligé ce genre de punition depuis des mois, ne trouvant pas d'argument pour s'y résoudre. Se lever tôt ? À quoi bon…

Ce matin, il y a une bonne raison.

Elle a préparé une cafetière entière, l'a transvasée dans un thermos, a ajouté des mugs dans un panier en osier et salué Rémy, déjà attablé pour le petit déjeuner.

Engagée sur la petite route en direction du chantier, elle guette le ciel devenu sombre. La pluie s'annonce. Enfin ! Elle se sent légère, presque heureuse. Malgré le temps et la découverte des ossements. Heureuse de se rendre utile, d'être responsable, qu'on compte sur elle, que ses compétences soient mises en valeur. Et puis, le regard de cet homme sur elle lui ouvre l'appétit. Voilà longtemps qu'elle avait oublié cette sensation.

Le Master est déjà garé, un auvent ouvert sur le côté du véhicule. Sur une petite table pliante, un énorme sachet de boulangerie. Les gendarmes sont tous réunis autour.

Ils accueillent Karine et sa boisson chaude avec plaisir. Thiriet a les yeux fatigués. Il n'a dormi que quelques heures. Les deux jeunes gradés font bonne figure, portant leur nuit blanche à bout de bras. Une nuit calme durant laquelle ils n'ont rien vu, tout juste un renard venu rôder autour de la terre remuée.

Karine a servi les cafés, les tend aux uns, aux autres. Frédéric Legrand la remercie d'un regard appuyé. Les fouilles n'ont pas commencé, il s'autorise encore un peu à jouer avec elle.

Les premières gouttes se mettent à tomber alors qu'ils achèvent leurs croissants. Des orages violents sont annoncés. Le TIC fait un point complet sur ce qu'ils ont trouvé la veille :

– On sent la sépulture d'époque. Il y a une gravure sur les pierres juste en dessous de la date, illisible pour l'instant. Nous devrons les sortir aussi, peut-être les emporter.

– Dans ce cas, il va falloir trouver une solution car je ne pourrai jamais les soulever seule, précise Karine.

Legrand a gardé son âme d'enfant, il aime les défis. Il cherchera des techniques adaptées à la configuration des lieux pendant qu'elle dégagera le reste de terre dans lequel elles sont encore enfoncées. Il a quelques heures devant lui. Les premières investigations de Thiriet ne mettent en lumière aucune disparition suspecte de bébés dans le secteur, ni même dans le département. Ils savent cependant que les sombres histoires de cadavres de nouveau-nés sont souvent le fait d'accouchements non déclarés ne laissant aucune trace administrative. Parfois l'entourage n'est même pas au courant. Et que dire des dénis de grossesse ? Certaines femmes accouchent en pensant n'être victimes que de simples maux de ventre. Le phénomène de sidération, de panique, de persistance du déni peut les pousser à des actes inouïs.

– Reste que si nous finissons par découvrir trois petits squelettes, la thèse du déni de grossesse s'effrite, commente Legrand.

– Oui, mais pas celui de trois accouchements clandestins, rétorque Thiriet.

Il ne leur reste qu'à attendre la datation des pièces anatomiques par l'IML. L'enquêteur a d'autres chats à fouetter que de fouiller un passé lointain. Avec le confinement, la crise sanitaire et économique, la résurgence des violences intrafamiliales l'occupe à temps plein. Des femmes bien vivantes sont maltraitées, parfois des enfants. Alors les ossements ne constituent pas une priorité, d'autant plus qu'il y a sans doute prescription.

Karine est redescendue dans le trou. Legrand lui a toutefois tendu une combinaison pour la protéger de la boue, en lui adressant un clin d'œil. On annonce de grosses averses, la tonnelle installée au-dessus du chantier n'empêchera pas le ruissellement. Karine craque devant les clins d'œil. Depuis qu'elle est gamine, elle tombe sous le charme quand un homme lui en fait un. Elle ignore pourquoi. Peut-être la complicité. Peut-être le privilège. On ne cligne pas de l'œil à tout bout de champ. Elle y trouve un côté plaisant, même si d'autres y voient des gros sabots.

L'objectif est d'achever les fouilles dans la journée. Un délai à leur portée. Le TIC se donne la matinée pour chercher une solution technique afin d'extraire les énormes pierres. Il devrait pouvoir se procurer un peu de matériel à la ferme. D'après les mesures déjà prises et la masse volumique du grès des Vosges, elles doivent peser chacune environ cinquante kilos. Il aura besoin de quelques sangles, de planches, et de la certitude que la base de chacune est correctement dégagée.

Il lui faudra surtout ronger son frein avant de pouvoir tenter de concrétiser avec cette fille avec un K, qui commence à sérieusement réveiller son instinct de chasseur.

Embrasser la simplicité

La vie de Capucine et d'Adrien est sur le point d'évoluer une fois de plus. L'arrivée de ce petit troupeau de chèvres va révolutionner leur quotidien, qui sera désormais rythmé par les traites, la transformation fromagère, le nourrissage et les soins. Les vacances deviendront plus compliquées. En ont-ils seulement pris durant ces deux années de réhabilitation des lieux ? À peine un week-end dans le Jura, quelques jours à la mer. Mais le bonheur d'évoluer dans un lieu calme et sauvage consume le besoin de partir. Désormais, ils vont pouvoir s'approcher un peu plus près de leur rêve d'indépendance, toucher du doigt l'autonomie alimentaire, produire local et vendre autour d'eux. Embrasser la simplicité.

La bétaillère s'est garée à proximité du bâtiment. Des fils ont été tendus entre les portes du véhicule et l'entrée du bâtiment. Clémence et Rémy se tiennent d'un côté, Capucine et Adrien de l'autre, pour contenir les éventuels débordements. Du foin a été disposé dans l'aire d'alimentation, un peu de granulés. De quoi les attirer. Les deux battants s'ouvrent sur une douzaine de chèvres surexcitées par le transport. Elles hésitent, tanguent. La première, plus téméraire, s'engage sur la rampe, les autres suivent aussitôt. Instinct grégaire. Elles se dirigent naturellement vers le bâtiment et la nourriture. Une petite dernière hésite à descendre. Terrée au fond du camion, elle essaie de se fondre dans la paroi métallique. Adrien passe sous le fil et monte la rejoindre, la saisit par les cornes et l'accompagne en douceur jusqu'au foin. Il referme la porte coulissante en poussant un soupir de soulagement. Opération réussie sans encombre. Puis il prend Capucine dans ses bras. Les voilà enfin ! Si on leur avait dit, quand ils se sont croisés pour la première fois sur le quai de la gare de Strasbourg, que trois ans plus tard ils accueilleraient un troupeau de douze chèvres en lisière de forêt, ils auraient ri de bon cœur. Ils savourent aujourd'hui le sentiment du devoir accompli. Celui de construire ensemble un projet à leur image, loin du Mali, loin d'une grande villa trop vide.

L'éleveur qui leur cède ces quelques bêtes avait opté pour les traire une seule fois par jour. Ils vont poursuivre à ce rythme. Elles ont été traites avant d'être chargées. Cela leur laissera le temps de s'habituer aux nouveaux lieux avant le lendemain matin.

Un immense sourire ne quitte plus le visage de Clémence. Elle se découvre une passion pour les animaux. Les poules, les chiens, les chevaux, maintenant les chèvres. Elle qui a grandi dans un appartement puis dans un service hospitalier, elle a envie d'apprendre à les traire et à faire du fromage, à les nourrir, les chouchouter, les caresser. Nouveau défi après les poules.

Ici, le vivant ne cesse de l'appeler. Les légumes poussent un peu partout, parfois de manière spontanée – des plants de courges et de tomates sur le compost, graines survivantes des épluchures de l'an passé, les salades qu'on a laissées monter en graine et qui ont essaimé –, des fleurs ornent le jardin, se ferment le soir et s'ouvrent le matin, les chiots tètent avec avidité, les fourmis construisent des montagnes en aiguilles de sapin, les rapaces volent au-dessus des poules qui courent se mettre à l'abri. L'instinct de survie est puissant, partout, tout le temps. Même les végétaux le prouvent. Ce petit arbre qu'on disait mort refait quelques feuilles au printemps. Les fraisiers lancent des stolons à tout va, les framboisiers ont tracé sous terre et se multiplient au milieu de l'allée. La nature foisonne, la nature bouillonne, et elle donne de l'énergie à Clémence, qui se sent en faire partie. Elle peint, crochète, invente, crée, aide, donne et reçoit. Elle s'épanouit. Et puis, il y a Rémy, qui incarne une protection à laquelle elle n'a jamais eu droit. Il veille sur elle, se montre attentif, présent.

Si seulement il avait croisé sa route plus tôt.

Elle voudrait que le temps s'arrête, qu'on les oublie, qu'ils restent là pour toujours, un peu en dehors du monde.

Entre eux.

À l'abri.

Il appellera

Legrand est venu chercher du matériel à la ferme. Pressé que ces fouilles s'achèvent au plus vite, Adrien coopère : « Vous avez besoin de cordes, aussi ? D'un treuil ? Du bras de force du tracteur ? » Ils ont échangé quelques mots concernant le troupeau, la transformation, à l'abri du bâtiment sur lequel les grosses gouttes faisaient un bruit d'enfer. Le TIC a évoqué son péché mignon. Il reviendra lui acheter de la tomme, maintenant qu'il sait où se trouve le Bout du monde.

– Vous n'avez vraiment jamais rien remarqué ?

– Rien de rien. Le terrain était en friche, ce tas de broussailles devait être là depuis des années. C'est un peu glauque d'imaginer qu'un squelette ait pu être enterré si près de chez nous.

– Si vous saviez tout ce que nous côtoyons au quotidien. Nous, les TIC, sommes aux premières loges dans le grand théâtre de l'horreur humaine ! Merci pour les planches, j'y retourne.

Rémy a guetté de loin cette conversation, en a saisi des bribes. Il a hâte que la cavalerie s'en aille, pour retrouver sa tranquillité. D'un autre côté, il faut bien connaître la vérité concernant ces ossements. Heureusement qu'il n'a pas eu d'enfants avec son ex-femme. Il leur aurait infligé un père emprisonné, aurait dû les abandonner à une mère qui n'aurait pas assumé. Il aurait tout gâché, son existence et quelques autres. Il ne sait même pas s'il en voudra un jour. Il est encore jeune, mais déjà tellement désabusé. Peut-on engendrer quand on a commis l'irréparable ? Les gènes sont-ils marqués au sceau du drame ? Et s'il avait malgré tout des enfants, que pourrait-il bien leur raconter ? Et quel avenir leur offrir dans cette société gangrénée par le profit et la cupidité, qui consomme sans penser aux générations d'après ? Depuis qu'ils sont arrivés ici, les discussions à ce sujet sont nombreuses. Adrien et Capucine sont des militants convaincus, Clémence ignorante mais de plus en plus sensible à la cause, et Karine totalement étrangère à la protection du vivant. Elle se demande pourquoi certains en font tout un foin et où est le problème de changer de garde-robe à chaque saison. Elle ne sait pas si son maquillage a été testé sur des animaux et mange beaucoup de viande – parce qu'elle manque de fer. Le genre de femme dont Rémy ne supporterait pas de partager le quotidien. La prison lui a appris la quintessence de la sobriété. Il en est sorti proche du dénuement et se rend compte que la liberté est son seul besoin vital. Il espère que Karine évoluera. Pas pour lui – il s'en fiche –, pour la planète. Que son séjour ici servira au moins à cela.

De toute façon, il n'a pas très envie de tomber amoureux. Pourquoi s'embêter à construire une relation qui risque de dégénérer… Le sexe ? Il s'en arrange quand il en a besoin. De moins en moins. Il peut s'en passer. Il a conscience que tous les hommes ne fonctionnent pas comme lui. Certains ont un appétit intense. Comme ce Legrand dont Karine parle avec les yeux qui brillent. Grand jeu de séduction et franc-parler. Pour emballer puis consommer. Il trouve Karine décidément bien naïve. Une proie facile. Il est parfois tenté de lui ouvrir les yeux, de la mettre en garde. Puis se ravise. *Elle est assez grande*.

Lui laisse ce genre de jeu aux autres. Il préfère rester en retrait, timide et réservé. Il a toujours peur de froisser, de blesser, d'abîmer. Peu importe s'il sort de la norme, il veut seulement être en accord avec lui-même.

Quand le TIC revient dans l'espace forestier qui les occupe, les cheveux mouillés par la pluie – il déteste porter une capuche –, Karine l'attend en haut de l'escalier, assise sous la tonnelle qui canalise la pluie en petits ruisseaux, sa combinaison salie de terre, entrouverte tant il fait lourd en ce jour de juillet. Elle a pris les photos en l'attendant. Il vérifie, valide son travail et, une fois qu'elle est redescendue, s'installe à l'aplomb pour remonter les derniers os puis la terre dans le seau.

– Vous auriez fait une bonne archéologue !

– J'aurais peut-être dû, répond Karine depuis le fond de la cavité.

Sa voix d'outre-tombe trahit son émotion.

– Vous n'avez pas aimé enseigner l'histoire ?

– Disons que je suis tombée sur le mauvais collègue.

– Des mauvais collègues, il y en a partout. Il vous a fait du mal ?

– Beaucoup ! Sinon, je ne serais pas ici.

– Alors c'était un mal pour un bien puisqu'il nous a permis de nous rencontrer.

– Une façon de voir les choses…

– La meilleure !

Après un long moment de silence durant lequel elle ravale ses larmes, Karine lui annonce qu'elle a creusé sur une quinzaine de centimètres supplémentaires, qu'elle n'a trouvé que de l'argile d'aspect relativement homogène, et qu'une source commence à couler sur le côté gauche.

– Ok ! Essayez de la reboucher pour qu'on ne soit pas embêtés et dégagez les pierres si vous le pouvez.

La pluie redouble et le tonnerre gronde de l'autre côté de la montagne. Le vent s'est levé. La tonnelle tremble. Tout le monde est trempé. Karine a trouvé trois petites boîtes au milieu des squelettes. En les ouvrant, Legrand a découvert une mèche de cheveux blonds relativement bien conservés. Il pourrait programmer une recherche ADN pour vérifier si un lien existe entre les os et les cheveux, mais les analyses coûtent cher, il doit sans cesse faire des choix, gérer son budget avec discernement, privilégier les dossiers brûlants, urgents, médiatisés, et donc accepter l'idée de transmettre cette enquête à un autre service sans forcément en connaître le dénouement.

Soudain, un bruit sourd en provenance du trou.

– Tout va bien ?

– La première pierre a basculé !

– Vous avez pu passer la sangle avant qu'elle ne tombe ?

– À peu près.

– Et vous avez eu le temps d'enlever vos doigts ?

– À peu près aussi.

– Bon ! Essayez de la fixer solidement et revenez. Le reste, c'est une histoire d'hommes.

Elle refait surface et lui répond par une grimace. Il aime qu'elle résiste. D'autres ne réagissent pas à la provocation, parce qu'elles n'osent pas objecter ou qu'elles veulent plaire à tout prix. Ces femmes-là ne l'intéressent pas. Trop faciles. Trop banales. Moins excitantes.

Une heure plus tard, les trois stèles sont sorties au grand jour. Il a fallu l'aide du tracteur d'Adrien, venu en renfort pour les extraire des profondeurs humides. Il a dû slalomer entre les arbres et les roues ont laissé des ornières profondes dans le pré. Il faudra trouver du temps pour les combler. Il constate les dégâts en pensant au travail que cela va susciter. *Satané chantier.*

Les pierres sont alignées dans l'herbe piétinée. Karine et Legrand, côte à côte, s'emploient à les frotter avec une brosse rigide pour les débarrasser des résidus de terre. À quelques centimètres de lui, Karine perçoit l'odeur de cet homme. Un mélange de sueur et de déodorant généreusement appliqué. Inédit dans le catalogue de ses souvenirs, cet effluve l'envoûte instantanément. Dans les relations humaines, Karine fonctionne à la chimie moléculaire qui convoque son cerveau reptilien. Au premier regard, au premier mot, à la première exhalaison, elle essaie de sentir si la personne sera hostile ou plaisante.

Elle s'est beaucoup trompée.

Aujourd'hui, elle est sûre.

– Je crois que c'est un prénom, lance-t-elle, une petite

victoire dans la voix. O-D-I-...-L- et un F à la fin, mais qui peut être un E abîmé.

– Odile ?

– Je crois bien.

– Et moi, je pense que j'ai un ÉMILE.

Ils se sourient, avant de gratter ensemble la troisième stèle. Elle sent chez l'homme la même excitation. Deux gosses devant une grotte. Plus rien d'autre n'existe.

– Cet aspect-là du métier doit être intéressant, constate-t-elle, concentrée sur sa brosse.

– Rencontrer de jolies femmes ?

Son sourire n'échappe pas à l'homme, qui enchaîne cependant :

– La résolution d'une enquête est une petite jouissance en elle-même. Il en faut bien de temps en temps. Mais nous n'en sommes pas encore là. Il faudra de toute façon attendre les résultats de l'analyse des ossements.

– Tout porte quand même à croire que ce sont là des pierres tombales d'enfants morts dans leur première année, étant donné la date unique.

– Je me méfie de tout ce qui porte à croire. Quelqu'un a pu graver des pierres et des prénoms pour nous faire conclure à une affaire largement prescrite alors qu'elle est plus récente et non résolue. En investigation criminelle, on ne voit que ce que l'on cherche. Si on n'a pas réfléchi avant à toutes les éventualités, on passe à côté de certains indices. Je cherche donc tout ce qui pourrait m'indiquer que l'affaire n'est pas prescrite, qu'elle est récente et qu'on a essayé de brouiller les pistes. J'imagine comme vous que nous sommes face à une simple sépulture datant de la guerre et qu'on va la transmettre au service archéologie du département. Mais cette conviction ne doit pas nous dispenser des vérifications d'usage. C'est quand on est trop sûr de soi que l'on se trompe.

La troisième inscription révèle un dernier prénom : FRANÇOIS. Pendant que le TIC s'affaire à prendre des photos des pierres de grès, Karine retourne dans la cavité pour finir de creuser, à la recherche des derniers vestiges.

Elle en ressort bredouille une demi-heure et quelques seaux plus tard.

La pluie s'est arrêtée, les nuages se sont dissipés, laissant place aux rayons d'un soleil d'été ambitieux. Un peu partout dans la forêt parsemée de minuscules parcelles de prairie, de la brume se crée. On voit les branches fumer, chaque brin d'herbe scintiller. De grosses gouttes accumulées sur les feuilles tombent bruyamment des arbres. Karine aime cette atmosphère. L'odeur de la nature lavée qui se réchauffe à nouveau, la pluie qui s'incline devant le soleil en s'évaporant, comme si elle s'en allait sur la pointe des pieds devant son roi.

Elle sait que le chantier s'achève, qu'ils vont repartir. Elle demande à Legrand s'il pourra lui transmettre les résultats, lui laisse son numéro de téléphone. Assise sur un tronc d'arbre couché, à l'écart de la zone dont on a enlevé la rubalise, elle regarde les hommes remballer le matériel. Les pierres resteront. Trop lourdes à transporter. De toute façon, elles ont parlé, elles ne dévoileront rien de plus. Ordre est cependant donné de les laisser sur place, en attendant.

Les gendarmes sont partis. Le moteur du Master tourne.

Legrand en sort, se dirige vers l'arbre mort, s'assoit à côté d'elle. Karine avait apporté des boissons pour fêter la fin du chantier. Personne n'y a touché. Elle essaie de noyer son amertume dans celle du houblon. L'homme lui prend délicatement la bouteille des mains et en boit une gorgée.

– Vous n'avez pas peur du COVID, vous !

– J'en ai surtout marre de ce fichu virus. Il a gâché l'insouciance des échanges et réussi à anéantir le peu de tendresse qui restait dans cette putain de société individualiste. Laissez-moi donc partager votre bière sans penser au risque. Aujourd'hui, il faudrait faire un test PCR avant d'oser embrasser une personne qui vous plaît, n'est-ce pas ?

– En théorie.

– Je préfère la pratique, dit-il en approchant son visage.

Elle le regarde sans bouger, perçoit la chaleur de son souffle sur sa joue. Il n'est qu'à quelques centimètres, n'a pas baissé les yeux. Il sourit. Puis il se lève et lui fait un clin d'œil.

– Je dois filer. J'ai votre numéro.

Karine déteste qu'il parte ainsi, après avoir poussé la provocation jusqu'à son paroxysme. Il aurait pu. Il n'a pas. Elle y a cru, se sent un peu idiote. Ou alors, il prend le temps de laisser monter le désir, se dit-elle. Karine savoure cette idée, beaucoup plus agréable que la frustration.

Elle rumine quand même. Diderot lui affirmerait qu'elle est trop impatiente. Elle lui rétorquerait qu'elle éprouve un besoin criant de tendresse. S'il n'appelle pas, elle le classera dans la catégorie des salauds ordinaires.

Il appellera.

Coudre les poches

Rémy a attendu une bonne demi-heure après le départ des troupes, Master compris, pour se rendre dans la forêt, intrigué que Karine ne soit pas rentrée. Il ne voulait cependant pas prendre le risque que l'un d'eux revienne sur ses pas et le croise là-bas.

Il la trouve assise sur la première marche de l'escalier, à côté de l'énorme tas de terre excavée. Elle pleure en silence, lui sourit à travers ses larmes quand il s'assoit en face d'elle.

– Voilà, ils n'ont plus besoin de moi, dit-elle en anticipant la question de Rémy.

– Nous si ! Les chèvres sont arrivées. Elles sont mignonnes mais complètement folles. Et il y a le potager, les travaux un peu partout, et puis Clémence.

Elle ne répond pas. Elle ne va quand même pas avouer à Rémy qu'elle rêvait qu'un homme la prenne dans ses bras et qu'il ne l'a pas fait. Qu'elle donnerait cher pour se sentir vibrer dans la chaleur de l'amour, qu'elle manque de caresses, de sexe, qu'elle se sent éteinte depuis trop longtemps. Qu'il lui a fait un clin d'œil et qu'elle a chaviré. Que la chaleur de l'attente ne compense pas le vide.

Le vide, le vide, le vide, partout, tout le temps, qu'elle remplit comme elle peut, mais qui l'aspire trop souvent, en équilibre au bord de la falaise, avec cette boule dans le ventre qui lui semble peser une tonne et qui va l'entraîner dans sa chute. Elle doit sans cesse reculer pour ne pas voir ce gouffre, ne pas dégringoler. Son psy lui a pourtant dit de l'affronter, de l'embrasser, de le prendre à bras-le-corps pour l'apprivoiser, d'oser s'y jeter pour se rendre compte qu'elle est capable de planer au-dessus de lui, mais il pique, perfore, creuse des trous immenses dans son cœur, dans son âme, dans son corps. Il s'acharne sur elle comme un oiseau noir, la lacère de son bec aiguisé. Qui peut apprivoiser un corbeau si cruel ?

Impossible de confier tout cela à Rémy. Et pourtant… Si elle savait à quel point il la comprendrait, à quel degré de vide il a fait face, dans son couple, dans son travail, dans sa cellule. Seul face à lui-même. Il lui confirmerait que tous les humains se baladent avec des poches pleines de vide, certains plus que d'autres. Que l'on parvient parfois à les remplir de broutilles, alors qu'il faudrait les coudre, pour éviter les courants d'air qui vous rendent malade.

– Tu auras des nouvelles ?

– J'espère.

Elle se lève en vacillant, secoue ses vêtements et attrape les outils qu'elle a empruntés à Adrien pour les fouilles.

Les trois pierres la regardent.

Elles n'ont rien d'autre à ajouter.

On peut aimer en une seconde

Voilà une semaine que les chèvres sont arrivées, que les gendarmes sont partis. Une semaine de pleine effervescence et de retour au calme. Oublier l'enquête, se concentrer sur le vivant, le simple, le beau. Ils y arrivent ensemble, même s'ils trébuchent parfois. Surtout Clémence. Elle sursaute encore à chaque bruit, hésite à chaque bouchée, se pelotonne sur elle-même quand on lui pose trop de questions. Un petit oiseau dont le duvet laisse place aux premières plumes, mais qui n'a pas encore ouvert ses ailes pour mesurer leur envergure.

Rémy la couve. Il sait qu'il ne doit pas tomber dans l'excès, qu'on ne sauve pas quelqu'un pour se racheter. Rien, d'ailleurs, ne l'affranchira de son passé.

Et lui ? Personne ne l'a défendu à l'école quand il était petit. Personne n'a empêché qu'on écorche sa sensibilité. Lui-même l'ignorait. Jusqu'à la prison.

Là-bas, il a choisi de rencontrer la psychologue pour comprendre son geste. Expliquer l'explosion, la colère, le discernement perdu. La première séance a commencé en douceur. Cette femme était gentille, bienveillante, elle lui a posé des questions pour résumer son parcours, la raison de son incarcération, son caractère. Il a dû se décrire, se définir. Exercice difficile. Il n'osait pas exposer ses qualités, ne parlait que de ses défauts. Elle lui a demandé de revenir sur ce qu'il avait ressenti durant les années précédant le drame. Dans son couple, dans son travail, vis-à-vis de sa petite sœur. Il a essayé, sentant un couteau dans son ventre, qui tournait dans un sens puis dans l'autre. Elle interrogeait son cœur, il répondait avec sa tête. Elle l'a fait remonter plus loin, quand il était petit, adolescent, toutes les situations où le couteau était là et tournait inlassablement. Ils ont décortiqué ses écorchures d'enfance qui s'étaient métamorphosées en rage enkystée. Les cicatrices invisibles qui tiraillent en profondeur. Les béquilles qu'il a trouvées pour mettre un couvercle sur sa rancœur. Elle lui a fait revivre le jour où tout s'est déchiré d'avoir tellement gardé, encaissé, ruminé. La cuve pleine de fiel et de déception qui déborde de cette crasse des autres qu'on a trop acceptée.

Il se souvient avoir beaucoup pleuré. Elle a été la première à lui avoir parlé de sensibilité. Au fil des séances, elle lui a appris à se comprendre et à se protéger.

Il a fait de grands progrès. Maintenant, il se maîtrise, apprend à lâcher prise. À accepter. *Ok, je n'y peux rien, je passe mon chemin.*

Pas avec les gens qu'il aime.

Non. Pas avec les gens qu'il aime.

L'aime-t-il, cette petite musaraigne qui peint divinement et écrit des alexandrins comme s'ils étaient sa langue maternelle ?

Comme un homme aime une femme ?

Comme un frère aime une sœur ?

Peut-on aimer en un mois ?
On peut aimer en une seconde…

Après la clôture du chantier, Karine a pleuré vingt-quatre heures d'affilée puis s'est réveillée. Elle a convoqué les souvenirs de ses séances avec le docteur Diderot pour se redresser et avancer. Elle en a parlé longuement, le soir, sur le balcon, avec Rémy. Deux incandescences dans la nuit, et les volutes de fumée qui s'évanouissaient derrière les nuages. Ses questions, ses avis, ses conseils lui ont permis de relativiser. Comprendre qu'elle ne voulait plus replonger dans la dépendance, décider d'aller bien et se mettre en mouvement pour y parvenir. Elle s'est jetée sur le potager pour y enfouir l'attente cruelle et l'impatience perfide. Les carottes sont éclaircies, les haricots ramés, les salades repiquées, les herbes envahissantes arrachées, les surfaces paillées. Elle en a eu du foin dans son décolleté.

Aujourd'hui, elle se sent calme et apaisée. Sans ressentir de manque. Ou alors un tout petit. De ceux qui vous laissent tranquille et ne vous empêchent pas de respirer.

Elle a rangé les outils. S'est posée au bord de l'étang, sur un banc abandonné. Tout le monde est rentré. Ce soir, elle n'est pas responsable du dîner. Clémence et Rémy s'en occupent. Elle préfère les laisser. Elle a fermé les yeux, elle écoute les premières grenouilles qui commencent à chanter. La source qui coule encore, presque au goutte-à-goutte. Elle va sûrement se tarir. Il faudra attendre les pluies d'automne pour qu'elle renaisse.

Son téléphone vibre dans la poche arrière de son short. Elle attend un instant avant de le saisir, s'oblige à tempérer l'urgence qu'elle ressent à le consulter. *Profite encore un peu de l'instant.*

Elle joue à deviner. Timothé ? L'une de ses amies ? Le docteur Diderot ? Un technicien en identification criminelle ? Elle a quand même envie que le message provienne de ce dernier, même si elle s'est forcée à ne plus l'attendre.

« Bonjour, c'est votre TIC préféré. Les résultats sont tombés. L'anthropologue légiste est formelle. Ces ossements ont au moins cinquante ans. Probablement des nouveau-nés. Cela corrobore les dates sur les pierres. Pour une recherche plus poussée, il faudrait faire d'autres tests. C'est désormais du ressort du service départemental d'archéologie. Vous pouvez les contacter. Vous n'êtes donc plus témoin, et moi, plus technicien. Vous voulez dîner ? Demain soir, à Gérardmer ? Nous pourrions ensuite aller voir le feu d'artifice du 14-Juillet sur le lac. Je connais un endroit parfait pour l'admirer. »

Karine a refermé les yeux.

Elle sourit désormais.

Et les grenouilles chantent de plus belle.

Refaire des feuilles

Clémence ne sait pas si elle doit être heureuse ou anxieuse. Elle n'avait jamais été confrontée à cette ambivalence. L'événement n'avait pas eu lieu jusqu'à présent. Comment pourrait-elle connaître cette sensation d'étroitesse dans un vêtement, elle qui n'a fait que s'autogrignoter méticuleusement depuis qu'elle a sept ans ? Elle qui n'a pas connu la mise en formes de la puberté et les tailles de vêtements que l'on enjambe les unes après les autres, comme des haies sur une piste d'athlétisme.

Pourtant, ce matin, quelque chose a changé dans ce short simple. Un pli en moins sur la fesse, une tension du tissu plus perceptible. De quoi la faire paniquer. Elle ne s'y est pas préparée. Elle se dit que peut-être, elle a une vision faussée liée au fait que le docteur Letellier vient aujourd'hui. Une visite de courtoisie pendant son jour férié. Un jour pour lequel elle aimerait lui montrer qu'elle progresse.

Clémence est rassurée de la revoir. Elle s'est accrochée à cette femme comme à une bouée pour ne pas sombrer. Qui d'autre qu'elle l'a prise dans ses bras quand elle voulait disparaître ? Comme si une peau enveloppante plus âgée venait dessiner les contours de ce corps adolescent qui cherchait une légitimité. Et ce nécessaire d'aquarelle, blotti dans une enveloppe en arrivant ici, et qui l'a révélée.

Clémence a le trac, elle veut être parfaite. Elle veut lire de la joie dans les yeux de Mathilde. Elle veut ressentir elle-même la satisfaction de ce qu'elle va lui montrer. Les peintures, le crochet, le potager, le fromage, les chiots, ce petit coin au bord de l'étang où elle vient se cacher, où elle cesse de bouger pour observer les grenouilles réapparaître les unes après les autres sur les feuilles de nénuphar, après avoir plongé devant l'ombre approchante d'un humain. Son admiration pour le vol stationnaire des libellules, tels de minuscules hélicoptères. Lui montrer qu'elle commence à connaître le nom de certains papillons, de quelques fleurs sauvages, un petit bout de l'immensité de ce qu'elle a appris ici en quelques semaines à peine.

Elle attend le long de la route, assise sur une grosse pierre, observe la fourmilière dans le talus, de l'autre côté du macadam. Les aiguilles de sapin frétillent d'une danse organisée. Existe-t-il des drames chez les fourmis ? Certaines sont-elles odieuses avec les autres ? Lesquelles gagnent finalement ? Que fait-on des plus faibles ? Sont-elles condamnées ? Ces petites bêtes ont-elles un docteur Letellier sur lequel s'appuyer ?

Le taxi arrive. Mathilde n'a pas le permis. Elle avait gardé le numéro de celui qui connaît désormais la route vers les Censes perdues. Il est ému de revenir. Sa passagère a des seins énormes, et sa femme plus aucun. Une méchante récidive, galopante, l'ablation du deuxième en urgence deux semaines auparavant, les chances qui se réduisent de remonter la pente. Elle est à côté de lui.

Quand il a reçu l'appel de Mme Letellier évoquant la distance, l'éventualité qu'il puisse attendre sa cliente sur place le temps de la visite, il a eu l'idée de faire découvrir le Bout du monde à sa femme. Tant pis pour les courses ratées, il en est d'autres plus urgentes.

La portière s'ouvre, quelques mots sont échangés avec le chauffeur. Un SMS un peu avant de repartir et il sera sur le parking. Après leurs confidences durant le trajet, elle leur souhaite une parenthèse enchantée.

Elle se tourne vers la petite qu'elle avait laissée squelettique. Elle ne peut pas retenir ses larmes. Elle n'a pas pris beaucoup de poids, mais elle en a pris. La victoire est immense. On n'essaie pas de décrocher la lune quand on travaille dans ce service. Tout juste de saupoudrer un peu de lumière sur les ténèbres. C'est un soleil qui s'approche d'elle pour l'accueillir. Les joues sont moins creusées, les cernes se sont comblés. Mais surtout, surtout, il y a cette lueur dans les yeux, cet éclat dans le sourire qui crient à tout rompre qu'elle s'épanouit ici. Elle y a trouvé une place, les bons nutriments. Clémence refait des feuilles, est repassée du bon côté. Celui de l'aube, du vent. Celui des vivants.

L'évolution pourrait être infime aux yeux de certains, elle saute à ceux de Mathilde. Elle sait cependant que le chemin sera encore long et elle ne veut surtout pas transformer sa visite en consultation. Seulement découvrir ce que sa petite patiente souhaite lui montrer. Depuis le début, elles ont échangé par mails. Ceux-ci ont évolué. Les premiers exprimaient l'envie de se sauver de là, de partir loin et nulle part à la fois. Puis doucement, un intérêt par-ci, un émerveillement par-là. Toujours les peurs, les angoisses, en particulier celle de ne pas réussir à se faire une petite place parmi les humains, mais un tracteur conduit, une poule domptée, un crochet apprivoisé, et Mathilde Letellier a compris. Clémence commence enfin à habiter son corps.

La petite se tord les doigts, elle parle trop vite, ne cesse de lisser la mèche de cheveux qui barre son front. Ils ont poussé. Mathilde Letellier la trouve de plus en plus jolie. Clémence hésite, part dans un sens, revient sur ses pas. « Non, je vais d'abord vous montrer où j'habite. » Elle lui présente les espaces communs, lui parle de Karine, de Rémy, de leur gentillesse, désigne les BD sous l'escalier. Elles montent à l'étage. Clémence trébuche dans sa précipitation, se rattrape à la rambarde. Mathilde regarde partout, respire l'odeur du bois, imagine les habitudes de sa patiente dans ce lieu. Elles entrent dans sa chambre. L'enveloppe est encore là, accrochée au mur comme un trophée. Son contenu est soigneusement rangé sur le bureau. Le bout des pinceaux posé sur un carré crocheté. Le lit est fait, le doudou aux aguets sur l'oreiller. Sur la table de chevet, une minuscule corbeille en osier. Le médecin la prend en main. Elle est pleine de morceaux de fil de toutes les couleurs.

– C'est toutes les chutes quand je coupe les fils au crochet. J'aime bien le fouillis et les couleurs. J'arrive pas à les jeter.

– Tu fais bien de les garder.

Un petit bouquet de fleurs sauvages est posé sur le bureau, devant la fenêtre. Clémence raconte et raconte encore :

– Ça, c'est quand je coupe l'herbe pour les chèvres le matin. Elles s'en fichent un peu des fleurs, elles dévorent tout, alors je les garde. Aujourd'hui, j'ai une fleur de

, un cosmos, une branche de chicorée, et du lin. Demain, j'en trouverai d'autres.

Clémence lui montre même la salle de bains. Tous les produits de Karine d'un côté, et de l'autre les siens, trois fois rien.

– Elle m'a appris à me maquiller. Je le fais pas souvent, mais maintenant, je sais.

Puis elles parcourent le potager, Clémence lui montre les graines qu'elle a semées, tout ce qui a poussé. Quelques années plus tôt, Mathilde avait dû monter un dossier pour quémander à la municipalité un petit coin de la friche à proximité de l'hôpital afin d'y installer un jardin et de soigner autrement ceux qui ne voulaient plus manger. Dossier refusé au profit de la construction d'un supermarché. Elle en a pleuré, mais n'a jamais oublié les enseignements de sa bibliographie. Le docteur Letellier sait qu'enfouir des graines dans le sol est un geste rassurant. Même si elles ne germent pas. Car c'est un acte d'espoir. On plante le récit d'un futur possible. Elle a étudié les besoins de l'enfant, la nécessité de rêver, d'agir et d'avoir un impact sur son environnement, ce qui le rend optimiste quant à sa capacité à façonner son existence. Et Clémence, sous ses yeux, qui s'émerveille du vivant, chemine doucement vers son avenir à elle. Quand elle est arrivée dans son service, elle souffrait d'un syndrome de stress post-traumatique. Quotidiennement prise en otage par ses peurs. Elle revivait la scène du drame sans pouvoir l'intégrer au passé. De quoi mettre à mal sa sécurité intérieure et l'installer dans un état d'hypervigilance permanent, épuisant obstacle à la guérison. Dans ce jardin, elle retrouve un sentiment de sécurité. Les plantes lui veulent du bien. Elle peut même ressentir leur gratitude d'avoir été arrosées, ou délivrées d'une herbe étouffante. En en prenant soin, elle se libère elle-même du processus envahissant du passé.

Lorsqu'elles se dirigent vers l'étang, Clémence parle déjà moins vite et marche plus lentement. Elle tient à lui montrer ce banc à l'abri. Son observatoire.

Mathilde est émue de la voir ainsi, petite tache colorée avec son T-shirt orange, au milieu d'un océan de vert. Le vert, une couleur qui ne demande pas d'ajustement de l'œil, qui diminue physiologiquement l'excitation neuronale et les angoisses du passé. C'est prouvé. Mathilde l'a écrit noir sur blanc. Elle le vérifie aujourd'hui. Certains miracles sont simples.

Le chauffeur et sa femme ne sont pas partis bien loin. Elle est très faible et peut à peine marcher. Ils s'arrêtent sur un banc juste au-dessus de la ferme pour admirer la vue, se prendre la main et réaliser qu'ils s'aiment. Peu importe la fin, ils s'aiment en ce moment.

L'homme se met à pleurer. Lui a peur. Sans elle il est perdu. Sans elle il n'a plus rien. Ne lui reste que son taxi à crédit et des clients pénibles. Elle lui dit « N'y pense pas, je suis là ».

Il essuie ses larmes en voyant arriver un vieil homme. Il ne demande pas s'il peut s'asseoir avec eux. La réponse est évidente.

L'horizon est assez vaste pour trois.

Pendant ce temps, Capucine a invité le docteur Letellier à s'installer sous le pommier. Elle la prévient que le coq est parfois bavard. Clémence les laisse seules un instant pour aller chercher le goûter. Les deux femmes en profitent pour évoquer l'avancée de sa guérison, les freins, l'estomac qui fait encore sa loi et refuse de se combler. La soignante explique les mécanismes, la lenteur du cheminement, les retours en arrière possibles, l'importance de la motivation.

– Les progrès sont déjà énormes en si peu de temps. Merci infiniment. Je la sens beaucoup plus détendue.

Capucine lui raconte l'épisode des gendarmes. L'angoisse recrudescente. Et l'amélioration depuis qu'ils sont partis.

– Elle mettra du temps à apprivoiser ses souvenirs. Plus elle se sentira en sécurité, plus elle pourra construire sa confiance. Soyons patientes.

À peine a-t-elle achevé sa phrase que Clémence sort de la maison avec un plateau chargé d'assiettes à dessert, de verres, d'une carafe de jus de fruits et d'un gâteau.

– J'ai fait une génoise que j'ai recouverte d'un genre de brousse de chèvre sucrée. Avec des fraises par-dessus.

– Je ne connaissais pas cette recette de fromage sucré, s'étonne Mathilde.

– Nous non plus, rétorque Capucine en riant. Un petit raté avec les moules. Nous démarrons les fromages. Clémence a trouvé une façon de recycler ce caillé en miettes. C'est elle qui a eu l'idée.

– Je ne sais pas si ce sera bon…

– Pourquoi cela ne le serait-il pas ? demande la soignante.

Clémence s'assoit, regarde au loin. Elle sait ce qu'elle aurait répondu il y a quelques mois dans sa chambre d'hôpital : *Parce que je suis nulle, que je ne sais rien faire.* Elle regarde le docteur Letellier en souriant. La femme aime cette étincelle dans le regard de ses patients, quand ils réalisent qu'ils ont fait du chemin, qu'ils ont gagné en légitimité. Pour Clémence, le droit d'être là, d'exister. La petite sert une part à chacune, qu'elles dégustent en silence. La saveur est particulière. Le lait de chèvre révèle son goût prononcé, mais le résultat, certes surprenant, est agréable et intéressant.

Clémence se penche sous la table pour chercher le carton qu'elle a préparé. Elle en sort une pochette en papier kraft et la tend à Mathilde.

– C'est l'enveloppe retour !

Elle contient un dessin à l'aquarelle. Un étang dont les berges sont parsemées d'iris d'eau d'un jaune intense.

– Vous ne devinerez jamais avec quoi j'ai peint les fleurs.

– Ce n'est pas de la peinture ?

– Non.

– Des pétales écrasés ?

– Non.

– Du pollen ?

– Non plus.

– Du jus de chélidoine ?

– Ah tiens, il faudrait que j'essaie. Il y en a dans la haie.

– Tu connais aussi les chélidoines ?

– Oui.

– Et moi, je n'ai toujours pas trouvé ta peinture magique. Je donne ma langue au chat.

Clémence prend alors le temps de lui raconter en détail

ce qu'elle n'avait pas écrit dans le mail. Certes, elle avait évoqué cette poule réfractaire, mais pas les œufs à la coque, comme si elle avait eu honte d'avoir eu envie de les manger, peur d'en parler, d'aller mieux. Elle décrit le plaisir du pinceau trempé dans le jaune, l'envie d'en faire un tableau pour le lui offrir quand elle viendrait.

Mathilde sourit. Elle n'a pas l'habitude de montrer ses émotions. Elle les contient devant ses patients. Si elle devait pleurer à chaque moment triste ou émouvant, elle n'en finirait pas, dans ce service plein de gamins cabossés. Mais aujourd'hui est férié. Elle peut bien se laisser aller, alors elle se lève et vient enlacer Clémence. Elle sentirait presque un peu de moelleux au niveau des épaules de la gamine.

Quelques minutes plus tard, elle pleure franchement quand sa patiente lui offre une petite corbeille réalisée au crochet.

Elle reprend une demi-part de ce gâteau délicieux avant de repartir. Une visite en coup de vent transformée en mistral émotionnel puissant.

Elle sait désormais qu'elle enverra d'autres patients aux Censes perdues.

Le terreau est bon ici pour cesser de végéter.

La rage heureuse

Legrand est arrivé au volant d'une énorme moto. Un clin d'œil sous le casque au moment de se garer. Et Karine de réaliser qu'elle allait devoir se changer, que cette jupe courte était parfaitement incompatible avec la monture.

– Prête ?

– Fatalement, pas tout à fait.

– J'aurais peut-être dû vous prévenir…

– J'aime les surprises.

Sous son masque de sérénité, Karine était paniquée en remontant dans sa chambre pour trouver une autre tenue. Clémence cuisinait. Elle a lâché ses ustensiles et l'a rejointe pour essayer de l'aider, même si en termes de styles vestimentaires, elle n'est pas d'un grand secours. Elle savait juste qu'il était préférable d'enfiler un jean épais et une veste résistante. Karine a attrapé le premier pantalon trouvé, du moment qu'elle pouvait garder son décolleté.

Quelques secondes plus tard, elle s'engouffrait dans l'escalier après avoir embrassé le front de Clémence.

– Dis-moi que je suis folle, mais que j'ai raison d'y aller !

– Tu as raison d'être folle !

Par la fenêtre, Clémence a regardé la moto s'éloigner

jusqu'au bout de la route en se demandant où cette femme trouvait l'audace de passer la soirée avec un inconnu. Du haut de ses dix-huit ans, elle serait terrorisée, se poserait mille questions.

Ils ont d'abord dîné dans un restaurant de la ville. Un endroit animé où ils devaient presque crier pour s'entendre. Les regards ont fait le reste. Puis ils sont remontés sur l'engin. Karine s'est agrippée à sa taille. À l'aller, elle s'était tenue aux poignées.

Ils se sont garés sur les hauteurs de Gérardmer. Legrand a enfermé les deux casques dans le coffre arrière de la moto. Audacieux, il saisit la main de Karine pour l'entraîner sur un sentier qui s'enfonce dans la forêt. Elle se retourne un instant vers la route, à la recherche d'une présence humaine, avant de se laisser happer par son destin chaotique et l'obscurité des sous-bois.

– On ne va pas voir grand-chose du feu d'artifice au milieu des grands arbres !

– Patience…

Karine trébuche sur des racines saillantes. La main solide de l'homme la rattrape. Après une dizaine de minutes, ils bifurquent dans la forêt, enjambent les arbres morts, se faufilent entre les plants de myrtilles, font craquer les branches sous leurs pieds. Elle ne retrouverait jamais son chemin. Ils ont pris trop de détours. Mais l'homme avance sans hésiter, il connaît parfaitement les lieux.

Ils atteignent enfin un grand rocher en forme de

promontoire, totalement dégagé, avec vue sur le lac et la ville. Karine est prise d'un vertige. Elle n'ose pas regarder en contrebas. La cime des sapins présents alentour laisse présager la hauteur de la plateforme. Plusieurs dizaines de mètres. Elle frissonne.

– Tu as froid ? lui demande-t-il en la prenant dans ses bras.

– Non.

– Alors ?

– Alors, c'est parfait.

Pour attendre minuit et les explosions lumineuses, Karine s'est assise, les bras autour de ses genoux pliés, Legrand à ses côtés. Le vertige est passé.

Les voilà gênés. Ils savent l'un et l'autre que le moment est arrivé de franchir les barrières, de faire tomber les dernières avant l'intimité. C'est l'instant où l'on se dit qu'il y aura un avant et un après, sans retour en arrière possible. Le faire ou pas ? Et si, et si, et si ? On gagnera en vibrations mais on perdra le jeu de séduction. Qu'est-ce qui est le plus savoureux ?

Une bouffée de timidité la pétrifie. Les deux options lui conviennent : continuer à se tourner autour, à se chercher, se provoquer, ou bien s'abandonner et laisser les corps chavirer. Elle n'a pas envie de prendre la responsabilité de cette décision.

Elle ferme les yeux. Voilà des jours qu'elle a envie de lui. Et elle se retrouve en pantalon serré, en plein air, sur un rocher au bord d'un abîme. Peut-être est-ce encore plus excitant. Frédéric prend ces paupières closes pour une invitation. Lui se pose moins de questions.

Elle s'est attaché les cheveux en un chignon flou seulement retenu par une longue épingle en bois. Il tire dessus délicatement et la chevelure tombe sur les épaules en tournoyant. Il a toujours été troublé par les cheveux des femmes. Courts, il aime les empoigner. Longs, il s'amuse avec eux, y plonge les mains longuement en laissant filer entre ses doigts leur texture, leur douceur, il les renifle discrètement. D'une manière générale, l'odeur des corps vivants lui fait un bien fou quand il a passé la semaine à sentir la mort. Les cheveux de Karine sont épais. Quelques-uns déjà gris. Frédéric ne se souvient pas de sa date de naissance, pourtant apposée sur la réquisition. Qu'importe. Son corps est désirable.

Lui ? On ne lui donne jamais son âge. Avec son passé de sportif de haut niveau, il est bien conservé. Une hygiène de vie soignée, une activité physique régulière et ses pulsions assouvies contribuent à son équilibre.

Ce sourire malicieux qu'elle a installé sur son visage tout en gardant les yeux fermés le fait instantanément bander.

Il embrasse Karine à pleine bouche en la faisant basculer. Il fallait se jeter à l'eau, ne pas tergiverser. Il passe ses mains sous son pull échancré, caresse son ventre, cherche ses seins qui l'ont nargué durant tout le chantier. Les voilà sous sa paume, le mamelon saillant qu'il vient sucer en baissant son soutien-gorge. Pas le temps de l'enlever.

Karine ondule, gémit, elle a tellement envie. Des mois qu'il ne s'est rien passé. Elle sent son sexe devenir brûlant. S'il s'aventure là, il saura à quel point elle l'attend. Frédéric se redresse, se met à genoux sur la roche, la regarde dans la pénombre. Elle a les yeux qui brillent. Il descend ses mains le long des hanches, déboutonne son jean et le tire avec fermeté jusqu'à ses pieds. Il écarte ses jambes, caresse son clitoris avec la paume de sa main, glisse un doigt dans son vagin. Puis il ouvre son pantalon, le descend jusqu'aux genoux. Karine s'est redressée. Elle saisit entre ses mains le membre en érection, le prend dans sa bouche. L'homme respire bruyamment. Il se tient droit sur le rocher, a envie de rugir, bête sauvage parmi les bêtes sauvages. Il aimerait que le temps s'étire, que cela dure des heures, mais l'envie est trop puissante. Avant d'atteindre son point de non-retour, il lui saisit doucement la nuque pour qu'elle lâche prise et l'allonge à nouveau. Il doit la pénétrer, un instinct animal l'y pousse. Il ne peut plus attendre. Elle le guide, lui agrippe les épaules, se laisse aller. Elle avait oublié à quel point elle aime être envahie, comblée, par le sexe dur d'un homme qui la veut. Elle sent dans ses mouvements la rage heureuse et le débordement.

– Viens, chuchote-t-elle après quelques minutes.

Elle aimerait qu'il conclue maintenant. La surface rocheuse est rugueuse, irritante, inconfortable. Elle se recentre sur son plaisir pour oublier la douleur. Lui ne sent plus ses genoux meurtris.

Il termine dans un râle, le front ruisselant. Leur étreinte n'aura pas duré longtemps. Il fallait cette urgence pour franchir la barrière. Ils feront plus doux la prochaine fois, se dit-elle.

Leurs souffles s'apaisent, ils reprennent leurs esprits, quand les premières fusées illuminent le ciel au-dessus du lac. Ils rient de leur propre feu d'artifice, bien plus intéressant que celui-là.

Le spectacle est fini. Karine regarde somnoler l'homme allongé à côté d'elle. Elle voudrait retrouver son chemin, la moto qui les attend. Son lit, Clémence, Rémy. Un message de Timothé.

Laisser mariner

Le feu d'artifice ? Ils l'ont vu de loin, depuis la roche des sorcières qu'ils ont escaladée prudemment, dans la nuit plutôt claire. Capucine et Adrien ont proposé la balade à Rémy et Clémence, juste après le dîner. Tant pis pour le périmètre de sûreté. Qui viendrait contrôler ?

Rémy a tenu la main de Clémence tout au long du parcours, pour ne pas qu'elle vacille. Elle s'accrochait fort. Ils sont restés un moment, après le bouquet final, à profiter des températures raisonnables et du silence de l'obscurité. Nichée contre lui, Clémence sentait d'un côté la chaleur de sa peau, de l'autre la fraîcheur de la nuit, l'équilibre des degrés pile au niveau du cœur.

Ils sont rentrés tard.

Le déjeuner à l'ombre du pommier se prolonge. La journée est brûlante. Les organismes apprécient les moments de fraîcheur relative. Adrien est fatigué. Il se demande s'il ne va pas lever le pied cet après-midi, chercher une chaise longue et s'allonger sous les arbres au bord de l'étang. Le luxe de cette nouvelle vie intense : choisir ses moments.

Karine leur parle du feu d'artifice, de sa beauté, de son intensité. Elle ne précise pas lequel. Elle n'a que peu dormi, se demandant une partie de la nuit s'il était sain d'avoir ressenti un tel mélange de peur et d'excitation. Elle voyait les clignotants et se sentait attirée pourtant. Elle a aimé avoir mal, parce qu'elle a aimé l'homme, sa façon de la désirer, la puissance de l'acte. Grisant. Sur le chemin du retour, il s'est montré tendre et bienveillant. Les clignotants n'en étaient pas.

Puis elle évoque les ossements :

– L'affaire est classée. Elle n'est plus du ressort de la gendarmerie, mais du service archéologie. Une anthropologue légiste a conclu à une datation de plus de cinquante ans. La prescription d'une affaire est de trente.

– Donc, nous ne saurons jamais qui ils sont…

– Disons qu'il ne faut pas compter sur les gendarmes. Ce qui ne nous empêche pas de chercher.

Capucine évoque les événements qui ont marqué la région durant la Deuxième Guerre mondiale. Le maquis vosgien, la résistance, la bataille de Bruyères un peu plus loin. L'intarissable Jean, qui connaît le sujet sur le bout des doigts et leur en a longuement parlé. Adolescent durant cette période, trop petit pour aller combattre, assez grand pour comprendre. L'âge surtout d'être fasciné par les héros, les combats, les stratégies et les pertes humaines.

– Quand on parle avec les gens d'ici, ils ont tous, de près ou de loin, des souvenirs de guerre, précise Adrien. Un oncle résistant, un grand-père mort sur le front, des traces visibles sur les maisons, des vestiges de munitions. Il doit même y avoir deux, trois mines antichars, quelques mètres en dessous. J'ai pas creusé partout.

– Tu viens de faire un alexandrin, s'amuse Clémence, qui ose prendre la parole de plus en plus souvent.

Tous essaient de se souvenir de sa dernière phrase, comptent dans leur tête. Rémy lui sourit, elle a tout compris.

Karine s'est trouvé un petit carnet. Elle y compulse ses notes, les résultats des fouilles, les dates importantes de l'histoire locale, les coordonnées éventuelles de ceux qui pourraient la renseigner. Le vieux Jean, bien sûr, mais aussi quelques autres anciens encore vivants.

– Tu veux m'aider, Rémy ? demande-t-elle.

– Je ne suis pas sûr d'avoir très envie de remuer le passé autour de squelettes de bébés.

– Il faut bien leur offrir une dignité. Leur rendre leur histoire y contribue, non ?

– Peut-être. On a quoi comme informations ? Tu as le droit d'en parler ?

Elle évoque ce qu'ils ont trouvé. Les trois pierres alignées portant chacune un prénom et un corps soigneusement disposé dans une boîte métallique à leur pied. Les vestiges de cette mèche de cheveux blonds dans de petites boîtes en métal. Un prénom, une date, une mèche de cheveux. Voilà tout.

Clémence s'est levée, elle n'a presque rien mangé. L'appétit coupé par l'image de ces petits êtres morts et enterrés pour être oubliés. Vu le contexte dans lequel elle est née, elle aurait pu connaître le même sort. Son illégitimité chronique affleure. Elle se dit qu'il faut parfois donner une dignité à certains vivants également.

Soudain Capucine pousse un cri, saute de sa chaise et se

dirige vers le jardin en vociférant. Une chèvre s'est échappée, elle est en train de grignoter les salades.

Adrien la rejoint, suivi de Rémy et Clémence.

Elle est saisie par les cornes, reconduite dans le troupeau. La chaise longue attendra, Adrien doit d'abord vérifier les clôtures, le courant qui y circule. Rien ne s'arrête jamais avec les animaux. On peut éteindre un ordinateur, fermer à clé un bureau, ranger ses outils jusqu'au lendemain. Veau, vache, cochon, couvée persistent à s'activer.

Karine est restée seule à table. Ils sont bien assez nombreux pour canaliser une chèvre rebelle. Elle préfère répondre au message de son artificier. Il a aimé ce temps passé avec elle, sentir son corps vibrer et son désir brûlant. Il a hâte de recommencer.

« Pas sur un rocher », se contente-t-elle de répondre. Est-ce un oui, est-ce un peut-être ? Il devra mériter une nouvelle opportunité. Elle aussi a aimé son grand corps aiguisé, ses cheveux noirs en bataille, ses poils épais sur le torse. Cette dent un peu moins bien alignée que les autres qui lui donne un charme fou. Et le pétillement dans ses yeux, comme un champagne qu'on vient de sabrer, quand elle l'a pris dans sa bouche. Nombre de ses copines détestent le faire. Karine aime sentir la fébrilité, la fragilité de l'homme qui se laisse embarquer. La vulnérabilité aussi. Elle pourrait mordre, faire affreusement mal, blesser. Il y a cette confiance qu'on lui accorde et qu'elle veut honorer. Et puis, chaque petite variation de sa langue, de ses lèvres fait naître une subtilité dans le souffle. Elle aime jouer avec l'excitation comme sur des montagnes russes, chercher ce qui fait réagir et monter le plaisir. Provoquer jusqu'à ce qu'il n'en puisse plus. Karine aime que les hommes la pénètrent parce qu'ils n'ont pas le choix. Elle vibre d'être irrésistible.

« Un lit moelleux avec des bougies tout autour ? Ce n'est pas vraiment la saison des feux de cheminée. »

Elle rit.

« On peut attendre les premiers frimas de l'automne. Dans les Vosges, on allume parfois la cheminée fin août, non ? »

L'idée de patienter va le rendre fou. Elle le sait. Son « Si loin ? » arrive quelques secondes plus tard. Elle n'y répond pas.

En attendant, elle a trois bébés à réhabiliter.

Et un psy à appeler. Lui raconter l'étincelle sous la cendre, enflammée par le vent. Vérifier qu'elle ne va pas s'y brûler, ou alors seulement au premier degré. Lui dire qu'elle a trouvé du sens, quelques mètres sous terre, et que le moulin de l'histoire s'est remis à tourner. Lui dire qu'elle pense souvent à lui, à tout ce qu'il lui a enseigné. La vigilance, le détachement aussi. Elle est en train de reprendre pied. Son pied aussi. Elle ose même aborder cela avec lui. Pas dans les détails, sinon ceux de ses ressentis. Lui avouer qu'elle s'est coupé les ongles et qu'ils sont mieux ainsi. Le vernis ne tient pas bien longtemps au bout du Bout du monde. Lui annoncer qu'elle a réappris à se servir de son réveil, et qu'en ouvrant les yeux, elle croise de nouveau l'envie.

– Bonjour, vous êtes bien sur le portable du docteur Denis Diderot, veuillez laisser vos nom, prénom, numéro de téléphone ainsi que les raisons de votre appel. Prenez soin de vous. À bientôt.

– Bonjour, c'est Karine… Je voulais juste vous dire… merci.

De pluie et de beau temps

J'ai bien vu qu'il essayait de me faire parler, le gamin, quand il est venu me voir ce matin. J'ai changé de sujet plusieurs fois, mais il revenait à la charge.

Les gendarmes m'ont déjà questionné. Pourquoi ils veulent remuer le passé ? Par ici, on n'aime pas trop ça. Surtout le passé des années 40. Chacun a ses petits secrets. Parfois des gros que même les voisins connaissent pas. Et il vaut mieux. On a tous en tête quelqu'un qui a été fusillé ou déporté au camp de Schirmeck. Quand c'était pas ailleurs. Certains sont revenus, d'autres pas. Je préfère la pluie ou le beau temps comme sujet de conversation. Ou les légumes du jardin, ou la petite souris qui crochète. Je préfère même qu'on parle de mon ulcère.

C'est vrai qu'ils ont rien fait de mal, ces bébés. On peut pas naître coupable. Non désiré, parfois, mais ça vous rend pas coupable pour autant.

Le gamin a l'air soulagé que l'enquête soit terminée. Je le comprends, la discrétion est la meilleure solution quand on a des choses à se reprocher.

Il se sent bien ici.

Qui s'y sentirait mal ? Ils ont tout ce qu'il faut pour être heureux. La forêt, de l'eau, des terres, des voisins sympathiques comme moi.

Et maintenant les chèvres. Ils vont s'amuser. Ces bestioles bouffent tout quand elles se sauvent. Mme Capucine va râler quand elles lui auront brouté tous ses fraisiers et toutes ses salades. Mais ils semblent bien équipés. Des filets pour les parcs, avec du courant, des hautes clôtures. À l'époque, on demandait aux gamins de les garder avec un bâton pour les éloigner des jardins.

La petiote a encore changé. On la voit de plus en plus. Comme si elle avait arrêté d'être transparente. Par contre, elle est toujours pas venue me voir. J'attends la dame au décolleté. Rémy m'a dit qu'elle voulait comprendre d'où venaient ces bébés. Elle peut toujours venir, je lui en dirai pas plus à elle qu'à lui.

En attendant, je vais me rentrer. L'infirmière va pas tarder, et mon ulcère commence à me faire vraiment mal.

C'est pas bon de vieillir.

L'ombre d'un salaud

Adrien écoute Capucine lui raconter que le docteur Letellier lui a téléphoné. Après une ultime remise de peine pour bonne conduite, le père de Clémence est sorti de prison. Il cherche sa fille, s'est présenté à l'accueil du service où elle était hospitalisée. Débutante, la secrétaire ne s'est pas méfiée.

Capucine a toujours été effarée de constater à quel point le lien filial était vénéré. Comme si les gènes donnaient tous les droits. Comme si on était lié à jamais à ceux qui nous ont mis au monde. Même si ce lien est toxique ou dangereux. Clémence est-elle condamnée à avoir peur de son père après ce qu'il a fait ? Faut-il qu'elle s'en aille à l'autre bout de la terre pour être libérée de lui ?

Heureusement, Adrien est solide, il saura protéger la petite si ce type venait par ici. Rémy aussi. Avec la tendresse qu'il a pour Clémence et son caractère sanguin, il ne laissera personne lui faire du mal. Mais Capucine est triste d'imaginer que leur petit havre de paix puisse être sali par l'ombre d'un salaud.

Adrien ouvre grands ses bras et la serre contre lui en chuchotant que tout ira bien. Ils ont toujours su qu'ils risquaient, en accueillant des profils atypiques, d'être confrontés à des situations complexes. Les gens sans histoire n'ont pas besoin de structures d'accueil ni de réconfort. Le militaire en lui retrouvera-t-il ses réflexes de combat si d'aventure cet homme débarquait et se révélait menaçant ?

Capucine s'ajuste à son corps un peu plus fort, pour conjurer le sort. Elle se sent de moins en moins à sa place dans ce monde peuplé d'humains malveillants, d'horreur omniprésente. Depuis qu'elle est ici, elle se recroqueville dans son petit paradis, se ressource dans la beauté du vivant et ne s'entoure que de ceux qui lui veulent du bien.

Du moins le croit-elle.

Lever et se lever

Clémence éprouve maintenant un réel plaisir à cuisiner. Elle a expérimenté une nouvelle recette. Après les orties, elle s'est mise en quête de toutes les plantes sauvages qui pouvaient être consommées. Les fleurs en particulier. Elle qui aime jouer avec les couleurs dans ses aquarelles a commencé à transformer les assiettes en œuvres d'art.

Quand Karine et Rémy s'installent à table ce soir-là, ils savourent d'abord avec les yeux. Des tomates rouges, des jaunes, des noires, coupées en tranches fines et disposées en alternance, de la salade verte en lamelles mélangée à un entrelacs de jeunes feuilles issues d'une cueillette sauvage. Des chénopodes, de l'oseille, du plantain, du lamier pourpre, de jeunes feuilles de bourrache. Au centre de l'assiette, un œuf dur coupé en deux et saupoudré de quelques herbes finement ciselées, ciboulette, persil, cerfeuil, verveine citronnée, un morceau de fromage légèrement affiné issu de la toute première transformation.

Clémence a passé toutes ses matinées avec Adrien pour l'aider à traire, à nourrir, à soigner les chèvres. Puis à transformer le lait. Après une semaine, les gestes deviennent plus sûrs, les mouvements plus rapides. Elle aime particulièrement voir le lait se figer en quelques heures sous l'effet de la présure, le couper en petits morceaux avec le tranche-caillé, puis le malaxer longuement en plongeant son bras jusqu'au coude, se sentir enveloppée, caressée par cette matière douce et chaude qui glisse sur sa peau avec une tendresse maternelle. Quand elle regarde les chèvres gambader dans les champs et le fromage dans son assiette, elle se dit que les étapes qui ont mené des unes à l'autre relèvent de la magie.

Rémy ignore le nom de toutes les fleurs qu'il a sous sa fourchette. Il reconnaît seulement les pensées. Clémence complète ses connaissances en lui présentant les pétales de capucine jaunes et orange, les fleurs de bourrache d'un bleu intense, les consoudes violettes – il en vient partout dans le jardin –, quelques pétales de soucis dorés et de trèfles, enfin des pâquerettes.

Elle a aussi fait du pain aux noix, avec celles récoltées l'an passé. Pour sa première fournée, elle a profité de l'expérience de Capucine. Elles ont œuvré en parallèle. Clémence a trouvé difficile de pétrir la pâte avec ses maigres poignets et ses doigts étiques, mais le pain va les muscler. Il est temps qu'elle se fortifie. Temps qu'elle malaxe son existence avec le bon levain, qu'elle lève et se lève enfin.

Rémy l'observe. Il l'a vue évoluer à une vitesse déconcertante. Passer du stade de petit moineau fragile et blessé à celui de gazelle plus sûre d'elle. Clémence s'isole encore souvent, comme s'il lui fallait se protéger, prendre le temps de digérer le mouvement, les bruits, les nouveautés. Mais elle participe de plus en plus aux travaux communs et ne cache pas sa fierté devant tout ce qu'elle fait et qu'elle réussit. Il aimerait croire qu'il y est pour quelque chose. Qu'elle peut éclore parce qu'elle se sent protégée. Il aimerait se dire qu'elle va encore progresser, se sentir en confiance, ne plus avoir peur du monde entier, et qu'il sera là pour l'aider. Car son parcours à elle donne du sens au sien. La psy de la prison lui dirait qu'il ne doit pas s'appuyer sur les autres pour se retrouver. Il lui répondrait qu'il n'a jamais su faire autrement qu'aider, accompagner. Il sait seulement que la limite du sacrifice ne doit plus être franchie. D'abord se chercher lui, se chérir, se reconstruire. La petite serait-elle arrivée trop tôt sur son chemin après la prison ? Il décide que non.

L'assiette de Clémence était moins remplie que les autres, mais elle a tout mangé. Seul le pain est resté de côté. Elle a goûté une bouchée, l'a reposé. Trop lourd pour son estomac renaissant. Elle a préféré les fleurs.

Celui qui prépare le repas ne fait pas la vaisselle. Clémence est donc ressortie pour aller voir les chiots. Ils grandissent à vue d'œil. Elle aimerait en adopter un, mais tant qu'elle ne sait pas quoi faire d'elle même, que pourrait-elle bien faire de lui ? Elle l'adoptera ici, en cachette, et avisera quand elle repartira.

Karine et Rémy boivent un dernier café. Ils ont attendu d'être seuls pour évoquer l'affaire. La veille, elle est passée à la mairie pour recueillir les informations cadastrales. Préemptée par la commune en même temps que la maison en ruine, la parcelle où se trouve la cavité a été vendue à Capucine et Adrien. Elle a eu accès à d'anciens documents qui faisaient état de plusieurs constructions autour de l'endroit en question. Le maire, de passage au secrétariat pendant qu'elle consultait les registres, lui a demandé de garder le secret sur cette affaire pour ne pas créer de tensions dans le village. Les gens sont avides d'histoires sordides et il ne fait aucun doute que celle-ci pourrait attiser les vieilles querelles qui s'accrochent aux familles comme la mousse sur les tombes de leurs défunts.

Karine a promis de rester discrète, de chercher sans dévoiler, d'essayer de comprendre dans le secret le plus total. Il lui a expliqué que ces ouvrages sont des chambres de fontaine, souvent désaffectées, destinées à l'époque à distribuer l'eau aux différentes habitations en contrebas. Elles ont disparu avec le temps. Les petites fermes ont été remplacées par de plus grosses ou par des maisons modernes. Tout au plus a-t-on utilisé les vieilles pierres pour faire des murets dans les jardins.

– Il n'a aucune idée de l'origine des squelettes ?

– Non. Mais il m'a suggéré d'aller voir les frères Poirot, qui n'ont jamais quitté le village et sont assez vieux pour avoir connu la guerre. L'un d'eux n'entend plus rien, mais l'autre, si. Par contre, il m'a conseillé de ne pas m'y rendre seule. Tu viendrais avec moi ?

– Si tu veux.

– Et de ton côté ? Le vieux Jean t'a appris quelque chose ?

– Rien.

Accoudés à la rambarde, ils perçoivent derrière les murs de la maison le son étouffé d'une Capucine en sanglots et la voix grave d'Adrien. Le ton semble monter. Ils se regardent sans un mot, écrasent leurs cigarettes et referment la porte-fenêtre sur ce qui ne les concerne pas.

Une sorcière comme ci comme ça

Karine se demande comment elle va pouvoir questionner les gens sans parler des squelettes d'enfants. Elle sait à quel point une rumeur peut enfler et la responsabilité qu'elle porterait si le village entier était au courant.

Elle a établi une liste de témoins possibles. Les deux frères Poirot, les voisins directs du terrain où se trouve la cavité. Ils sont susceptibles d'avoir récupéré des pierres en démontant les anciennes maisons.

Elle a répondu à Frédéric Legrand, qui attendait sagement un message retour. Il est finalement entré dans son jeu et c'est elle qui s'est mise à guetter un signe de sa part. Ils en ont conclu qu'il était ridicule d'essayer de jouer ainsi au chat et à la souris et qu'il serait plus sage de se revoir. D'astreinte ce week-end et risquant d'être appelé à tout moment, il a préféré décaler au suivant. Il a évoqué sa petite maison de campagne, sur les hauteurs, avec une vue à couper le souffle et un matelas confortable.

En attendant, Karine est assise à la table sous le pommier. L'après-midi est chaude mais venteuse. De quoi moins suffoquer. Les samedis et dimanches sont libres pour qui le souhaite. Souvent, les trois locataires du lieu continuent à aider. Difficile de s'installer dans une chaise longue pendant que les autres travaillent. Rémy a cependant promis à Karine de lui consacrer un bout de son après-midi en l'accompagnant chez les deux frères. Lorsqu'elle a demandé au maire pourquoi elle ne devait pas y aller seule, il a simplement répondu : « Comme ça. » De quoi l'inquiéter encore plus.

En attendant Rémy, elle s'émeut de la scène qui se déroule sous ses yeux, à l'autre bout de l'étang. Clémence est allongée à plat ventre dans l'herbe, son téléphone à bout de bras, dissimulée derrière les ajoncs, elle essaie de photographier les grenouilles qui prennent le soleil sur les feuilles de nénuphar. Depuis quelques jours, elle prend des clichés d'insectes, de légumes ou d'arbres, et elle reproduit l'image en aquarelle. Elle a compris qu'il fallait beaucoup copier pour apprendre. Et elle progresse vite.

La jeune femme recommence son enfance ici, au contact de la nature, elle rattrape le temps perdu, rembobine la pellicule pour projeter sur l'écran de son cœur une comédie plutôt qu'un drame. Elle est à la fois la réalisatrice, l'actrice et le sujet de son propre film.

– Tu es prête ? lance Rémy à Karine en arrivant.

– Je t'attendais… Regarde la petite, là-bas.

Rémy tourne la tête dans la direction indiquée et sourit. Un sourire qui tente cependant de cacher son inquiétude. Adrien vient de lui faire part de la mauvaise nouvelle. Il a senti monter en lui une vague de rage dévastatrice, prête à déborder à la moindre brèche. L'ancien militaire a tenté de le rassurer. Clémence ne craint rien, ils sauront la protéger. Mais Rémy a croisé toutes sortes de profils en prison. Des gars qui n'étaient pas de mauvais bougres, mais aussi des types malsains, dangereux, dont les travers n'ont pu être qu'exacerbés par la détention. De ceux qu'on accompagne à peine en les relâchant et qui récidivent parce qu'ils ne sont pas soignés pour leur vilenie. Rémy n'est même pas sûr qu'on guérisse du sadisme ou de la violence.

S'il s'écoutait, il ne la lâcherait plus d'une semelle. Il maudit ses contraintes de sécurité à lui – n'ayant le droit de se déplacer que dans un rayon de deux kilomètres –, alors que grandit le besoin de liberté de Clémence, qui commence à exprimer son envie de faire les marchés avec Capucine et de passer son permis. Comment la protéger sans l'empêcher de s'épanouir ?

La maison des frères Poirot se trouve de l'autre côté du mamelon boisé, que l'on peut contourner à vélo par un chemin forestier.

Les deux hommes vivent en dehors du village et, manifestement, de la société, dans une vieille ferme qui semble abandonnée et dont les volets branlants ne doivent plus vraiment fermer. Un tracteur hors d'âge trône dans la courette, des canards et des poules se promènent sans but apparent. Des rideaux fatigués sont accrochés aux fenêtres et le sol de l'entrée, dont la porte est ouverte, est de terre battue. Un chien sans beauté aboie pour faire semblant d'être de garde puis vient les renifler vaguement avant de se recoucher sur le sol devant la maison, las et blasé.

Un vieil homme sort de la grange attenante, courbé, un béret en laine informe sur la tête et des sabots de bois aux pieds. Une cigarette éteinte coincée entre ses lèvres, il regarde les arrivants d'un œil méfiant. Il a sans doute été grand et large quelques décennies plus tôt. Mais le temps l'a vidé de sa substance, ses vêtements flottent sur lui comme les voiles d'un bateau qui revient d'une tempête. Il retourne dans la grange et crie :

– ERNEST ! Y a des gens !

Une petite minute plus tard, un autre apparaît, copie conforme du premier, même béret, mêmes sabots, même visage buriné, plus petit, plus fin, vêtements ajustés. Il s'approche d'une démarche claudicante et s'arrête à deux mètres d'eux.

– C'est quoi qu'vous voulez ?

– Nous cherchons des personnes dans le village qui connaissent bien le coin, et qui ont vécu ici pendant la guerre. Le maire nous a parlé de vous.

– Et pourquoi qu'vous voulez causer d'la guerre ?

Karine réfléchit à mille à l'heure. Demander des informations sans trop en donner. Un casse-tête. Surtout sous ce regard étrange qui exprime la méfiance et l'agacement. Elle jette un coup d'œil désespéré à Rémy. *Aide-moi !*

– Nous cherchons à retrouver l'identité de trois bébés qui seraient nés pendant la guerre, dans le coin, mais qui n'auraient pas survécu.

– Si z'ont pas survécu, comment qu'on les connaîtrait ?

– Peut-être en avez-vous entendu parler ? reprend Karine.

– C'est loin la guerre. Pis des bébés qui disparaissent, on n'en parle pas beaucoup, hein ?

Karine se dit à ce moment-là qu'il est déjà trop tard pour empêcher une rumeur de se propager. Il suffit qu'ils aillent au café du coin pour raconter qu'un couple cherche trois bébés disparus pendant la guerre, et le feu de broussaille se propagera. Son seul espoir est l'absence de bistrot à des kilomètres à la ronde. Si elle veut interroger d'autres personnes, le problème se posera à nouveau. Et elle n'a toujours pas la solution

– Vous connaîtriez quelqu'un qui pourrait nous renseigner ?

L'homme se dirige alors sans un mot vers la maison, retire péniblement ses sabots sur le palier et disparaît dans la pénombre de l'entrée.

S'est-il envolé comme son frère pour signifier que la discussion était finie ? Va-t-il revenir ? Ou doivent-ils le suivre sans y être invités ?

Ils patientent de longues minutes, debout dans la cour, au milieu des fientes de canard et des épluchures que les poules ont délaissées.

Enfin, la fenêtre s'ouvre, l'homme passe la tête entre les battants.

– Ben vous v'nez ?

Rémy entre le premier. Une odeur étrange le saisit. Pas désagréable, indéfinissable. La pièce est rangée, le mobilier sommaire, aussi ancien que les propriétaires. L'homme ne leur propose pas de s'asseoir. Il farfouille au fin fond d'un secrétaire posé dans un coin de la pièce, revient vers eux en tenant une photographie et la leur tend d'une main que le grand âge fait trembler.

Un couple avec deux enfants dans leurs bras. Un gros bébé et un autre, plus chétif. À côté d'eux se tient une petite femme, souriante et fière, le regard perçant.

– C'est nous sur la photo. On est jumeaux. On dirait pas, hein ? À côté de not' mère, c'est la sage-femme. Je vois qu'elle qu'aurait pu savoir que'qu'chose sur des bébés disparus.

– C'était en quelle année ?

– En 39.

– J'imagine que cette femme n'est plus de ce monde, lui répond Karine, déçue.

– Assurément, ma bonne dame.

– Elle a des descendants ?

– Une fille, dev'nue sorcière comme elle.

– Sorcière ?

– Comme ci comme ça.

Le frère leur explique qu'elle était connue dans le village. Elle aidait les femmes à accoucher. Elle a même sauvé leur mère quand ils sont nés. L'accouchement était compliqué. Son frère a failli mourir.

– Un problème avec le placenta, un truc comme ça. Bref. Elle aidait aussi celles qu'en voulaient pas. Si vous voyez c'que j'veux dire.

Il se disait aussi à l'époque que sa fille n'était pas sa fille. Reste que cette femme était respectée, parfois crainte.

– C'est pour ça qu'on parlait de sorcellerie. Y s'trouve que l'une ou l'aut' fois, il est arrivé des bricoles à des gens qu'étaient pas d'accord avec elle.

Elle connaissait toutes les plantes sauvages. Les comestibles et les médicinales. Les recettes pour en faire usage et soulager les femmes en travail, ou celles qui souffraient d'affections gynécologiques. Les plantes toxiques également. Le bon dosage pour faire peur sans tuer mais également celui pour tuer sans avoir peur qu'on vous accuse.

– Pt'-ête qu'elle a eu à s'occuper de bébés qu'auraient pas dû êt' là.

– Vous voyez quelqu'un d'autre qui saurait ?

– Le Léon, là en bas, dit-il en désignant une maison à

travers la fenêtre. L'ancien maire. Il est encore plus vieux que nous. Il a toute sa tête mais faut parler fort.

Soudain, ils entendent un cri en provenance de la grange.

– Faut que j'y aille. La seule chose que j'peux vous dire, c'est qu'la Caroline, elle défendait les femmes. On peut l'y r'procher des choses, mais pas ça. Et sans elle, je s'rais pas en train d'vous parler.

Il quitte la pièce, enfile ses sabots, s'en va en grommelant quelques mots et lève la main pour les saluer sans se retourner.

En repartant de chez le vieux Léon une demi-heure plus tard, Karine pense avoir fait un pas de géant dans l'enquête. Sur le chemin du retour, alors qu'elle peine dans la côte pour rejoindre les Censes perdues, Rémy, qui pédale sans effort à sa hauteur, lui suggère de se renseigner avant d'aller voir la fille sorcière comme ci comme ça.

– Et puis tu devrais faire plus de sport !

Concentrée sur son souffle, elle ne relève pas. Elle préfère organiser dans sa tête les informations collectées jusque-là, loin d'imaginer que le petit bout de pelote qu'elle a commencé à tirer va la mener là où elle ne s'attend pas.

La désolation

– Pourquoi tu ne m'as rien dit ? s'inquiète Adrien dans l'intimité de leur cuisine.

– Tu as assez de travail comme ça. Si je ne suis même pas capable de gérer mon domaine de compétences, à quoi bon ?

Il la regarde en haussant les épaules. L'idée de lui reprocher quoi que ce soit lui semble tellement aberrante.

– Viens, je vais te montrer, propose Capucine en se levant.

Sur place, Adrien découvre un spectacle de désolation. Capucine lui broie la main, le dos droit de dignité. Il a toujours admiré sa force de caractère. Celle qui lui a permis de survivre à l'abandon de sa mère biologique, à la disparition tragique de ses parents, au renoncement à ses rêves pour prendre soin de sa petite sœur orpheline. À toutes les gifles du destin qui l'ont fait vaciller sans qu'elle tombe.

Un calme suspect règne autour des ruches.

– Quand j'ai découvert les premiers couvains touchés, j'ai tout de suite fait le test de l'allumette. Il était positif. Les prélèvements que j'ai envoyés sont revenus positifs aussi.

– Tu as prévenu les autorités sanitaires ?

– Oui, je suis en contact régulier avec eux.

– Et là, on en est où ?

– J'ai essayé le transvasement. Il n'a pas fonctionné. Toutes les ruches sont touchées, les conditions climatiques n'ont fait qu'aggraver les choses.

Le vétérinaire du service apicole de la chambre d'agriculture lui a confirmé ce qu'elle redoutait. Ils en sont au stade où il faut tout détruire.

Adrien est trop démuni pour la réconforter. Il sait que rien n'y fera. S'il s'était formé comme elle, il aurait pu l'aider mais il ne peut pas être au four et au moulin. Il n'avait jamais vu un tel vide dans les yeux de celle qu'il aime. Il suppose un état de sidération. Le déni qui protège. Elle prend sur elle le temps d'affronter les flammes, sentira les brûlures à retardement.

À chaque coup dur, Capucine repense à son père. Aux mots qu'il aurait prononcés, aux encouragements. À son absence.

À chaque coup dur, elle se demande *Pourquoi moi ? Pourquoi encore une fois ?* Elle se sent ensuite glisser doucement dans les sables mouvants des victimes qui geignent. Par facilité. Puis elle entend ce qu'il aurait répondu comme une branche à laquelle s'accrocher : « Parce que tu as les ressources pour tout affronter. » Alors elle tient.

– Ils t'ont dit où le faire ?

– Sur une surface minérale, loin de toute végétation, près d'une arrivée d'eau, au fur et à mesure, pour que le feu ne prenne pas trop d'ampleur. Il faudra ensuite désinfecter la remorque.

– Tu veux que je demande à Rémy de m'aider ? Et tu vas faire un tour de vélo pendant ce temps-là ?

– Non, ce sont mes abeilles. Je veux être là. C'est de ma faute.

– Bien sûr que non. Tu sais bien que la loque américaine est très contagieuse. Il suffit d'un rien.

Ils s'en occuperont le soir même, quand les rares abeilles seront rentrées. Chargeront les ruches dans la remorque après avoir euthanasié les dernières occupantes, puis les entasseront sur la zone gravillonnée en contrebas du bâtiment.

Capucine proposera à Adrien de rentrer avant qu'elle n'allume. Inutile d'être deux à souffrir du spectacle. Il protestera à peine. Reconnaîtra sa détermination, son besoin d'être seule dans l'épreuve. L'allumette viendra frotter le bord rugueux de la boîte. Elle hésitera un instant avant de l'approcher du papier journal froissé au pied de son trésor sucré. Elle reculera à peine, comme pour partager la douleur de la flamme. Même si ses abeilles ne sentiront rien. Elle y jettera ses gants, sa vareuse, tout le matériel contaminé, et regardera se consumer ses petites ouvrières et quelques reines en maudissant tout ce qu'elle peut maudire.

Toutes ces heures passées à les choyer partiront en fumée. Elle regardera trembler, dans la chaleur et les étincelles, les mille moments d'émerveillement passés au contact des ruches. Le plaisir de trouver une nouvelle reine, celui de sortir des cadres lourds de miel, de le goûter du bout du doigt, d'en offrir un pot aux gens qu'elle aime, de s'asseoir dans le jardin pour regarder les insectes butiner jusqu'à la nuit tombée.

Le brasier est aussi immense que sa peine.

Son ventre est comme un nœud serré qu'on imagine impossible à défaire. Elle respire par à-coups. Un maigre filet d'air se faufile entre les larmes amoncelées dans sa gorge. Tout est noir, ce soir.

Elle sait qu'Adrien l'attendra. Il ne dormira pas quand elle le rejoindra après une douche brûlante. Il ouvrira ses bras. Elle s'y réfugiera et pleurera enfin.

L'univers n'en fait qu'à sa tête

Six heures.

Le réveil de Clémence sonne alors qu'elle dort profondément. Elle n'a pas l'habitude de se lever si tôt. À l'hôpital, on les laissait se reposer. Le petit déjeuner était pris en salle commune, au rythme de chacun. Depuis qu'elle est ici, elle n'avait jamais eu l'occasion, jusqu'à ce matin, d'activer la fonction alarme de son téléphone. Elle veille tard pour peindre et prolonge sa nuit au petit matin. Même si le soleil finit par caresser son visage, même si le coq commence à chanter à cinq heures, son sommeil est d'ange. Il a fallu batailler contre les cauchemars pendant plusieurs années, les comprendre pour les apprivoiser avec l'aide des professionnels de santé. Depuis, elle dort comme un bébé, car la nuit est le seul moment où elle peut totalement s'abandonner.

Aujourd'hui est un grand jour. Celui du premier marché à Corcieux, la petite ville la plus proche. Quelques stands seulement, mais beaucoup de touristes venus des campings gigantesques installés dans la bourgade. Adrien et Capucine ne disposent pas encore de beaucoup de fromages. Les tommes s'affinent lentement dans la cave voûtée en grès des Vosges qui offre des conditions idéales de température et d'humidité. Pour l'instant, seuls les fromages frais et demi-secs sont disponibles. Les deux jeunes femmes en profiteront pour distribuer quelques dépliants en attendant la montée en puissance de leur micro-ferme.

Les neurones endormis, Clémence n'a pas pris de petit déjeuner. Elle s'est seulement promenée dans la serre aux fraisiers pour déguster quelques fruits encore frais de la nuit. Elle mangera un morceau de fromage entre deux clients. Elle a cueilli des feuilles de menthe, de verveine, de mélisse et de mûre, les a laissées infuser dans une eau bouillante et transvase la préparation dans son thermos avant de retrouver Capucine et Adrien à la chèvrerie. Ils s'affairent autour des glacières pour y ranger les fromages et les yaourts. Ils ne pensaient pas que Clémence se lèverait si tôt. Capucine salue sa motivation avec un enthousiasme forcé. Elle ne peut cacher ses yeux gonflés et sa nuit bien trop courte. Elle espère que ce marché lui changera les idées, que le plaisir de la petite viendra noyer sa peine. Adrien lui a promis qu'ils recommenceraient. Ils peuvent se permettre de racheter le matériel, les essaims. Capucine sent déjà son pied approcher de l'étrier, oui elle a « les ressources pour tout affronter », et se morfondre ne fait pas partie de son vocabulaire.

Petite, Clémence adorait jouer à la marchande avec sa mère. Elle disposait d'un porte-monnaie dédié, bourré de pièces jaunes de un, deux, cinq et dix centimes, ainsi que d'une caisse enregistreuse munie d'énormes touches et d'une clochette qui tintait quand le tiroir s'ouvrait. Elle faisait le tour des placards et préparait un étal varié. Du haut de ses six ans, elle inventait des prix, rendait la monnaie sans vraiment compter, heureuse de faire semblant et de voir un sourire sur le visage de sa maman.

Ce matin, elle espère provoquer le sourire des clients. Une sorte d'hommage maternel. Elle a peur d'être débordée, envahie, bousculée, mais Capucine l'a rassurée : « On fera tout ensemble, et si ça ne va pas, tu te mettras en retrait ou tu m'attendras dans la voiture. »

En refermant les portes du véhicule qu'elle vient de charger, Capucine aperçoit quelques fumeroles qui s'échappent encore en contrebas du bâtiment. Les restes du brasier lui déchirent le cœur.

Elle allume l'autoradio sur une chaîne de musique pop, demande à Clémence ses groupes et ses chanteurs préférés, n'en connaît aucun et se sent soudain vieille alors qu'elle n'a pas trente ans. Elles en rient, et cette joie sur le visage de Clémence cautérise sa plaie au niveau du cœur.

La table de camping est déployée, la minuscule vitrine réfrigérée y a pris place. Capucine tend l'extrémité du câble électrique à Clémence en lui indiquant la prise fournie par la commune.

Les exposants plus anciens s'approchent d'elles, proposent un café. On se salue, on fait connaissance. L'ambiance est bonne, pas de concurrence. Des stands variés permettent aux clients de remplir un panier complet. Des fruits, des légumes, du fromage, du miel, du pain, des bonbons des Vosges, quelques vêtements, du poulet grillé.

Les premiers acheteurs commencent à investir la place de la mairie. Souvent des personnes âgées tombées du lit, ou qui fuient la promiscuité d'une foule, un peu chancelantes, un peu fragiles, un peu inquiètes d'être bousculées.

Clémence est nerveuse. Elle a peur de se tromper, de mal faire. Pendant plusieurs jours, à l'aide d'un fromage factice qu'Adrien a découpé dans un morceau de bois, elle s'est entraînée à emballer comme on le ferait d'un cadeau, avec de jolis plis dans le papier. Il la regardait s'appliquer à prendre soin de la beauté des choses et en était ému.

Enfin, un premier client lui achète un demi-sec et un frais aux fleurs de bourrache. Les fromages de Clémence sont les plus éclatants. Chaque pièce est unique. Elle a cueilli des fleurs de toutes sortes, les a disposées harmonieusement au fond du moule, a cherché des techniques pour qu'elles restent en place au moment où l'on ajoute le caillé.

– Six euros, s'il vous plaît, monsieur.

L'homme lui tend un billet de dix et la remercie pour son sourire. Elle se retourne vers Capucine, assise à l'arrière du Partner dont le coffre ouvert fait de l'ombre. Elle la couve du regard. *Non, Clémence, tous les compliments ne sont pas orientés ou malveillants. Tu as le droit de les accueillir simplement.* Dans la voiture, Clémence avait évoqué sa peur qu'on lui dise des choses déplacées, qu'on la siffle comme lorsqu'elle se promenait en ville.

– Les gens sont polis par ici. Tu n'as rien à craindre.

Elle était dans un écrin protecteur à l'hôpital. Le saut dans le grand bain, ce retour à la vraie vie, est un défi qui lui semblait insurmontable il y a encore quelques semaines. Aujourd'hui, elle vend des produits laitiers à des inconnus.

En à peine une heure, toutes ses œuvres d'art ont trouvé preneur. Clémence est ravie, et cela redonne à Capucine l'envie de retrousser ses manches, de retrouver l'émerveillement du travail au contact du vivant.

Sur le stand voisin un jeune homme guère plus âgé que Clémence l'a observée toute la matinée, lui a souri quand elle le regardait, a tendu vers elle une de ces pelles en inox utilisées pour le service au poids, pleine d'un assortiment de friandises, comme on ouvre sa main avec quelques graines en son creux pour attirer un écureuil timide.

Des bonbons fabriqués quelques kilomètres plus loin, au miel, à l'eucalyptus, au coquelicot, à la violette, à la réglisse. Elle a trié pour ne saisir que des miettes, n'avoir que la saveur sans la culpabilité. Ils ne se sont dit que des banalités à propos des produits, de la fréquentation du marché. Quand il lui a demandé d'où elle venait, la jeune fille est repartie en le remerciant.

La matinée touche à sa fin. Les vendeurs commencent doucement à ranger leur matériel.

Alors qu'elle s'est éloignée pour débrancher la vitrine, Clémence se fige. Elle ne peut pas le croire. Par réflexe, elle se cache derrière la tenture du marchand de légumes, comme quand elle était petite derrière le rideau du salon, se courbe pour atteindre la prise sans être vue, la débranche et se hâte vers la voiture.

– Il faut qu'on parte, tout de suite !

Elle qui était si souriante, si détendue quelques instants auparavant, une saveur de coquelicot sur les lèvres, la voilà qui charge sans ménagement les glacières dans le coffre en surveillant les alentours, remballe la caisse en froissant les billets qui dépassent, plie la table avec fracas. Capucine sangle la vitrine sans comprendre l'effroi dans les yeux de sa protégée.

– J'ai vu un homme, là-bas près de la mairie. Je crois que c'est mon père.

– Comment aurait-il su que tu es là ?

– Je sais pas. JE SAIS PAS ! Il faut qu'on parte.

Clémence est déjà sur le siège passager, elle a rabattu la capuche de son sweat sans manches par-dessus la casquette trouvée sur le tableau de bord. Elle tire le tout au maximum sur son visage. Recroquevillée, elle jette des regards apeurés un peu partout, comme une proie guette le prédateur qui rôde.

Alors que Capucine roule depuis quelques minutes et vient de bifurquer sur une route secondaire, Clémence se retourne.

– Une voiture nous suit ! J'te promets ! Je suis sûre que c'est lui.

La petite s'est transformée en boule d'angoisse. Elle donne presque l'ordre à Capucine de tourner à n'importe quel carrefour, pour voir si la voiture prend le même chemin. Une bifurcation quelques centaines de mètres plus loin, un coup d'œil dans le rétroviseur, et elle commence à comprendre que Clémence dit juste. Elle accélère, emprunte une route qui monte vers la forêt. Le poursuivant s'accroche. Il a accéléré, lui aussi. Elle appuie sur la pédale pour prendre de la vitesse. Les virages sont serrés, elle entend la vitrine valdinguer dans le coffre, elle n'a pas assez tendu les sangles. Clémence s'accroche à la poignée de la portière tout en se penchant pour scruter le rétroviseur extérieur.

– Tu connais toutes les routes ? s'inquiète-t-elle.

– Oui, on fait souvent du vélo avec Adrien. Je me souviens d'un coin où je pourrai le semer.

Elle prend la direction du haut-fer de Brouamont, tourne à gauche, puis à droite un peu plus loin. Au sommet de la côte, elle s'assure que le véhicule suspect n'apparaît pas dans son rétroviseur avant de donner un violent coup de volant pour s'enfoncer dans un chemin de forêt. Elle a juste le temps de retourner le Partner et de se garer dans les buissons avant d'apercevoir, sur la route, la voiture passer à vive allure. Elle sait que l'homme ne rencontrera plus de carrefour avant d'arriver au village suivant. Quelques virages précèdent une longue ligne droite, il mettra du temps à se rendre compte qu'elles ne sont plus devant lui. Elles peuvent donc revenir sur leurs pas et rejoindre le village puis les Censes perdues. Tout en roulant, elle pose sa main sur le genou de Clémence et le serre fort en essayant de la rassurer :

– Nous sommes là, ne t'inquiète pas. Adrien est un ancien militaire. Il saura quoi faire s'il vient t'importuner. Et Rémy veille sur toi.

– Je ne voulais jamais le revoir.

Quand Capucine se gare devant le bâtiment des chèvres, Clémence n'ose pas sortir de la voiture. Elle tremble encore après ce rodéo, poursuivie par la horde de souvenirs qui se sont invités dans la course-poursuite comme de folles chimères venues l'escorter. Capucine fait le tour du véhicule, ouvre sa portière, lui saisit la main et l'emmène vers la table à l'ombre du pommier où les hommes ont dressé le déjeuner et les attendent en buvant une limonade de sureau glacée.

En découvrant le visage décomposé de la petite, Rémy comprend instantanément. Il se lève d'un bond et va à leur rencontre comme une machine de guerre. Une boule noire envahit son ventre, oppresse ses poumons, s'enroule, tel un lierre, autour de sa colonne vertébrale. Tous ses muscles sont contractés, il est prêt à exploser, capable de faire mal, d'écrabouiller, d'anéantir l'homme à l'origine d'une telle peur dans les yeux de la petite. Il revoit la bête sauvage en lui, quelques années plus tôt, qui balance les coups sans réfléchir.

Pour la première fois, Clémence se jette contre Rémy et éclate en sanglots. Elle se colle à lui comme si elle voulait entrer sous sa peau, derrière ses muscles, au creux de son corps, à l'abri. Il referme ses bras sur elle et doucement la boule se dissipe, le lierre se retire pour laisser la place à son âme de grand frère.

Un peu plus tard, alors que la gamine apaisée s'assoit à table en reniflant, se pose la question d'aller voir les gendarmes.

– Pour dire quoi ? demande l'ancien détenu. On va vous répondre qu'il n'a rien fait de mal, qu'il avait le droit d'être sur ce marché, d'emprunter la même route que vous, d'accélérer.

Il se souvient en silence, la rage au cœur, de ce que lui racontait sa sœur après ses passages à la gendarmerie. L'autre savait y faire. Pas trop, pour ne jamais être inquiété, assez pour la terroriser. Elle ne pouvait pas se défendre.

Rémy croyait avoir déraciné la liane le long de son échine, durant ces années à l'ombre, mais elle l'a de nouveau envahi de pensées animales. La rage était là, intacte. Il faudra qu'il la canalise, qu'il l'évacue, pour ne pas prendre le risque de se laisser à nouveau submerger. La psychologue de la prison lui avait proposé des exercices pour y parvenir. Il ignore leur efficacité.

Voilà longtemps qu'il n'avait pas été confronté à son lierre grimpant. Il essaie d'envoyer un message à l'univers : *Dis à ce type de ne pas traîner par ici.*

Il aime l'idée qu'on l'entende.

Mais il n'en est pas sûr.

La haine

Clémence s'est couchée tard la veille au soir. Elle a reposé son crayon à papier à deux heures du matin, l'a remplacé par son doudou dont elle a enroulé un lambeau à son poignet pour dissimuler son pouce et le sucer en cachette. Rituel précis et immuable depuis des années.

En s'attablant pour le petit déjeuner, Rémy se réjouit qu'elle dorme encore. Son corps avait besoin de récupérer après le choc. Lui a peu dormi. Il a passé une partie de la soirée dans la cabane à essayer de couper le lierre à sa base.

Soudain, la porte s'ouvre. Clémence apparaît, un T-shirt à lui en guise de chemise de nuit. Il a cédé la veille sous son regard implorant et son sourire d'enfant effrayé et lui a laissé son odeur comme un autre doudou rassurant. Il aime qu'elle ait dormi dans un de ses vêtements, cela le réconforte lui aussi. Elle revient du jardin les yeux chiffonnés et une passoire à la main qu'elle pose sur la table avant de filer à l'étage sans un mot.

Elle redescend quelques secondes plus tard, s'assoit en face du jeune homme, son sac à crochet contre la poitrine, en sort un carnet et le fait glisser jusqu'à lui avec un sourire timide et un soupçon d'audace.

Quand tu m'avais couchée, me laissant au sommeil
Je restais aux abois, assise dans mon lit
Je t'entendais pleurer, et je faisais pareil
Je voulais que tu sois, loin de lui, à l'abri.

Le matin, à la table, je guettais ton visage
Il était tuméfié, mais tu te maquillais
Vision insoutenable, et moi, je restais sage
Me faisant oublier, pour qu'il me fiche la paix.

Je voulais crier fort, qu'il s'en aille au plus loin,
Ou que nous nous sauvions, sans jamais le revoir
J'avais peur de la mort, je voulais voir demain
Nous n'étions que deux pions, devant son bon vouloir.

Il disait nous aimer, qu'on était ses princesses
Sans toi, il n'était rien, il allait se calmer
Tu n'avais qu'à changer, il faisait la promesse
Mais dès le lendemain, sa main était levée.

Rémy referme le carnet. Il sent des larmes monter dans sa gorge. Elles vont grossir l'énorme boule accumulée avec les années, son impuissance à protéger, sa haine des hommes qui battent les femmes, son désespoir à l'idée que rien ne change. Il pose les yeux sur Clémence.

– Tu es un être d'une grande valeur, Clémence, n'en doute jamais. Je ne laisserai personne te faire du mal.

Pour qu'elle en soit certaine, il décide de lui expliquer les raisons de son incarcération. Il choisit ses mots pour ne pas la bousculer, n'entre pas dans les détails sordides, relate seulement l'enchaînement des faits, le procès, le verdict. Entre ses mains, une autre petite cuillère a fait les frais de son récit, pliée à angle droit.

Clémence, qui n'a toujours rien dit, descend du tabouret de bar, s'approche de lui et l'enlace de ses deux bras maigres.

Elle reprend son carnet en baissant les yeux, le glisse dans son sac-filet qu'elle emporte partout avec elle. Les alexandrins continuent à résonner au milieu des pelotes multicolores à travers les mailles ajourées.

Pendant qu'il lisait, avec toute la lenteur qu'imposaient ses mots, Clémence a mangé une moitié d'œuf et les quelques fruits tout frais cueillis, pieds nus dans la rosée. Ils avaient cette saveur-là, celle des pas dans le froid. Et un goût sucré bien mérité.

Remplir des wagons

Le gamin avait besoin de causer. Il était si nerveux que sa jambe bougeait toute seule à un rythme qui donnait le tournis. J'aimerais bien que les miennes bougent encore aussi bien.

Il m'a raconté la course-poursuite avec le père de la petiote. Je la connais, moi, la douleur qu'elle peut ressentir. Ma Madeleine aussi elle avait peur de son paternel. Ça lui tordait le ventre. Ça la rongeait de l'intérieur. Des fois, on se retrouvait dans les bois et elle était toute tremblante. La seule chose que je pouvais faire, c'était la prendre dans mes bras. Comme il l'a fait hier. J'étais déjà sur le banc quand elles sont rentrées. Je comprenais pas pourquoi elle chancelait comme ça en marchant à côté de Capucine.

Je l'ai mis en garde. Il est en conditionnelle. S'agirait pas de retourner en prison. Il dit qu'il s'en fiche mais moi, je sais que non. Il y avait du chagrin dans ses mains posées bien à plat sur ses cuisses quand il me racontait la scène.

Je lui ai dit que j'apporterai au banc une vieille cloche de vache, que je tiens de ma mère. Si je vois un type suspect ou une voiture qui rôde, je sonnerai et ils seront prévenus. D'ici, je vois tout le hameau.

Ensuite, il m'a parlé de leur rencontre avec les [illegible] Poirot. Je souriais parce que je les connais. Je sais parfaitement comment elle s'est passée, cette visite. Il m'a ensuite parlé du Léon. Lui, il s'arrange pas avec l'âge. Moi, je sais pas, j'ai l'impression de me bonifier, mais peut-être que non. On voit le mal que chez les autres. Faudrait que je demande aux infirmières.

Il a osé accuser la sage-femme, en leur disant que c'était forcément elle la meurtrière, qu'il avait des preuves. Celui-là, s'il avait eu l'âge de comprendre pendant la guerre, il en aurait rempli, des wagons.

Caroline, qu'elle s'appelait. Caroline Moisson. Comme si elle était prédestinée à récolter des bébés. Elle était pas mauvaise. Elle avait juste un caractère bien trempé et une colère contre les hommes. Alors elle aidait aussi les femmes qui voulaient pas d'enfants, parce qu'il y avait souvent une histoire d'homme derrière. Elle en a fait, des anges. Mais elle a aussi sauvé des gens, dans la région, avec ses décoctions. Certains l'appelaient la sorcière, parce qu'elle se promenait toujours avec un panier en osier rempli de plantes, de baies, d'écorces. N'empêche que les gamines qui avaient mal quand les rouges débarquaient, elles revenaient de chez elle avec un sachet d'herbes sèches pour faire des tisanes et elles avaient moins mal. Elle venait toujours cueillir l'alchémille par chez nous. Elle l'appelait « l'herbe à femmes ». On avait un terrain propice. Dans notre jardin, elle poussait comme du chiendent. Ma mère disait à mon père de pas faucher ce coin-là. Y avait un truc entre les femmes du coin. Une solidarité. Comme si la sage-femme, elle faisait le lien. Elle leur donnait de la force. Ma mère, elle l'admirait, elle en parlait tout le temps.

Le seul problème de la Moisson, c'est qu'elle savait aussi quelle plante utiliser pour se venger de ceux qui lui voulaient du mal. Il a suffi d'une fois pour lui faire sa réputation.

– Faut pas croire tout ce qu'il dit, le Léon. C'est pas le couteau le plus aiguisé du tiroir !

– Vous pensez qu'elle aurait pu être impliquée dans la disparition de ces bébés ?

– J'en mettrais pas ma main à couper, mais je crois pas. C'est facile d'accuser les morts. Surtout quand ils ont mauvaise réputation. Ou qu'on veut se venger de quelque chose.

– De quoi voudrait-il se venger ?

– De quelque chose.

– On n'a pas beaucoup de pistes pour comprendre le mystère qui entoure ces squelettes.

– Vous êtes pas obligés de tout comprendre. Des fois, vaut mieux regarder devant que derrière. C'est pas à toi que je vais l'apprendre, hein ?

Je crois qu'il a eu de la peine que je lui dise ça, parce qu'il a juste répondu « Je sais », et il est parti en me souhaitant une bonne soirée.

En même temps, quand on remue trop le passé, il se remet à bouillonner et ça finit par éclabousser.

Du moment qu'elle n'est pas seule

De loin, Karine aperçoit Rémy descendre le talus. Il disparaît derrière le bâtiment et ressort au niveau du portail, passe à côté d'elle, le visage fermé, et lui dit en soupirant :

– Jean n'aime pas qu'on lui parle du passé.

– Ceux qui ont vécu la guerre n'apprécient pas qu'on les y replonge.

Il s'éloigne en abandonnant un « C'est pas faux » derrière lui. Le marcel moulant qu'il porte laisse apparaître une musculature que Karine trouve plus proéminente qu'en début de séjour. Deltoïdes épais, biceps galbés. Elle se demande si elle ne va pas se mettre à la maçonnerie.

Elle compte les heures. Elle en serait presque aux minutes. Depuis que le rendez-vous est fixé avec Frédéric Legrand, ils n'ont cessé de s'écrire. Des messages autour du mystère des squelettes, maintenant qu'ils ont le droit d'en dire ce qu'ils veulent. D'autres plus imagés à propos de leurs faims respectives. Plus que vingt-quatre heures. Il passera à nouveau la chercher en moto. Elle peut se mettre en jean directement. Smiley qui se moque. Emporter un sac à dos avec des affaires plus légères pour ne pas avoir trop chaud là où il projette de l'emmener. Smiley qui se lèche les babines. Oui, c'est une surprise. Non, même pas un petit indice. Laissez-vous surprendre, que diable ! Smiley démon souriant. Elle a aimé ce ton désuet. Tellement décalé par rapport à sa jeunesse d'esprit.

Elle le chasse de ses pensées et replonge le nez dans ses notes.

La veille, elle a sonné aux portes alentour, a questionné les voisins – y compris Paule et Jeannot, heureux de la revoir – sur ce qui existait autour de la parcelle quand ils étaient arrivés, si des vestiges de la guerre avaient pu être retrouvés. Elle a mis en avant son métier de professeure d'histoire, a inventé un projet de recherche avec ses élèves à propos du thème précis de la maternité et des naissances durant la Deuxième Guerre mondiale. De quoi noyer le poisson.

De fil en aiguille, les confidences des uns et des autres l'ont conduite jusqu'à ce couple, à quelques centaines de mètres à vol d'oiseau, arrivé trente ans plus tôt pour retaper une vieille ferme à l'abandon. Karine a cru tomber à la renverse quand ils lui ont dit ce qu'ils avaient trouvé dans leur cave et leur grenier.

Les hommes sont en forêt, Capucine partie faire une longue randonnée.

Clémence s'est assise à la table. Elle a besoin d'une présence, n'ose plus s'éloigner au fond du jardin. L'alimentation est redevenue difficile. Elle essaie de se forcer, mais son estomac se retourne instantanément. La gamine est en colère. Son envie de disparaître est revenue en même temps que son père, mais désormais, en parallèle, se fait entendre cette volonté d'avancer qu'elle a vue naître doucement depuis qu'elle est ici. En elle, la bataille fait rage. Le docteur Letellier l'a appelée, elle lui a suggéré de se jeter à corps perdu dans ce qu'elle crée. La peinture, la cuisine, les fromages. Ne pas lâcher le beau, pour pouvoir s'y accrocher. Puisqu'il n'y a guère d'autre solution.

Capucine lui a offert un grand cahier pour y constituer un herbier. Clémence ne cessait de parler des nouvelles plantes découvertes au bord du chemin, dans le jardin, autour de l'étang ou le long du bâtiment.

Elle a trouvé quelques livres dans la bibliothèque de la maison, en a emprunté d'autres à celle du village où Capucine l'a accompagnée. Elle a cueilli des plantes, les a fait sécher, coincées entre des feuilles de papier sous le poids d'un dictionnaire.

Page de droite, elle colle la feuille et une fleur le cas échéant, page de gauche, elle réalise une esquisse à l'aquarelle sous les annotations. Nom d'usage, nom latin, caractéristiques botaniques, propriétés médicinales et vertus, comestibilité. Elle est fascinée par ce que le vivant apporte à l'humanité. Sidérée par l'ignorance de cette dernière à l'égard de ce qui l'entoure. Elle a envie de raconter au monde entier les merveilles qu'elle découvre.

Rémy la taquine en la voyant récolter à tout bout de champ : « Tu veux devenir druidesse ? » Elle répond que oui et qu'ainsi, elle pourra empoisonner les méchants.

Penchée sur sa dernière trouvaille, elle se mordille les lèvres pour se concentrer. Un travail minutieux car la plante est minuscule et fragile. De la véronique à feuilles de serpolet, trouvée entre un plan de courgettes et les fraisiers. *Veronica serpyllifolia*. Une plante commune, l'on peut utiliser pour faire du thé. Clémence va essayer. Elle a commencé un autre cahier pour consigner des recettes. Il y a tant de possibilités, tant de données à intégrer, qu'elle s'y perd : la bonne période pour récolter les feuilles, comment les préparer, plutôt crues ou plutôt cuites, avec quelles autres plantes ne pas les confondre. Elle découvre des saveurs acidulées, amères, astringentes, et même des plantes au goût d'huître. Elle devine surtout qu'elle a envie d'apprendre, de comprendre, d'expérimenter. La biodiversité offre une place à chaque être vivant, alors pourquoi pas à elle ? Plante parmi les plantes, résistante, qui ne demande qu'à pousser. Elle aimerait faire comme dans les dessins animés, être capable de se transformer en cas de danger. Devenir une ancolie au milieu des herbes hautes ou se fondre dans un massif d'hydrangeas et disparaître ainsi aux yeux de son père. Elle serait même prête à prendre les habits d'une ortie pour lui faire mal s'il approche. Devenir celle qui pique la protégerait peut-être…

– Tu ne sais toujours pas qui sont ces bébés ? demande-t-elle soudain.

– Non, répond Karine dans un soupir proche du découragement. J'ai l'impression de chercher une aiguille dans une botte de foin.

Karine lui parle des deux vieux frères, de l'ancien maire, de la sage-femme, de sa fille avec qui elle a rendez-vous dans quelques jours.

– La mèche de cheveux dans chaque tombe me laisse supposer qu'ils appartenaient peut-être à la mère. Seraient-ils frères et sœurs ? ou pas ? Les cheveux de la sage-femme ? ou de quelqu'un d'autre ?

– Pourquoi une sage-femme mettrait ses cheveux dans une tombe ?

– Pour signer son acte ? ou pour répondre à une croyance ancienne de protection ? Une tradition ancestrale ?

– Tu lis quoi ? demande Clémence en voyant Karine consulter sans fin des cahiers.

– Des registres d'accouchements. Je ne trouverai jamais, se désole-t-elle en refermant le dernier.

– Tu veux que je t'aide ?

– Tu es sûre que tu as envie de mettre le nez dans cette histoire un peu glauque ?

– La mienne aussi est glauque, et j'y suis depuis que je suis née.

Karine s'étonne de cette confidence. Elle hésite. Doit-elle l'interroger pour comprendre, ou seulement l'assurer de sa présence et de son écoute attentive si elle souhaite lui en dire plus ? Ou alors ne pas relever, pour la laisser libre de poursuivre ou non, maintenant qu'elle a commencé.

– Tu veux venir avec moi la semaine prochaine pour voir la fille de la sage-femme ?

– Oui.

– Et maintenant, on va faire un coucou à Jean pour voir s'il nous parlera plus qu'à Rémy ?

Clémence veut tout, du moment qu'elle ne reste pas seule. Du moment qu'elle pense à autre chose qu'à son père.

La petite

Décidément, c'est jour de défilé.

J'ai dû me frotter les yeux en voyant la petite arriver avec miss Décolleté.

Je m'assois toujours à un bout du banc. Jamais au milieu. Ça invite.

Clémence, qu'elle s'appelle. Comme si elle était prédestinée à la demander. Elle a attendu que sa copine s'installe au milieu et elle s'est mise au bout du bout des deux planches en bois, pas très loin d'en tomber. J'ai vu ses yeux mais j'ai rien entendu de sa voix. L'autre a parlé tout le long. La maison sur le côteau, le couple qui a découvert des lits métalliques au grenier, mis au rebut depuis longtemps, la malle contenant tout ce qu'ils avaient trouvé à la cave. Des forceps, de vieux flacons d'éther, du tissu en lin, des haricots en métal, des aiguilles de Reverdin, un stéthoscope de Pinard. Preuve que j'ai encore un peu de mémoire, je me souviens de tous les noms d'ustensiles. Et aussi des registres d'accouchements.

Elle suppose que cette maison de maître a été transformée en maternité de campagne durant la guerre. Le recensement des accouchements s'étale de 1940 à 1945.

Elle suppose bien.

Ce qu'elle savait pas, c'est pourquoi une maternité avait été installée dans une campagne où les femmes accouchaient à domicile. Elle faisait plein de suppositions.

– Contrôle des naissances par l'Allemagne nazie ? par l'État français dans le cadre de la politique nataliste de Pétain ? Ou une structure plus secrète censée protéger les femmes enceintes traquées par l'ennemi, parce que juives, tziganes, handicapées ?

– Peut-être juste des gens qui essayaient d'aider les femmes de la région dans une période un peu compliquée pour accoucher tranquille chez soi.

La gamine nous écoutait en faisant des dessins dans le sable avec ses pieds. J'ai une petite plage devant mon banc. Quand il pleut fort, ça ravine de la montagne et l'eau coule juste devant. À force de piétiner et avec la sécheresse, c'est devenu du sable fin de grès des Vosges. Le plus beau du monde. Elle y dessinait des fleurs.

Il faut être motivé pour lire tous les registres d'accouchements. Avec l'écriture de l'époque, que des prénoms, des noms, des dates, des chiffres. Elle devait avoir les yeux qui se croisaient à la fin. Elle a rien trouvé de concluant. Il y avait bien des prénoms, comme sur les stèles, mais pas le même nom.

– Alors pourquoi ils seraient enterrés ensemble ?

– Ah ça…, que je lui ai répondu en levant ma canne.

La gamine a tourné la tête et m'a regardé avec un petit sourire gentil. Je crois qu'elle a senti que j'étais un peu fatigué qu'on me pose des questions où j'ai pas les réponses.

Après, j'ai eu droit pour la deuxième fois au compte rendu de leur visite chez les deux frères et chez le Léon, et à son projet d'aller voir la fille de la sage-femme. Je lui ai juste demandé de pas salir la mémoire de la sorcière.

– Tout le monde l'aimait pas. Surtout les hommes. Paraît qu'elle était vieille fille. Y en a qui disaient qu'elle préférait les femmes. À toutes les époques, y a des gens qui aiment bien baver sur les autres, surtout quand ils dérangent parce qu'ils défendent des causes justes.

– Quelles causes ?

– La vôtre, là. Comment vous appelez ça aujourd'hui ? Le mitout ? Elle prenait soin des femmes, c'est tout. Surtout celles dont les maris s'occupaient mal. Alors forcément, elle gênait. C'est comme ceux qui défendent les biches. Y sont pas aimés des chasseurs.

Je lui ai pas dit qu'elle avait réussi à sauver la vie de ma Madeleine. Elle m'aurait posé trop de questions, et j'aurais pas réussi à m'en dépêtrer. Autant le Rémy il comprend vite, autant elle, elle est du genre à revenir à la charge jusqu'à l'usure. Et vu comme je suis déjà abîmé de partout…

Moi je sais que c'est pas la sorcière. Elle trouvait toujours des gens pour placer les bébés qui étaient mal nés et dont on voulait pas. Jamais elle les aurait tués.

Que ton cœur soit maudit

Le début du week-end est calme. Même le vent se tient à carreau.

Rémy passe la matinée avec Adrien. Ils ont emporté un casse-croûte dans la forêt pour entraîner les juments au travail de débardage. Pour l'instant, ils les ont seulement harnachées et les promènent afin de leur apprendre les changements de direction, les arrêts, les marches arrière, les réactions aux sangles. Une fois cette étape maîtrisée, dans un, trois ou six mois, ils pourront essayer avec une charge à tracter. Âgées d'une quinzaine d'années, les comtoises sont solides et massives. Stevia et Toundra n'ont jamais appris le travail de trait mais semblent s'y intéresser.

Rémy se sent bien durant ces quelques heures hors du temps en compagnie d'un homme qui le comprend, des chevaux et des arbres. De quoi oublier le reste…

Ils ont trouvé une prairie dans une trouée d'arbres, un rayon de soleil s'y glisse tel un projecteur sur une scène herbagée. Ils se sont assis sur un tronc et laissent les juments se régaler.

– Nous n'avons jamais reparlé de ta femme, lance Adrien. Tu n'étais pas bien avec elle ?

– Je le croyais. Je voulais la protéger, j'étais aux petits soins pour qu'elle soit heureuse. J'espérais être parfait. Vivre une belle histoire. Je lui ai tout passé, elle en a profité. Elle a fini par m'isoler de mes amis, m'humilier dès qu'elle le pouvait. M'en demander de plus en plus. J'ai fait tellement d'heures sup pour lui payer des voyages et des chaussures…

– Pourquoi tu ne l'as pas quittée ?

– Je n'avais pas conscience de la situation. Je ne voulais pas que mon couple soit un échec aux yeux de mon entourage, de la société. Je pensais que la pression de mon chef était la cause de mon malaise. L'alcool m'a anesthésié en même temps qu'il m'aidait à tenir. Le piège s'est refermé sur moi et je ne pouvais plus en sortir.

Adrien comprend désormais les refus polis, les verres remplis et acceptés, pour ne pas toujours décliner, pour qu'on lui fiche la paix, et auxquels Rémy ne touchait pas. Rémy qui fait consciencieusement craquer ses doigts les uns après les autres. Puis qui passe avec force son pouce à l'intérieur de la paume de sa main, comme s'il massait une cicatrice.

– Tu buvais beaucoup ?

– Beaucoup trop. Il me fallait des doses de plus en plus fortes pour faire taire mon cerveau.

– Tu en es complètement sorti ?

– Il n'y a pas d'alcool en prison…

– Pas trop dur ?

– Il paraît que j'ai une volonté de fer.

Adrien sait qu'une volonté à toute épreuve peut vite se transformer en acharnement.

Rien ne vaut la vie

Assise dans la chaise longue, Karine se fait une manucure. Depuis qu'elle est arrivée aux Censes perdues, ses ongles se sont cassés sur les travaux des champs, les fouilles, le potager. Le vernis s'est effrité comme une vieille peinture sur des volets en bois qu'on a oubliés. Elle s'est maquillée un jour sur deux, puis un sur trois, puis seulement pour retourner vers la civilisation, comme elle dit en riant quand elle part faire les courses. Elle tourne avec deux pantalons, trois shorts et quelques T-shirts. Ceux qu'on peut salir, et même trouer en s'accrochant aux ronces. Elle en oublierait presque les rues piétonnes de Strasbourg, ses boutiques préférées. Flâner, essayer, reposer, demander une autre taille, craquer, regretter. Revendre ou bien donner. Chercher de la place dans son armoire et ne plus en trouver.

Ici, la penderie est petite et les boutiques lointaines.

Ici, on consomme local et sauvage. Le rouge des ongles est sur les coquelicots.

Mais aujourd'hui, Karine veut se faire jolie. Soin des mains et des pieds, même si elle enfilera des baskets pour enfourcher la moto. Des sous-vêtements en dentelle, un sac à dos discret pour glisser quelques vêtements de rechange, une petite robe légère, fluide, facile à enlever. Elle est excitée à l'idée de recommencer à jouer avec son corps, à lui donner du plaisir, à retrouver la jouissance dont elle était gourmande. Même si cela lui a fait faire de mauvais choix, suivre de mauvais hommes, se réveiller sous de mauvais toits.

Comme Frédéric, Karine aime jouir de sa liberté. Trois petits tours et s'en iront. Peu importe si sa confiance est entamée quand il l'aura larguée. Elle aura profité.

Une fourmi se promène sur l'écarteur en mousse rose qu'elle a glissé entre ses orteils. Elle espère que la bestiole ne va pas se coller au vernis rouge en train de sécher. Le nail-art serait original. Manucure nature.

Elle aperçoit Clémence qui se promène dans le jardin, son panier à la main. Elle prélève des pétales et de jeunes feuilles pour les fromages. Ici, les marmites s'activent même le samedi.

Karine n'aimerait pas vivre avec cette dépendance. Ne pas pouvoir partir en week-end sur un coup de tête ou s'arrêter pour souffler. Se sentir esclave du travail et des animaux.

Capucine et Adrien n'en souffrent pas. Ils se sentent bien dans leur cocon vivant. Ils s'arrêtent quand ils le souhaitent pour quelques instants de répit. Bavarder avec un voisin de passage, profiter des derniers rayons du soleil, se promener à l'ombre des grands arbres, dans le vent chaud d'été quand la canicule écrase le potager.

Legrand arrive en fin de matinée. Il salue les autres de loin, sans descendre de sa moto. Karine s'installe derrière lui. Le temps de faire un signe de la main à Clémence et l'engin redémarre.

– J'ai prévu une après-midi bucolique.

– La vie tout entière est bucolique dans les Vosges, non ?

– Si, mais certains endroits sont magiques.

Karine a enlacé sa taille, a fermé les yeux un instant. Elle se laisse bercer par les courbes de la route. Certains moments sont magiques aussi.

Une poignée de minutes plus tard, ils se garent sur un parking discret, au milieu de la forêt qu'une petite route étroite traverse. L'homme a prévu un pique-nique. Il range les casques dans le coffre après en avoir sorti une glacière. Puis il entraîne Karine sur le sentier en la sommant de fermer les yeux. Ils passent un premier panneau d'information, puis un deuxième. Frédéric vérifie qu'elle n'a pas triché, il désire lui offrir la surprise du lieu. Il se chargera des explications.

– Et lève bien les pieds, il y a des racines partout !

Elle aime se laisser guider par cette main chaude et déterminée. Ils s'immobilisent après quelques minutes de marche.

– Tu peux regarder.

Karine découvre alors, au milieu des grands arbres, une vaste étendue de roches granitiques énormes, arrondies par le temps, empilées sur une surface dénuée de toute végétation. Seul un grand sapin, véritable héros, a réussi à se faufiler entre les pierres.

– Impressionnant, non ?

– Fascinant. Comment est-ce possible ?

– Pléistocène supérieur, paléolithique moyen. Il y a cinquante mille ans, la fin d'une période glaciaire fait fondre un glacier ici présent. Il abandonne les roches qu'il charriait lentement. Quatre cents mètres de long, quarante de large, sur une hauteur de sept à huit mètres. Un champ de roches que l'homme de Neandertal a foulé. Et depuis cinquante mille ans, rien n'a bougé. De quoi donner le vertige et nous sentir petits.

– Et cet arbre, au milieu… ?

– Un survivant, un *warrior*, un opportuniste. Une graine portée par le vent ou par un rongeur aura trouvé un petit tas d'humus issu d'un amas de feuilles. Et doucement, il s'est constitué son substrat pour pousser en milieu hostile.

Karine pense à Clémence. Au champ de roches dans lequel elle est née, et à cet humus qu'elle se fabrique au contact des fleurs. Son envie de pousser après avoir végété. Elle doit l'emmener ici pour lui montrer la résilience, l'acharnement, la victoire du vivant sur le minéral, du mouvant sur l'inerte.

Son guide s'est éloigné vers le grand guerrier. Le seul à proposer une auréole d'ombre à ses pieds. L'homme teste plusieurs roches, cherche la plus vaste, la plus plate, la plus confortable pour installer le déjeuner.

Sur une serviette, il a déposé une boîte hermétique remplie d'une salade composée, deux fourchettes, un couteau suisse, du saucisson, des tomates cerises, une demi-baguette. Une bouteille d'eau.

– Je n'ai pas pris d'alcool.

Karine ne répond pas. L'intonation de sa voix lui a suffi à comprendre qu'il veut mettre le sujet sur la table. Une table qui pèse plusieurs tonnes, comme son estomac, soudain. Aurait-il remarqué qu'elle se laisse facilement aller ? qu'une habitude s'est instaurée, pour la détendre et lui faire oublier son passé ?

Bien sûr qu'il s'en est rendu compte. La promiscuité des fouilles, l'haleine chargée de vapeurs d'alcool dès le matin, la consommation excessive au restaurant, ce côté festif qu'elle revendique et derrière lequel elle se réfugie.

Il la contemple sans un mot. La laisse se dépatouiller.

Elle a enlevé ses baskets et ses chaussettes, malaxe ses orteils vernis sans fourmi fossilisée. N'ose pas lever les yeux vers lui. Karine sent son regard sur elle. Intense et déterminé. Il ne lâchera pas et use du silence pour la faire parler. *Je ne dis rien mais je sais.*

Karine tente un petit rire nerveux en ouvrant le flacon de gel hydro-alcoolique, puis saisit le couteau, attrape la charcuterie. Noyer le poisson avec du saucisson.

– C'était prémédité ?

– Le pique-nique ?

– L'interrogatoire !

– Je t'ai posé une question ?

– Tes yeux le font.

– Mes yeux te couvent parce qu'ils te trouvent belle et qu'ils sont tristes de te voir t'abîmer dans l'indifférence générale.

Karine est touchée. Il aurait pu se jeter sur elle, la culbuter au milieu des rochers, sans chercher à creuser le tas de débris qu'elle cache sous sa peau désirable. Lui aussi a ôté ses chaussures. Il tend un pied, caresse de son orteil les ongles rouges. Elle sent une émotion la traverser. Elle n'a plus envie de vibrer ni de jouir, mais d'être réconfortée.

Des larmes envahissent ses paupières. Elle sourit plus fort, pour les annihiler. Elles débordent quand même sans qu'elle puisse rien faire. Elle sent la large main de l'homme empoigner sa nuque et la bercer doucement. *Laisse-toi aller.*

Il est heureux qu'elle se soit si vite sentie en confiance avec lui.

Elle se met alors à parler de ces mois passés à osciller entre l'envie de s'accrocher à ce poste qui lui plaisait tant, à cette équipe pédagogique avec laquelle elle avait créé des liens, et la peur quotidienne que l'autre vienne, dans son costume de chef d'établissement, lui faire des avances à peine déguisées ou, selon les jours, la dévaloriser en public à coups de remarques acerbes concernant son travail, sa tenue, son comportement. Tout était prétexte pour la harceler, la faire souffrir, la pousser à bout. Emploi du temps sans cesse modifié, témoignages inventés de parents en colère pour lui faire peur. L'humiliation, parfois devant ses élèves.

Jusqu'au jour où son corps n'a plus voulu avancer. Elle n'a même pas eu la force de prévenir le collège de son absence. Une collègue, inquiète, est passée en début d'après-midi et Karine n'avait pas réussi à s'extraire de son lit jusque-là, retenue aux draps par un aimant constitué d'une lassitude extrême. Elle était méconnaissable. L'adorable professeure de sport l'a portée jusqu'à la douche, l'a habillée, coiffée et emmenée chez le médecin. Karine, toujours pleine d'entrain et d'énergie, ne soupçonnait pas que l'on puisse ainsi s'effondrer.

– Pourquoi tu n'as pas cherché du travail ailleurs avant d'en arriver là ?

– Parce que ce n'était pas juste que ce soit moi qui parte.

– Ce n'est pas juste non plus de tirer sur la corde au point qu'elle lâche.

– Je sais bien, mais on se le dit après. Quand il est trop tard…

Elle évoque son manque de confiance, sa peur de ne pas plaire, celle de ne pas être aimée, cette bataille permanente pour rester vivante. Et les moments de paix, quand elle s'est enivrée. Elle a seulement besoin de se sentir un peu plus légère. Légère et souriante. Juste de quoi déconnecter une poignée de câbles entre ses neurones. Précisément ceux qui la font douter, craindre ou se souvenir du passé. Ne garder que ceux qui font rire et prendre les choses avec désinvolture. Parfois n'en garder aucun. Tout couper. Brouillard total. N'habiter que son corps. Oublier la tête. Oublier le cœur. Oublier le monde et les ordures qui le peuplent. Pour quelques heures, quelques minutes, même pour quelques secondes, elle aime le vertige. Confortablement installée dans son coussin-nuage, à flotter au-dessus de ses faiblesses. Comme après un fou rire sans fin, une séance intensive de sport. Comme après l'amour. Certains répits sont précieux pour tenir, ne pas exploser en plein vol. Mais elle admet que le recours à cette béquille est de plus en plus fréquent. Avoue les quantités qu'il faut augmenter pour atteindre le même effet. Elle avoue aussi la honte.

– Chez une femme, en plus ! ironise-t-elle.

Elle fait semblant de boire pour s'amuser, alors que c'est pour survivre. Elle évoque ce médecin qui a tenté de l'orienter vers un addictologue. Elle n'a pas donné suite.

Même devant un professionnel, elle avait envie de se cacher.

Mais elle s'en sortait bien ainsi, jusqu'à aujourd'hui, non ?

– Non.

Il est catégorique.

Elle le sent, elle le sait. Et elle doit se soigner. Pour retrouver sa place dans la société. Redevenir active, enseigner. Elle aimait les élèves et leur mauvaise humeur, leurs chagrins d'amour et leurs immenses histoires d'amitié dans les couloirs trop petits du lycée. Elle aimait leur donner envie de comprendre les guerres, les territoires, les civilisations. Elle aimait les intéresser.

– Je ne sais pas comment faire pour en sortir…

– Prendre conscience, déjà. Le reste suivra.

Il l'a attirée contre lui, entre ses jambes. Ils n'ont pas mangé, pas de place dans le ventre. Ils regardent le champ de roches et les cinquante mille années passées, la puissance que dégage ce lieu et leur humilité. Ils ne sont même pas des fourmis à l'échelle de l'humanité. Juste des particules, posées là un insignifiant instant.

– Imagine tout ce qu'il y a eu avant, tout ce qu'il y aura après. Ces roches sont encore là pour des milliers d'années. Et tu te détruis de ne pas te sentir aimée.

– Tu n'en as pas besoin, toi ?

– Sûrement. Mais je ne compte pas sur les autres pour combler mes failles.

– Tu ne te sens jamais seul ?

– Jamais. Tu vois bien, je fais mille rencontres, avec des morts et des vivants. Et quand je m'ennuie, je prends ma moto ou je vais faire du sport.

– Tu n'as pas d'enfants ?

– J'espère que non. Dans ce monde de dingues ? Non merci !

Il évoque les accidents de train, d'avion, les assassinats et les viols, les victimes. Les soirs d'orage où il travaille sous des trombes d'eau, ou dans un froid polaire au sommet d'un col enneigé. Les cris des membres de la famille quand il faut annoncer le pire. Ces hurlements qui résonnent dans sa tête les nuits suivantes, lorsque le sommeil l'oublie. Ces moments où il aurait envie qu'on interdise à des parents de le devenir, le peu de valeur qu'a une vie aux yeux de certains, souvent pour des conflits qui ne sont que broutilles. La fatigue de se sentir certes utile à la résolution de certaines enquêtes mais impuissant à changer la nature humaine. Les envies de cogner, parfois, quand les coupables se trouvent sur les scènes où il est appelé. Et la rage qu'il ravale, avec un goût acide dans la gorge.

Karine écoute en silence. Elle n'ose même pas imaginer tout ce à quoi il se trouve confronté.

– Comment fais-tu pour tenir ?

Il tient par le rire, le mouvement, la culture, la beauté. S'entoure de personnes positives et exclut les autres sans ménagement. Il tient en serrant une femme dans ses bras.

Legrand se met à chantonner les paroles de Souchon :

La vie ne vaut rien, rien
La vie ne vaut rien
Mais moi quand je tiens, tiens
Mais moi quand je tiens
Là dans mes deux mains éblouies
Les deux jolis petits seins de mon amie

Là je dis rien, rien, rien
Rien ne vaut la vie

Il chante juste, ses deux mains sous le T-shirt de Karine qui sent venir un tressaillement.

Rien ne vaut la vie, rien ne vaut l'amour. Elle aurait envie de se retourner, de se déshabiller, de le chevaucher dans le vent, à l'ombre du conquérant des rochers, mais une famille se promène sur le sentier en amont, on entend les enfants crier.

Elle remballe son désir. Et puis aussi sa honte. Elle a envie de croire que pour de vrai, rien ne vaut la vie. Et cet homme n'est pas tombé du ciel par hasard pour l'aider à en prendre conscience.

– Allez ! on bouge, j'ai un autre nid de beauté à te faire découvrir.

La puissance du calme

Les juments ne se lassent pas de brouter. En regard du tapis de jute qu'est devenue la prairie de la ferme, quelques mètres carrés d'une herbe verte et tendre s'apparentent à un festin.

De longs silences ponctuent leur échange. Personne pour les combler. Eux n'en ont pas besoin. Ce vide-là est apaisant. Ne faire qu'écouter le bruit du vent, quelques insectes de passage, et le son de l'herbe joyeusement mâchée.

En confiance, Rémy évoque ses pulsions, sa difficulté à les maîtriser, ce lierre de colère qui l'envahit comme un arbre oublié. Adrien regarde les chevaux dans la lumière de ce théâtre improvisé et propose à Rémy de travailler sa maîtrise de soi en même temps que celle des juments.

– La puissance du calme est plus efficace qu'on ne le pense. Si elles sont nerveuses à cause d'un bruit, d'un insecte, d'un objet inconnu, elles perdent en dextérité.

Adrien lui suggère de les côtoyer encore plus souvent. Le soir, le matin, en journée, quand il ne va pas bien, mais aussi quand il se sent plus serein.

– Tu ne peux pas mentir à un cheval en cachant tes

émotions. C'est un animal subtil, d'une sensibilité sensorielle remarquable. Il nous perçoit très finement. Son statut de proie lui fait privilégier la relation aux autres, instinct grégaire.

– C'est pour ça qu'ils sont malheureux s'ils sont seuls ?

– Absolument.

Un peu comme les humains, pense Rémy. Cette peur de la solitude pousse parfois à de mauvais choix. Comme sa sœur.

Adrien a réfléchi un moment avant de poursuivre :

– Nous, nous avons tendance à conscientiser tout ce qui nous anime, le cheval va te proposer de le vivre et de le ressentir. Il réactive le cœur et le corps là où le cerveau prend trop de place. Il te ressent comme si tu étais un autre cheval. Si tu mets un couvercle sur tes émotions, il montrera des signes de stress, et dès que tu acceptes ce qui te traverse, il se détend. Une sorte de contagion émotionnelle. Un miroir grossissant.

– À condition d'avoir le courage de s'y regarder.

Rémy ressent chez les deux comtoises ce mélange de calme et de robustesse dont parle Adrien. Elles peuvent vous écrabouiller mais n'en font rien car elles connaissent leur force, sans avoir besoin de la prouver.

Il pense à Clémence, à sa délicatesse. Elle aussi préfère Stevia, plus calme que Toundra. La gamine semble si fragile sur un cheval de trait. La première fois, elle n'osait pas bouger, elle s'agrippait à la crinière comme si le premier souffle de vent allait la faire chuter. Et puis elles se sont apprivoisées. La stabilité de l'une, la douceur de l'autre, la puissance qui porte la vulnérabilité, la paix qui canalise l'angoisse.

Deux jours plus tôt, alors qu'elle était collée à lui dans le canapé, elle a murmuré : « T'es fort, et je le sens. Contre toi, il ne peut rien m'arriver. » Elle regardait son tatouage sur le biceps, a déposé un baiser entre les oreilles de l'éléphant, son animal totem, le protecteur de la famille. Un tatouage fait à vingt ans, après qu'il avait dû défendre sa sœur pour la première fois face à un ex qui la harcelait. Un éléphant dont il n'a pas honoré le symbole. Rémy a passé des dizaines de nuits, en prison, à parler avec ce grand sage posé sur son épaule, pour comprendre où il avait échoué. Quand il a chargé, il était trop tard. Il n'a pas su dissuader. Désormais, il doit impressionner l'ennemi pour éloigner le mal.

Changer de regard

Le parking est clairsemé. Legrand a garé sa moto tout au bout, à l'ombre. Il propose à Karine de se changer à l'abri d'un véhicule. Il fait le guet, en profite un peu aussi, sans s'en cacher. Il quitte son pantalon épais et enfile un bermuda et des baskets légères, récupère tous les vêtements et les entasse dans le dernier coffre disponible.

Ils empruntent le sentier cheminant entre la route et la longue haie qui masque toute visibilité sur l'endroit qu'il a prévu de lui faire visiter. La surprise n'en sera que plus heureuse. Le sas d'accueil, logé dans une petite maison faite de rondins de bois et de torchis, donne un avant-goût de la poésie du lieu. Quelques cartes postales ornées de fleurs, des aquarelles d'oiseaux, un arrosoir en zinc, des cadres de planches botaniques. Il sort de son portefeuille sa carte d'abonnement ainsi qu'un billet pour régler la deuxième entrée.

En descendant les trois marches du perron, Karine a l'impression d'entrer dans un monde merveilleux. Un jardin anglais soigné à la perfection. La pelouse, d'un vert puissant, semble coupée aux ciseaux. Aucune mauvaise herbe n'a droit de séjour. Ils se regardent sans un mot, quittent leurs chaussures pour goûter la douceur de ce tapis vivant et s'installent face à face. Baisers d'orteils.

Des rosiers grimpants habillent une pergola, des massifs s'étendent tout autour, constitués de fleurs de toutes sortes, et même de légumes. Des salades, des blettes, des choux, des courgettes et des aromatiques. Des ancolies partout. Sous la pergola, une table et deux chaises en fer forgé appellent les visiteurs à savourer l'instant.

Ils s'engagent sur une passerelle en bois. La rambarde est faite de branches fines de noisetier dont l'irrégularité donne à l'ensemble un côté sauvage. L'étang en contrebas regorge de plantes aquatiques. À chaque regard posé, une autre variété, de fleur, d'arbuste, de couvre-sol. Le mélange est foisonnant, luxuriant par endroits. De petits chemins de pelouse, de bois, d'écorce ou de cailloux s'enfoncent un peu partout dans des univers végétaux différents. Ici, un banc posé sous une toiture en bois ciselé, surplombant le jardin. Un peu isolé, un peu à l'abri. Frédéric s'y est assis. Il attend Karine, qui ne cesse de s'attarder devant des fleurs minuscules aux pétales blancs striés de rose ou des feuilles gigantesques rappelant la rhubarbe. Une démesure entre l'infiniment petit et l'infiniment grand. La beauté du vivant et de sa diversité. Elle ne connaît qu'un millième des variétés qu'elle voit. Tout juste quelques primevères et des hydrangeas, des roses et certaines renoncules. Elle se sent vide de savoir. Certes, elle a étudié l'histoire, mais tant d'autres compétences s'offrent à elle comme à chaque être humain qui peuple cette terre et ne discerne du monde qu'une partie infime et ridicule. Elle en a le vertige.

– Tu crois que les propriétaires connaissent toutes les variétés présentes dans leur jardin ?

– Je suppose que oui. Il y en a plus de quatre mille. Ils ont cherché des espèces de vivaces partout dans le monde, des plages de la mer du Nord aux pentes himalayennes, pour les faire cohabiter ici, dans ce coin perdu des Vosges. Mais ils ignorent le centième de ce que tu sais en histoire, si tu as besoin de te rassurer.

– Et moi le centième de ce que tu sais en criminalistique.

– De quoi travailler notre humilité.

– J'aimerais quand même en savoir plus sur ces bébés.

Il s'enquiert des recherches qu'elle a effectuées jusque-là, admire sa méticulosité et sa détermination. Elle ferait une bonne enquêtrice. Sa pensée est organisée, intuitive, en arborescence, capable de recouper des informations en apparence isolées. Elle risque cependant d'être déçue tant le champ des possibles est vaste, et sont maigres les indices.

– Ce n'est pas à toi que je vais apprendre à quel point cette période a été complexe dans la région. Entre la présence allemande, la Résistance, les personnes pourchassées, celles qui ont collaboré. Ces bébés peuvent être ceux de femmes exécutées parce qu'elles étaient juives. Ou des bébés handicapés, ou encore issus d'une infidélité pendant que les maris se battaient sur le front.

– Ce qui m'intrigue, c'est le lien entre les trois. D'accord, on n'a qu'un prénom et une date unique, mais ils étaient si bien cachés, et puis cette mèche de cheveux…

– N'en fais pas une affaire personnelle. On peut être poursuivi toute sa vie par des pensées fantômes. Je sais de quoi je parle.

Le regard soudain maussade, Legrand se lève et se faufile dans les petits chemins. Il connaît le jardin comme sa

main, à force de l'arpenter dès qu'il a besoin d'év
images sombres qui le hantent. Il confie aux fleurs et aux feuilles immenses ses funestes pensées et sa colère. Les plantes n'ont qu'à onduler dans le vent pour les dissiper. Ce jardin est un filtre qui transforme le noir en couleur. Il vous happe, vous donne envie de danser dans les allées, vous bouscule, vous perd et vous retrouve, vous envoie dans la mousse et le long des ruisseaux, vous caresse la peau, vous prend par la main, vous ouvre les yeux sur le merveilleux et vous relâche à la sortie, lavé de vos émotions les plus tristes.

Karine arpente les allées en le cherchant partout. Se résout à l'appeler, d'abord discrètement pour ne pas se faire remarquer, ensuite un peu plus fort quand elle commence à paniquer. Puis elle se raisonne. Le jardin n'est pas si grand, elle devrait vite le retrouver. Il ne va quand même pas l'abandonner et repartir sans elle.

Elle arrive devant un labyrinthe en charmille taillée, se dresse sur la pointe des pieds. Évidemment, elle est trop petite pour voir au-dessus de la haie. On ne peut pas se réjouir d'être la seule à pouvoir fouiller une cavité étroite et vouloir ensuite dominer l'horizon. Elle a l'impression de tourner en rond, s'arrête un instant, à l'affût. N'entend aucun bruit de pas, repart pour chercher la sortie du dédale. Quand soudain on lui saisit les épaules en faisant « Bouh ! », elle pousse un cri de terreur.

Alors qu'elle proteste, il la fait taire en l'embrassant. S'ils n'étaient pas dans un lieu public, il aimerait la prendre là, entre les deux murs de feuilles.

Il l'entraîne un peu plus loin dans un espace forestier dont le sol, les pierres, les troncs sont couverts de mousse. Une forêt aux allures de légende.

– Tu crois qu'il y a des trolls ?

– J'en suis certain…

Un peu plus loin, une maisonnette en bois les accueille, remplie de revues et de livres de jardinage, de botanique, de poésie. Là encore, des espaces pour s'asseoir et profiter. Comme un peu partout dans le jardin.

– Tu comprends pourquoi j'aime venir me vider la tête ici ?

Frédéric s'est assis dans un fauteuil en osier, a fermé les yeux. Karine parcourt les étagères, sort un ouvrage, le feuillette, le repose, s'attarde sur les poèmes et les citations écrits sur les murs. « Le seul, le vrai, l'unique voyage, c'est de changer de regard », Marcel Proust.

Changer de regard.

Changer tout court.

Laisser derrière elle l'alcool et les apparences, embrasser à nouveau l'histoire et la confiance.

Elle observe Frédéric, qui somnole maintenant. Elle lui envie son charisme. Il est de ces personnes que l'on croise et face à qui on se sent soudain petit.

Il ouvre les yeux à ce moment-là, comme s'il l'avait entendue penser, et lui sourit simplement. Se lève, s'étire longuement, lui prend la main pour l'entraîner en contrebas du jardin.

– Ici, ils voulaient garder le côté sauvage d'une prairie naturelle, jouer le contraste avec la pelouse anglaise de l'entrée, où le moindre brin d'herbe est dompté. Une ode à la spontanéité.

Ils remontent vers la partie haute, s'attardent sur des espaces plus secs, moins luxuriants, admirent cactus et plantes grasses qui supportent la sécheresse. Soudain, Frédéric retient Karine par le bras. « Tu ne hurles pas à la vue d'un serpent ? » Une couleuvre stationne sur les graviers, un énorme crapaud dans la bouche, à moitié englouti. Seules les pattes arrière sont encore visibles. Elle mesure presque un mètre. Ils s'éloignent discrètement pour ne pas la déranger alors qu'elle fait bombance.

Après avoir passé deux bonnes heures au milieu de cette féerie végétale, Karine et Frédéric retrouvent la petite maisonnette de l'entrée, un regret dans le cœur de quitter ce lieu magique et la beauté qu'ils ont partagée.

– On refait un tour ou on va faire l'amour ? lance Frédéric.

Karine s'engage vers la sortie sans répondre, se retourne, lui sourit.

La brûlure du cœur

Rémy aime rejoindre Jean sur son banc en fin d'après-midi. Le vieil homme s'y installe généralement en milieu de matinée, une fois l'infirmière passée, et repart un peu avant midi pour prendre son déjeuner, livré par l'ADMR locale le matin même, pique un petit somme dans son fauteuil usé, puis va retrouver son banc jusqu'en début de soirée.

Un rituel immuable qui rythme ses journées et lui permet d'avoir une raison d'être encore vivant. Il a déjà songé à sortir le vieux fusil du meuble du salon, ou à avaler tout le pilulier d'un coup quand l'infirmière vient de le remplir, mais il n'a pas le courage. Et il a encore quelques petites choses à régler sur cette terre austère. Sa succession est arrangée, le reste est plus subtil, attaché au cœur. Il réfléchit. Il n'est pas si pressé. Et si la mort le cueille avant, au moins, il n'aura plus à tergiverser. Il emportera sa conscience et ses secrets. À vue de nez, son destin ne changera pas grand-chose à la planète.

Le jeune homme lui a parlé de son travail avec les chevaux, de son besoin de forêt. Vivre des années entre les murs de béton d'une prison ne peut que vous faire aimer les arbres. Ou alors récidiver.

– Tu m'as jamais dit, gamin, pourquoi t'étais allé au trou.

– Je n'en parle que si on me le demande vraiment. Certains semblent intéressés mais ne veulent pas savoir. On fait peur, nous, les anciens taulards.

– J'ai pas peur, moi, alors je te le demande vraiment.

Rémy raconte ce qu'il a déjà confié à Adrien le matin même. Ce soir, il va plus loin. Jusqu'à ce jour de juillet…

– La voisine de ma petite sœur m'a appelé. Elle criait dans le téléphone que je devais venir, que ça hurlait à côté, qu'elle avait peur pour Pauline. J'ai sauté dans ma voiture. J'avais trop bu, comme tous les soirs. Je n'ai pas réfléchi. C'était ma petite sœur. Quand je suis arrivé, Pauline était au sol, et son compagnon la cognait de toutes ses forces. Je l'ai empoigné et poussé violemment en lui frappant la tête plusieurs fois contre le mur pour qu'il arrête. Il s'est écroulé. Ma sœur était inconsciente. La voisine m'avait suivi, elle lui tenait la main. Les gendarmes sont arrivés dans la foulée. Ils ont appelé les secours. Il était trop tard. Elle est morte dans l'ambulance. Hémorragie cérébrale. Comme lui. Il l'avait battue à mort, et moi, je l'avais tué. Ma vie a basculé. À cet instant précis, j'avais tout perdu.

Le vieux reste silencieux. Il encaisse le récit en essayant d'en répartir la violence dans chacune des années qu'il porte sous la peau. Sa chair fripée devrait amortir le choc. Mais il sent la brûlure dans son cœur, qui a toujours vingt ans.

Rémy ne s'arrête plus, relate le procès. Le cas d'école qu'il représentait. Les oppositions dans les rangs du tribunal. Les plaintes que sa sœur avait déposées et qui étaient restées sans suite. Son addiction à l'alcool. Sa vie a été passée à la loupe, exposée, décortiquée, analysée, sous les yeux tristes de ses parents encore plongés dans le deuil de leur fille. Des parents qui avaient perdu leurs deux enfants le même jour, l'une pour toujours, l'autre dans un gouffre dont il ne se remettrait peut-être pas.

– J'étais à mi-chemin entre l'homicide involontaire et les violences ayant entraîné la mort sans intention de la donner. Ils ont entendu ma rage de le voir ainsi frapper Pauline, mon manque de discernement lié à l'alcool. Ils ont même entendu les raisons qui m'avaient jeté dans cette dépendance. Je ne voulais pas le tuer, mais je n'étais pas en mesure de me l'interdire. Ils ont tenu compte de la mort de ma petite sœur. D'après mon avocat, le jury d'assises a été indulgent. J'avais quand même tué un homme par faits de violence et je n'écopais que de sept ans, au lieu des quinze prévus par la loi.

– Ils allaient pas te reprocher de l'avoir défendue alors qu'ils ne l'avaient pas protégée.

– Disons qu'on n'est pas censé se faire justice soi-même.

– Est-ce qu'on a toujours le choix ?

Soudain, une voiture s'approche au loin. Elle ralentit en arrivant à hauteur de la maison, semble s'attarder. Clémence, alertée par le bruit du moteur, regarde dans la direction du véhicule, lâche l'outil qu'elle avait en main et s'enfuit vers la maison.

– Putain, je suis sûr que c'est son père !

Rémy se lève d'un bond et dévale le talus en direction de la route. La voiture est déjà repartie. Elle disparaît au premier virage avant qu'il n'ait le temps de lire la plaque. Il court alors pour retrouver Clémence.

Il reviendra un peu plus tard, juste avant que Jean ne rentre chez lui, et confirmera ce qu'il craignait. Le vieux lui montre la cloche dissimulée sous le banc.

– D'ici, on voit loin. S'il revient, je sonne. Mais ne fais pas de conneries, petit ! T'es fait pour la forêt, pas pour le béton armé et les barbelés.

Le doute

La maison est minuscule. Un chalet en bois posé au milieu de nulle part, loin de toute habitation, à flanc de colline. Une source captée en amont l'alimente en eau. Son seul lien avec la civilisation tient dans un fil électrique qui longe le chemin de terre et de gravillons envahi d'herbes hautes.

Un petit sas abrite des chaussures de randonnée, deux paires de raquettes, une luge. Quelques vêtements de pluie, un parasol.

Une cuisine lilliputienne de la largeur de l'évier fait face à une table entourée de trois tabourets en bois. Une porte mène vers une petite salle de bains.

À l'étage, auquel on accède par un escalier métallique en colimaçon, toute la surface sous le toit est ouverte en une grande pièce dont le pignon, entièrement vitré, offre une vue à couper le souffle sur la vallée et les montagnes alentour. Personne à l'horizon. Un grand lit est posé au milieu. Le paradis sur terre pour un moment suspendu.

L'homme a enlevé la robe de Karine et son soutien-gorge avant de l'allonger délicatement. Tout en l'embrassant, il a attrapé les liens déjà installés et, dans une chorégraphie des plus naturelles, a fait glisser les nœuds coulants autour de ses poignets. Elle a résisté en cherchant son regard pour y déceler de la complicité. Lui n'avait d'yeux que pour son corps, les cordes. Sa culotte en dentelle dissimule encore son intimité. L'homme enlève son T-shirt.

Soudain, un doute la fait tressaillir. Est-elle redevenue proie par péché de naïveté ? Qui pour l'entendre hurler ? Qui pour s'inquiéter d'elle ? Clémence l'a vue partir à moto, mais Karine a le temps de mourir douze fois avant d'être retrouvée si l'homme est un sadique déguisé en TIC.

Elle s'est un peu reculée. A refermé ses cuisses.

– Tu n'as plus envie ? lui demande Legrand en caressant ses jambes.

– Si, à condition que j'en ressorte vivante, essaie-t-elle de plaisanter.

Karine tire discrètement sur ses mains. Les liens se resserrent un peu plus. Elle n'aurait aucune chance. En elle, ce même mélange de peur et d'excitation éprouvé sur le rocher mais des clignotants encore plus puissants.

– Il est vrai que je suis bien placé pour faire disparaître toute trace ADN, ajoute-t-il en glissant sa main sous la dentelle. Tu aurais dû te méfier.

Karine sent monter une vague de tristesse. Une déferlante énorme qui charrie sa faiblesse passée, sa crédulité, toutes ces fois où elle n'a pas dit non, alors qu'elle le pensait, pour ne pas décevoir, ne pas être rejetée.

Son corps s'est raidi, l'homme l'a senti. Il s'arrête un instant, découvre les yeux brillants et le malaise qui s'est emparé d'elle. Décomposé, il s'empresse de la détacher.

– Excuse-moi, dit-il. Je suis désolé, je pensais que tu avais envie de jouer. Pardon.

Il la redresse dans le lit, le temps qu'elle reprenne ses esprits. Il s'en veut. Elle aussi.

Il a compris juste à temps, il suffisait d'un rien, un souffle, une ombre entre deux secondes, pour qu'elle bascule de la crainte à la panique, et que les fondations que Diderot l'aide à reconstruire deviennent château de cartes. Le premier venu se serait un peu moqué, aurait insisté, au risque de tout gâcher.

Karine prend la main de Frédéric, détaille chaque doigt, les ongles courts et soignés, caresse la paume, s'attarde sur les cals aux articulations, frôle la peau rugueuse. Il la laisse faire, conscient de son besoin de réapprivoiser la tendresse.

– Tu aurais dû me dire, lui chuchote-t-il dans l'oreille.

– Je ne savais pas.

– Alors j'aurais dû le sentir.

Elle lui embrasse la main, la colle contre sa joue, ferme les yeux et inspire profondément. Elle est rassurée. L'homme connaît les règles, il n'essaie pas de tricher. Elle sait qu'ils pourront à nouveau jouer.

Mais plus ce soir.

– Tu sais quoi ? On va aller marcher dans la nuit. Ou on prend une BD et on la lit ensemble. *Le Grand Méchant Renard*, tu connais ?

– À lire avec un grand méchant loup ?

Des coussins moelleux sous la nuque, ils tournent les pages et rient ensemble de ce loser à contre-courant, des poussins qui jouent à la dînette, des poules complotistes, admirent les dessins qui, d'un trait fin et précis, racontent une émotion. Legrand lit plus vite, il attend Karine en bas de chaque page. Elle aime l'entendre rire quelques secondes avant elle.

Rien ne vaut la vie…

Animal totem

Assise dans le canapé sous l'escalier, Clémence montre à Rémy les fruits de sa journée. Quelques pages de l'herbier. Un alexandrin supplémentaire. Un minuscule cheval en crochet qu'elle lui offre en réponse au compliment qu'il vient de lui adresser.

– Mais non ! Garde-le, il t'a pris beaucoup de temps.

– J'ai toute la vie pour en faire d'autres.

Rémy prend une grande inspiration dans cet air qu'il pense saturé d'espoir. Il ignore que la gamine assise à côté de lui oscille en permanence. En équilibre au-dessus du présent sur le fil fin que Mathilde Letellier a réussi à tendre. Rémy porte sur ses vêtements et sa peau une odeur intense. Mélange de travail, de cheval, de forêt. Clémence la respire et se sent rassurée.

Elle a envie d'un grand frère.

Elle ne se doute pas qu'en lui, cette filiation est déjà engagée.

Rémy est un homme beaucoup trop gentil pour ne pas être abîmé par cette société dont il déteste certains aspects. Il avait une petite sœur et n'a pas su la protéger. Le poids de la culpabilité n'est jamais retombé de ses épaules. Il sait, au fond de lui, qu'il lui faudrait plus d'une vie pour s'en débarrasser, que cette gamine est une histoire miroir pour l'aider à avancer, ne pas reproduire les mêmes erreurs, ne pas sombrer dans la même violence. Celle qui l'a jeté derrière les barreaux.

À l'époque, l'alcool lui avait ôté tout discernement et toute limite. En aurait-il plus aujourd'hui ? Pourquoi ne supporte-t-il toujours pas l'injustice, la lâcheté et la malveillance ?

Trop gentil, trop sensible, trop abîmé par les années.

Quand Clémence s'est réfugiée dans ses bras, sa rage s'est dissipée, la machine s'est déconnectée, il redevenait abri pour cette petite souris fragile, choquée mais saine et sauve.

Il s'est trop attaché à cette gamine pour qu'on lui fasse du mal impunément. Les dés sont jetés, il l'a compris. Elle aussi.

Ainsi s'est installée entre eux une relation puissante et dépendante. Des cases se sont cochées, chez lui, chez elle, comme s'ils se complétaient, comme s'ils étaient faits pour se rencontrer. À la vie, à la mort, celle qu'ils ont côtoyée, et qui les rend plus forts, ensemble, désormais.

– Et s'il vient jusqu'ici ?

– On le chassera.

– Il s'accrochera. Avec maman, il revenait tout le temps.

– Ta maman n'avait personne pour la protéger. Moi, je suis là.

– Et s'il est violent ?

– Je peux l'être aussi.

– Et si tu retournes en prison ?

Il la prend de nouveau dans ses bras pour ne pas répondre.

Que crois-tu pauvre père, que ta paternité
Effrayante et vulgaire va pour l'éternité
Me hanter chaque instant comme une faible proie
Tu sais, aucun enfant ne mérite cela.

Je veux de la beauté, des fleurs, des papillons
Remplir mon herbier de feuilles par millions
Et trouver celle qui t'éloignera de moi
Que ton cœur soit maudit, pour la dernière fois.

Visite de la dernière chance

Christine Metzger roule à bord de son véhicule adapté. Elle se réjouit de revenir dans cet écrin de tranquillité. Son deux-pièces au rez-de-chaussée dans un quartier triste de la banlieue de Strasbourg ne fait qu'ajouter du gris au béton de la prison qu'elle arpente quotidiennement. Elle ne métabolise de la couleur qu'en clôturant les dossiers de réinsertion qui ont fonctionné et en visitant ses détenus placés dans des endroits propices à l'espérance. Comme aujourd'hui. Christine aime quand la route est longue. Au volant de sa voiture, elle se sent comme tout le monde. Le fauteuil caché dans l'habitacle, personne ne voit son handicap. Tout au plus le macaron. Parfois, elle l'enlève, ne le replace que lorsqu'elle se gare. Elle savoure ces bouffées de normalité qui lui font oublier le passé.

Elle est persuadée de retrouver un Rémy Souhait épanoui et motivé pour se refaire une place dans la société. Exemplaire, et tellement différent de la masse de ceux que rien ne sauvera. Même si sa sœur n'a pas survécu, il a mis hors d'état de nuire un de ces assassins qui tuent les femmes, et pour cela elle l'admirerait presque. Elle s'en veut parfois de se laisser envahir par de telles pensées, contraires à toute déontologie. Mais si quelqu'un s'était occupé de son ex-mari avant qu'il ne la précipite dans l'escalier, elle n'aurait pas eu la colonne vertébrale brisée et aurait peut-être réalisé son rêve de réussir un jour le marathon de New York.

En évoluant sur les routes du massif vosgien, elle imagine tous les chemins où il doit faire bon courir au petit matin, puis chasse cette image qui lui fait plus de mal que de bien.

Après avoir longuement brossé Stevia en lui parlant à voix basse, Rémy a nettoyé l'aire paillée des chèvres puis s'est retiré dans la grange pour se lancer dans un ménage méthodique et minutieux. Aspirateur, serpillière, poussière sur les meubles, son lit au carré, la table de chevet rangée. Il ignore si Christine Metzger voudra visiter les lieux. Il repasse deux fois au même endroit, sort puis revient la seconde d'après pour vérifier l'impression générale en entrant. Il est satisfait.

Le bruit du moteur a alerté Adrien, qui vient à la rencontre de Mme Metzger sur le parking. Il s'en veut de ne pas disposer d'un espace plus carrossable. Capucine les attend sous le pommier. Elle a préparé une tarte aux bluets et une tisane fraîche à base de verveine citronnée et de menthe. Rémy les rejoint aussitôt alors que le coq s'égosille.

– Il en faudrait un comme lui, pour couvrir un peu les cris des détenus, non ?

– Il faudrait bien des choses d'ici, en prison, répond le jeune homme.

– Par exemple ?

– Les chevaux…

Adrien en profite pour exposer tout le travail réalisé par Rémy. Sa détermination, sa condition physique, sa capacité d'apprentissage et d'initiative.

– Et vos relations avec les autres occupants ?

– Elles sont bonnes.

– Ils savent pour vous ?

– Seulement que je sors de prison.

Rémy se garde de décrire sa tendresse pour Clémence, les soirées sur le canapé, tout ce qu'ils se sont dit, le vêtement qu'il lui a prêté, le lierre qui s'est mis à repousser. Adrien évoque l'épisode des fouilles, les squelettes de bébés, la présence des gendarmes. Christine écoute attentivement, puis se tourne vers Rémy qui joue avec un bouchon de liège abandonné au dîner de la veille. Il le décortique avec application. Grain par grain.

– Comment l'avez-vous vécu ?

– Vous le savez, lui répond Rémy.

Christine reste un instant silencieuse. Elle scrute les alentours, le paysage à l'horizon, les maisons voisines éloignées, la forêt juste derrière la bâtisse, dont les grands arbres oscillent avec le vent. Elle n'ose imaginer l'endroit en pleine nuit, des ossements dans le sol et des bêtes qui rôdent. Elle est pourtant bien placée pour savoir que les vrais loups sont plus inoffensifs que certains hommes.

– Vous n'avez jamais peur ici ? demande-t-elle en cherchant Capucine du regard.

– Il suffit de vérifier le verrouillage des portes, de ne pas avoir trop d'imagination et de s'endormir avant les premiers cris d'animaux sauvages, répond-elle avec légèreté.

Il est ensuite question des projets de Rémy pour sa réinsertion.

– Vous avez déjà réfléchi à une possible reprise d'activité ? Dans votre domaine de compétences ? Une réorientation ?

Il lui parle de la forêt, des chevaux, de son besoin de silence et de tranquillité, d'autonomie également. Raconte les recherches qu'il a effectuées autour du débardage équin. Adrien appuie son idée en évoquant la crise climatique. Certains annoncent qu'il n'y aura plus de pétrole autour de 2040, 2035 pour les plus pessimistes. Sans alternative efficace d'ici là puisque aucun politique ne prend le problème à bras-le-corps, il faudra bien autre chose pour cultiver quand les tracteurs ne seront plus alimentés.

– Vous en êtes aussi loin dans votre réflexion sur le déclin du monde ? s'étonne Christine.

– Qui pensait qu'on en serait à ce point aujourd'hui en termes de sécheresse, de feux de forêt, d'inondations ? Tout s'accélère. Ici, nous voyons souffrir les arbres, les plantes, le sol, les rivières, au quotidien. Nous constatons la dégradation précipitée des conditions météo. Il faudra revenir à des métiers basiques, et à l'objectif simple de se lever le matin pour travailler à se nourrir, et se coucher le soir avec la gratitude d'avoir l'estomac satisfait. Rémy a les qualités pour s'engager dans une telle voie.

Christine Metzger prend des notes. Elle se renseignera pour dégager des pistes diplômantes, puis elle range ses affaires et annonce son départ. Rémy est presque déçu qu'elle ne puisse constater en quelle tornade blanche il s'est mué avant son arrivée. Cependant, une dernière chose le taraude. En la raccompagnant jusqu'au parking, il ose :

– J'aimerais vous montrer un endroit.

– Ah ? Avec plaisir !

– Par contre, je crains que le fauteuil ne puisse vous y emmener.

– Je ne suis pas bien lourde, lui répond-elle en levant les bras.

Rémy s'approche d'elle, hésitant. Il y a toujours eu entre eux une table en formica, une distance, des verrous. Il cesse de réfléchir, mû par l'envie de partager son abri. Il la soulève bien trop délicatement.

– Allez-y, je ne suis pas en verre !

Elle est légère et porte un parfum floral avec une note de vanille. Il s'enfonce dans la forêt, alors qu'elle s'est agrippée à son cou. Arrivé à la cabane, il pousse la porte et veille à passer le chambranle sans lui cogner la tête ou les pieds.

– Eh bien ! Bravo. C'est incroyable. Plus belle que celle de la prison ! Je comprends mieux votre silhouette.

Sous ses yeux, une véritable salle de sport dans quelques mètres carrés.

Une corde est suspendue à l'une des poutres apparentes, faisant office de TRX, des morceaux de bûches taillées en leur centre prennent la forme d'haltères. « Du chêne, précise-t-il, pour la densité. » Une branche débarrassée de son écorce a été fixée en travers pour les tractions. Pas de tapis ni de mousse autour des objets. À la dure, avec les moyens du bord.

– Vous m'épatez, Rémy, votre volonté de vous en sortir, de revenir dans le droit chemin, de mettre toutes les chances de votre côté.

Il ose à peine croiser son regard.

– Ne rougissez pas, vous méritez mes compliments.

En ressortant de la forêt, la femme dans ses bras musculeux, il imagine la surprise du randonneur inopiné. Ne manquerait que de la suie sur les joues et les épaules pour se croire dans un film de super-héros.

Sur le parking les attend Capucine, un cageot dans les mains. Quelques pommes de terre primeurs, une boîte d'œufs, deux petites courgettes et une barquette de bluets.

– Merci pour votre accueil chaleureux. Rémy, je vous tiens au courant pour les formations. En attendant, je compte sur vous pour poursuivre ce parcours exemplaire. Il me permettra d'appuyer le programme auprès des autorités pour l'inscrire dans la durée.

Christine Metzger démarre en peinant à détacher son regard du rétroviseur, salue Rémy une dernière fois, la main au vent, et quitte le Bout du monde gonflée de réconfort et certaine d'en avoir sauvé un de plus.

La douceur des sorcières

En ce début de semaine, Karine s'est réveillée revigorée. Elle est finalement restée le samedi soir, la nuit, puis le dimanche avec Frédéric Legrand. Ils ont traîné sous les draps, se sont promenés sur la crête, ont cuisiné trois bricoles trouvées dans le placard, se sont raconté leur vie, celle des autres, ont refait le monde, conclu à leur impuissance à le sauver. Ils ont vibré, puisqu'il ne reste que l'amour pour se rassurer. Puis il l'a déposée aux Censes perdues, avant de rejoindre son logement de fonction en ville, ses dossiers macabres, sa routine de technicien passionné et blasé.

Karine a attendu que Clémence revienne de la fromagerie pour l'emmener à son rendez-vous avec la fille de la sage-femme à une dizaine de kilomètres. Capucine leur a prêté sa voiture. La petite n'est pas rassurée, elle observe chaque véhicule, scrute le rétroviseur. Elle tient son sac à dos contre son ventre, comme si on voulait le lui prendre. Elle y a glissé un carnet de notes, son herbier, un livre de plantes sauvages. Des fois qu'elle s'ennuierait.

Victoire Moisson habite une maison en retrait de la route, au bout du village. Le jardin est foisonnant et contraste avec la pelouse anglaise des voisins. Des carillons en bois, installés sur les vieux fruitiers tordus éparpillés sur le terrain, chantent en cliquetant sous le vent léger.

Belle, lumineuse, la vieille dame vient à leur rencontre en entendant la voiture se garer. De longs cheveux blancs tombent sur ses épaules. Ses yeux sont en amande, entourés de rides profondes. Elle porte d'amples vêtements, propres mais usés. Des sandales aux pieds. Elle se tient droite malgré son grand âge. À peine un peu penchée sur le côté gauche.

Les trois femmes évoquent la météo, la chaleur, les pluies qu'on attend à nouveau. Les deux orages de juin et de juillet ont rencontré un sol tellement dur que l'eau n'a pu y pénétrer. Les réserves à chaque coin de gouttière sont déjà vides. Son potager est grand, il souffre de la soif. Puis elle installe Karine et Clémence à l'ombre d'un érable taillé en parasol. Quelques minutes plus tard, elle les rejoint avec un plateau, une cruche, des verres, quelques gâteaux et un cahier épais et fatigué, gonflé de photos et d'articles de journaux.

– Que voulez-vous savoir ?

– Je cherche à mieux connaître votre mère.

– Pourquoi ?

– Je vais vous dire la vérité. Rien ne sert de tourner autour du pot, ni pour vous, ni pour moi. Nous avons trouvé trois squelettes de bébés au fond d'une cavité dans une parcelle de forêt. Des stèles datant de la guerre évoquent pour chacun une année de naissance : 1942, 1944, 1945.

– Et vous croyez que ma mère est impliquée ?

– Je cherche dans toutes les directions.

La vieille femme a baissé les yeux. De la tranche de la

main, elle range en un petit tas ordonné des miettes du repas précédent éparpillées sur la toile cirée.

– Quelqu'un l'a dénoncée ?

– Un monsieur du village d'à côté. J'ai cru comprendre qu'il y avait un différend entre eux.

– Sûrement Léon. J'ai l'habitude.

Victoire saisit la cruche et sert un verre d'eau à la menthe à chacune. Elle tend à Clémence l'assiette de gâteaux. Des sablés à la noisette, à la fleur de capucine et à la petite oseille, précise-t-elle. La gamine est intriguée. Elle en attrape un et l'entame discrètement. Elle aime la petite touche d'oseille, avec la rondeur de la noisette, la couleur des fleurs prises dans la pâte. Elle le trouve excellent. Ni trop sucré, ni trop gras, croustillant et moelleux, avec une petite pointe d'acidité. Clémence est fascinée par les longs cheveux, les rides au coin des yeux, le sourire, l'œil perçant de celle qui sait, qui maîtrise, qu'on écoute pour son érudition. Elle l'admire en silence.

Victoire se tourne vers elle, plante ses yeux dans ceux de la gamine, un long moment, avec une douceur infinie. Karine n'ose plus parler.

– Il n'y a pas un peu de menthe dans les gâteaux aussi ? essaie Clémence.

– Si ! En effet ! Tu as le goût finement développé. Bravo ! Je mets deux feuilles pilées de menthe poivrée pour apporter un peu de fraîcheur.

Victoire pousse discrètement l'assiette vers Clémence pour l'inviter à en prendre un deuxième. Ce qu'elle fait, un peu honteuse.

– Ma mère était dure, mais intègre. Elle a dû se battre seule pour exercer son métier, faire reconnaître les droits des femmes, les accompagner, les soulager. Elle a appris les vertus des plantes auprès de celle qu'on appelait déjà la sorcière et qui vivait seule à l'écart du village, la maison pleine de potions. Ma mère a hérité de son sobriquet. Si elle avait vécu en Bretagne, on lui aurait plutôt attribué le titre de druidesse.

Clémence ose lui demander si sa mère lui a transmis tout son savoir en termes de botanique et de potions.

– Tout ce qu'elle a pu avant de mourir. Le reste, je l'apprends encore dans ses vieux livres. Notre nature est foisonnante et précieuse. Plus utile qu'on ne pense. On peut manger des herbes sauvages et les trouver bonnes, ou les utiliser pour se soigner. Pour guérir ou soulager certains maux. À condition de bien les exploiter. Une femme est morte encore récemment d'avoir confondu l'ail des ours avec du colchique. On me traite aussi parfois de sorcière. J'ai hérité de ses connaissances et des préjugés qui l'accablaient. Elle était crainte dans la région. Pour sa maîtrise parfaite des plantes, y compris les plus toxiques. Je suis moins active qu'elle, dans une période moins troublée, mais j'ai quand même parfois l'impression d'être mise au ban parce que je sors du rang. Sous prétexte que les graines viennent polluer leur pelouse stérile, certains voisins se plaignent parce que je laisse les herbes hautes sur mon terrain pour la biodiversité et les insectes. Je m'en fiche. Je suis du côté de la vie depuis que ma mère a sauvé la mienne, ainsi que celle de nombreux autres bébés.

La femme leur raconte son histoire, le contexte dans lequel elle est née, la présence de cette sage-femme qui l'a recueillie et adoptée. Sa mère biologique n'a pas été tondue, son père n'était pas un Allemand, mais elle a été rejetée par sa famille.

– Les femmes étaient tondues ? s'étonne Clémence.

Karine prend quelques instants pour resituer le contexte, la fin de la guerre, la Libération, le déchaînement de violence envers ceux qui avaient approché de trop près l'ennemi, en particulier les femmes qui avaient osé coucher avec eux, la tonte en place publique, le défilé sur des charrettes, sous les crachats et les huées.

Clémence frissonne.

– Américain ?

– Nisei. Vous connaissez leur histoire ?

– J'ai lu des documents, récemment.

– Moi je n'ai rien lu, ajoute Clémence, de plus en plus intéressée.

Victoire Moisson relate alors la terrible épopée des Américains d'origine japonaise.

– Les AJA, American of Japanese Ancestry, dit-elle avec un accent parfait, étaient soit des émigrés japonais, soit des descendants de ceux-ci. Les Nisei désignent les enfants des premiers émigrants, donc nés sur le sol américain.

Les rôles sont inversés et la vieille dame devient professeure d'histoire. Elle explique le pacte du Japon avec l'Allemagne et l'Italie en septembre 1940, la volonté de ce pays de prendre le contrôle du Pacifique par l'attaque de Pearl Harbor sur l'île d'Hawaï alors sous contrôle américain.

– Les Américains, dont les pertes ont été énormes durant cette bataille éclair, déclarent alors la guerre au Japon et le racisme déjà présent envers les AJA s'exacerbe. Roosevelt signe un décret qui enverra plus de cent mille d'entre eux, dont les deux tiers étaient nés aux États-Unis, dans des camps de concentration. Numéro matricule, baraquements insalubres, conditions de vie terribles, simplement à cause de leurs origines.

Elle poursuit en expliquant que, la guerre s'installant dans la durée, les troupes américaines avaient besoin de bras. En parallèle, les AJA voulaient prouver leur intégrité, leur appartenance à l'identité américaine, et se sont portés volontaires pour aller combattre en Europe aux côtés des G.I. Ainsi se sont formés le 100e et le 442e bataillons uniquement constitués d'AJA, appelés « petits hommes d'acier » en raison de leur taille et de leur détermination au combat.

– Les Nisei, parfois très jeunes, ont laissé aux habitants d'ici le souvenir de soldats toujours souriants et d'une grande gentillesse, ils traitaient la population civile avec compassion et respect, n'hésitant pas à partager leurs rations avec les habitants, contrairement aux ordres reçus. Ma mère biologique est tombée amoureuse de l'un d'eux. Elle avait dix-huit ans et s'occupait de la cantine pour les troupes basées à Bruyères. Il l'avait regardée avec une tendresse qu'elle n'avait jamais connue auparavant. Un coup de foudre éphémère, juste avant le sauvetage du Bataillon perdu. Quelques mois plus tard, son père a failli la tuer en découvrant le ventre qu'elle n'arrivait plus à cacher. Caroline est arrivée à temps. Elle a frappé l'homme avec la barre de fer qu'elle attachait toujours à son vélo pour se défendre quand elle battait la campagne, la nuit, au secours des femmes en travail.

– Le Bataillon perdu ? interroge Clémence.

– Je t'expliquerai, lui répond Karine, pendue aux lèvres de Victoire.

La future mère a été recueillie chez la sage-femme jusqu'à son terme. Une petite fille est née quelques semaines plus tard.

– « Tu étais belle comme l'amour », m'a dit un jour Caroline. Elles m'ont appelée Victoire, en hommage à mon père, mort sur la crête pour sauver le bataillon texan. Je ne vais plus là-haut, c'est devenu trop loin, mais toute ma vie, j'ai fleuri l'arbre où est accrochée la plaque commémorative soulignant son acte de bravoure durant les combats.

Puis elle évoque la politique nataliste sous Pétain. Travail, famille, patrie. Un père, une mère et de nombreux enfants pour relancer l'économie de la France. Les femmes à la maison pour procréer et les plus fertiles récompensées par des médailles et des avantages fiscaux.

– Et surtout, l'avortement devient un crime contre la sûreté de l'État, je ne sais plus en quelle année. En 1942, je crois. Les avorteuses étaient vues comme des saboteuses des matrices des femmes, indispensables à la reproduction française. Elles étaient dénoncées, certaines décapitées. En tant que sage-femme, ma mère était à la fois très sollicitée, car les médecins étaient réquisitionnés sur le front, mais également très surveillée, en raison de cette chasse aux faiseuses d'anges. Elle aidait toutes les femmes, y compris celles qui ne voulaient pas d'enfants, quelle qu'en soit la raison. Elle a aussi intégré la Résistance. Les sages-femmes avaient l'énorme avantage de disposer d'un passe pour circuler de jour comme de nuit. C'est un miracle qu'elle ait survécu à cette période. La délation était monnaie courante pour obtenir de petits avantages personnels ou par simple vengeance.

– Elle n'a jamais été dénoncée ?

Victoire se lève en silence en se frottant le visage, comme pour se réveiller d'un cauchemar. Elle retourne dans la maison. Durant son absence, Clémence se promène dans le jardin. De petites plaquettes en ardoise sont fixées au bout de bâtons pour indiquer les essences des plantes. Elle en connaît certaines, découvre les autres. La vieille femme réapparaît, une boîte en fer dans les mains.

Elle raconte alors ce jour, après la Libération, où la sage-femme a été cueillie chez elle par un groupe de villageois, dont le père qu'elle avait frappé. La violence dans leurs yeux, la douleur quand ils l'ont tirée par les cheveux pour la jeter dans une charrette et l'emmener sur la place du village. Le bûcher improvisé, monté à la hâte.

– Elle a cru qu'elle allait mourir brûlée vive. Ils étaient en train de l'attacher quand un coup de feu a retenti. Le père des frères Poirot était au bout de la place, son fusil dans la main. Il a promis la cartouche suivante à celui qui la toucherait encore.

Clémence a cessé de grignoter son troisième biscuit. Son estomac se noue quand Victoire précise qu'ils avaient eu le temps de la tondre et de lui arracher une partie de ses vêtements.

Un silence s'instaure entre les trois générations. Des échanges de regards et des sourires tristes résument le combat des femmes depuis la nuit des temps et le chemin qu'il reste à parcourir.

– J'aimerais vous renseigner mais ma mère ne notait rien, pour se protéger. Surtout pendant la guerre. La seule chose que je sais, c'est qu'elle a parfois prêté main-forte dans une maison qui accueillait des femmes enceintes, pas très loin d'ici.

– J'ai vu cette maison. Les actuels propriétaires ont gardé du matériel d'accouchement retrouvé sur place.

– Les squelettes correspondent à des bébés à terme ?

– Manifestement, oui.

– Ils sont peut-être mort-nés.

– Mais pourquoi auraient-ils été enterrés là ?

– Pour les cacher ?

– Quelle était la couleur de cheveux de votre mère ?

La femme saisit la boîte métallique. Elle contient des objets du passé. Une mèche y est conservée.

Karine la regarde en silence.

Avant que Clémence ne monte dans la voiture, Victoire Moisson lui demande si elle s'intéresse aux plantes, si elle aimerait apprendre. Dans les yeux de la petite, une lueur d'envie, un pétillement d'avenir.

– Reviens dimanche matin, si tu veux.

Clémence ignore encore à quel point cet apprentissage va la libérer du passé, l'aider à se fondre dans le vivant et se sentir puissante. La force que la nature va lui insuffler et les actes qui vont en découler.

Entreprends, espère, apprends

Il a disposé des branches en quadrillage, prélevé des mottes entières d'herbes hautes dans un endroit isolé de la parcelle, les a placées entre les morceaux de bois pour qu'elles tiennent le temps qu'il faudra, puis les a arrosées. Il a débroussaillé les alentours, pour montrer qu'il y a une activité, que le terrain est remué.

Il est prêt.

Aux deux éventualités.

Celle d'y arriver.

Celle de devoir payer pour cela.

Rémy est prêt à tout quand il est question de protéger. Ce besoin est viscéral, instinctif, animal. La psy le mettrait en garde : « Vous vous sacrifiez ! » Il lui répondrait qu'il ne peut pas faire autrement s'il veut encore pouvoir se regarder dans un miroir et s'accepter, jouer son rôle d'être humain au sens le plus noble du terme. Justicier ? Seulement un garçon qui ne supporte pas la médiocrité de quelques hommes ni l'abus qu'ils font de certaines fragilités. À commencer par la sienne ? Sûrement. Il est délicat derrière son bouclier. Un papillon aux ailes infiniment fines qui vole dans une cuirasse en fer forgé.

Il sait que le scénario se produira. Les violents sont acharnés. Il a presque hâte. Pour en être débarrassé, savoir de quoi demain sera fait.

Assis sur une vieille souche couverte de mousse, il se sent seul. Pas de femme, pas d'enfant, plus de sœur. Juste des parents fragilisés, quelques rares amis, ceux qui sont restés.

Il se sent seul de ne pas être follement aimé. De ne pas désirer. Seul dans son lit le soir quand il faut se coucher, seul en pensant à l'avenir. Qui pour l'accompagner ?

Il doit tout recommencer. Se tisser un réseau solide comme une toile d'araignée. Il aimerait des voisins qu'on connaît juste comme ça pour échanger trois mots de météo, des amis avec qui partager des soirées, un amour avec lequel fusionner. Est-il prêt à prendre des risques ?

Ou alors apprivoiser la solitude, ne plus se sentir dévoré de l'intérieur par le vide comme une mauvaise lèpre qui vous laisse en lambeaux.

Autour de lui, les cimes des grands arbres oscillent avec le vent, les feuilles bruissent, les insectes volent en tous sens dans une étrange danse, le bois mort repose et nourrit les vivants. Et lui, assis là, immobile, à se demander pourquoi. Pourquoi lui, pourquoi là, pourquoi cet éternel recommencement, quand le soleil se lève ?

Il a le vertige. S'allonge dans l'herbe, ferme les yeux, écoute les bruits qui l'entourent et qui se fichent bien de sa présence. La forêt le gronde, le chahute, le pousse dans ses retranchements : *Tu n'es qu'un élément mort au milieu du vivant. Redresse-toi, bouge, suis le mouvement. Entreprends, espère, apprends. Construis, butine, grandis. Pousse vers le haut, jusqu'à toucher le ciel.*

Un sanglot le secoue en silence. S'il se met à pleurer, il n'arrêtera plus. Il empoigne l'herbe devant son visage, en ressent la vigueur. S'il voulait l'arracher, il n'y parviendrait pas. Ou alors en cassant chaque brin à la surface du sol. Voilà ce qui lui manque. Des racines solides qui l'ancrent dans la vie. Il va les faire pousser, il va chercher comment.

Elle était blonde

Karine pouffe en pianotant sur son téléphone. Legrand la fait rire. Rire et jouir. Les deux mamelles de la joie. Elle retrouve ses marques, son désir, elle reprend du service. La rigolote de toujours. La délurée des soirées, la copine qui anime, qui se sourit dans le miroir et se nourrit d'espoir.

Il lui écrit dès le matin, lui raconte les pires horreurs auxquelles il est confronté et, dans le message suivant, lui parle de son envie d'elle.

Elle est la *sexfriend* qu'il cherchait. Il a même de la tendresse pour elle. Karine en rougit.

Elle termine son thé. Dans un premier temps, Frédéric lui a interdit l'alcool avant midi. Elle compense avec des boissons ultra sucrées. Il l'aidera, il lui a promis. Ils essaient en douceur, d'abord, avec quelques contraintes. Et si sa dépendance est vraiment chevillée au corps, il lui organisera une cure, prendra une semaine de congé pour l'emmener là-haut, dans son chalet sommaire. Il connaît les médicaments pour pallier l'éventuel delirium tremens. Il sera là pour accompagner les autres symptômes. Il ne la lâchera pas jusqu'à ce qu'elle s'en sorte.

Il a promis.

Il est gentil, sous ses faux airs de Dexter.

En beurrant sa tartine, Rémy interroge Karine sur ses investigations. Elle se contente de répondre que la sage-femme était blonde.

– Alors c'est elle ?

Le retour des règles

Clémence est retournée au marché avec Adrien. Elle a essayé de ne pas trop penser. De se concentrer sur les clients, les ventes, la monnaie à rendre, le stock à gérer. Certains reviennent. Ils ont aimé ses fromages colorés.

Elle poursuit la cueillette des fleurs, essaie de nouveaux parfums. La rose un peu orange qui pousse à l'entrée du jardin apporte une note fruitée intéressante. La bourrache est une valeur sûre, et on en trouve tout l'été.

Elle a même essayé des fromages au jus de betterave. Ils sont ressortis roses et ont eu un gros succès. Même si le goût n'est pas prononcé.

Le garçon des bonbons lui a offert tout un assortiment. Il est prévenant. Clémence a peur qu'il se montre gentil pour obtenir quelque chose…

Elle continue à prendre soin des petits chiots qui grandissent à vue d'œil, elle câline les chevaux, ramasse les œufs, aide à la traite des chèvres et, dès qu'elle le peut, se plonge dans les livres de botanique. Elle prend des notes, cherche partout, dans le jardin, dans la haie, dans les champs, les plantes qui y sont décrites. Son dos commence à tirailler à force d'être plié en deux à longueur de journée.

Clémence est retournée voir Victoire pour la messe des plantes, comme dit la vieille femme, le catéchisme des sorcières. Elles ont fait le tour du jardin, se sont accroupies, elles ont touché, senti. Clémence a pris des notes, complété son herbier. Victoire lui a ensuite préparé une tisane d'alchémille, de verveine, de mouron des oiseaux.

Elles ont évoqué l'anorexie dans laquelle elle est tombée à la puberté, quand son corps a commencé à lui envoyer des signaux féminins. Elle ne voulait pas devenir une femme comme sa mère. Trop dangereux. Ses règles se sont arrêtées quelques mois plus tard. C'est à Victoire que Clémence voulait annoncer la bonne nouvelle. Après trois années d'absence, elles sont revenues. De même que son envie de manger, malgré la peur. D'après Victoire, son corps la somme de tout faire pour se sentir forte face à son père, il retrouve ses fonctions, « la vie reprend ses droits ». Elle lui a donné un sachet en papier kraft avec quelques plantes pour soutenir cette envie.

Elles ont évoqué les toxiques dont il faut se méfier, comment les reconnaître, où les trouver, comment ne pas les confondre. Clémence en a même cueilli, en se lavant bien les mains ensuite. Elles ont aussi leur place dans son cahier. Ce n'est pas parce qu'elles sont dangereuses pour l'homme qu'elles ne sont pas honorables, pense la jeune femme.

Quand elle est repartie, Victoire lui a tendu un gros livre en lui annonçant qu'elle lui faisait confiance. Le journal de sa mère, résistante et respectée. Une figure, un modèle de courage et de détermination. À chaque page que

Clémence tourne, elle ressent une force venue du passé, comme si cette femme était encore présente sur le papier et lui soufflait ses connaissances. Comme si Clémence allait y trouver les réponses aux questions qu'elle s'est toujours posées. Comme si quelque chose était écrit entre les lignes.

Le bruit soudain de la vengeance

Capucine et Adrien font souvent la sieste après le déjeuner. Leur réveil sonne à l'aube, ils travaillent de façon acharnée, alors depuis qu'ils se sont lancés dans ce projet un peu fou, ils s'accordent ce repos. Ils se câlinent et somnolent, s'endorment parfois pour un court sommeil. Ils sont synchronisés. Ce temps à eux participe à l'harmonie de leur couple. Ils n'y dérogent que rarement. Après le drame des abeilles, ils se sont retrouvés plus unis encore.

Karine est partie rejoindre son technicien. C'est un jour de relâche pour lui après un week-end d'astreinte à crapahuter dans la forêt suite à la découverte du corps d'un randonneur à moitié décomposé.

Pour se réconforter, ils ne quitteront pas la chambre avec vue. Karine aime être un antidote à la criminalité.

Clémence est la première à entendre la cloche. Passé l'instant d'effroi, elle rassemble ses esprits et court en direction de la route en appelant Rémy avec toute la puissance dont sa cage thoracique est capable. Elle enfourche son vélo et se dirige vers la parcelle forestière un peu plus loin sur la gauche. La voiture vient de passer devant la maison.

Au premier hurlement, Rémy a lâché ses outils et s'est élancé à ses trousses.

La gamine pédale comme une folle, sans se retourner. Elle entend le moteur du véhicule. Elle sait qu'il la suit, mais rien ne peut lui arriver. Rémy est là.

Normalement…

Elle se met à douter de leur plan. Et s'il trébuchait ? S'il s'empalait sur la branche saillante d'un sapin mort ? Elle chasse cette pensée en arrivant à l'entrée du chemin, abandonne son vélo, poursuit à pied. La portière a claqué. Il crie : « Clémence, ma chérie ! Attends-moi, je suis venu te chercher ! » Elle se retourne pour vérifier qu'il suit, slalome entre les arbres, se concentre sur les repères positionnés au sol jusqu'à la clairière, s'immobilise, puis se retourne. Elle essaie de retrouver son souffle en le voyant arriver.

Il s'est arrêté à quelques mètres, avec un sourire satisfait et le sentiment d'avoir gagné sans trop de difficultés. L'homme essaie de l'amadouer, lui affirme qu'il a changé, que plus rien ne sera comme avant, que la prison l'a transformé. Clémence ne l'a pas vu depuis le drame. Il est moins épais que dans ses souvenirs mais toujours aussi grand et austère. Il porte un bermuda en jean et un T-shirt ordinaire, des baskets de marque aux pieds. Il est rasé de près, les cheveux courts. Il avance maintenant pas à pas en lui parlant doucement, en lui tendant la main pour essayer de la rassurer, comme on le ferait avec un animal blessé. Avec un regard de prédateur.

– N'APPROCHE PAS !

Il s'immobilise, surpris et contrarié. Son regard trahit sa

déception et sa colère. En un instant, elle comprend qu'il est resté le même. Il ne changera plus. Et elle ne lui pardonnera jamais. Tant qu'il sera vivant, il sera susceptible de la retrouver, de la harceler, de lui faire du mal.

Quand Rémy arrive, hors d'haleine, à hauteur de la clairière aménagée, il aperçoit Clémence qui regarde son père. Elle se tient droite et fière. Elle va y arriver. Elle le laisse encore s'approcher. Recule d'un pas pour qu'il avance.

Le craquement résonne dans la forêt, accompagné du cri. Le piège a fonctionné.

Clémence se précipite dans les bras de Rémy qui l'a rejointe. L'homme vocifère, appelle à l'aide, supplie : « Aide-moi, ma chérie. Je suis ton père. » Le puits désaffecté est tellement étroit qu'il peut à peine bouger les bras. Large comme il est, il doit se contorsionner. En les soulevant au-dessus de sa tête, il n'est encore qu'à une trentaine de centimètres du bord. Il a de l'eau jusqu'aux genoux. L'ouvrage est tellement bien réalisé que le cylindre est parfait et ne présente aucune aspérité. Nulle part où poser le bout du pied et prendre appui. Nulle part où agripper les mains. Pas d'envergure pour plier les jambes et se hisser. Il a beau essayer, chaque prise lui échappe, inlassablement. Le voilà tout petit, suppliant, ridicule, puni.

Clémence et Rémy se sont approchés du trou. Ils le regardent passer de la lamentation à la colère.

– Tirez-moi de là ou je porte plainte.

– Il faudrait déjà que tu arrives à sortir pour aller voir les gendarmes. Et puis, une plainte pour quoi ? Non-assistance à personne en danger ? Tu l'as aidée, maman, quand elle pissait le sang après que tu l'avais poignardée ? Je l'ai vue mourir et t'as pas bougé.

– Qu'est-ce que tu veux ?

– Tu n'as qu'à réfléchir…

Clémence, boule de rage, saisit la main de Rémy et l'entraîne vers le chemin. Il ne l'a jamais vue aussi déterminée, le regard aiguisé, la poigne ferme, la démarche conquérante.

– Je vais lui faire payer, puisqu'il ne comprend pas.

– On va déjà le laisser réfléchir. On reviendra ce soir.

– Demain !

– Tu crois ?

– Au moins.

Alors qu'ils s'éloignent, l'homme se met à hurler, à appeler au secours. Il gueule comme un porc. Elle ne peut pas prendre le risque que quelqu'un l'entende en passant à proximité. Elle fait demi-tour, jette son vélo au sol, retourne à l'aplomb du trou.

Le père espère. Elle se sera ravisée. Elle aura compris, elle va le sortir de là. *Hein, tu vas me sortir de là ?* Puis elle s'éloigne à nouveau, revient avec des branches de sapin récemment coupées pour nettoyer la parcelle. Elle les traîne au sol. Rémy l'aide à les déplacer et à former un dôme au-dessus de la cavité. Les aiguilles sont denses et l'empilement forme un enchevêtrement qui étouffera les cris sans le priver d'oxygène. L'homme l'implore : « Ne fais pas ça, je t'en supplie. Non ! »

Toutes ces fois où elle a entendu supplier sa mère. Toutes ces fois où il est resté insensible à ses plaintes. Toutes ces fois où elle n'a rien pu faire, du haut de ses quelques années. *Maman, regarde, je te venge.* Rémy la laisse vivre sa colère. Il la comprend tellement. Le processus est nécessaire pour avancer. Elle doit tuer le père. Il s'assurera seulement qu'elle ne le fasse pas au sens propre. Il faut seulement l'effrayer, lui montrer qu'elle est désormais intouchable et lui faire passer l'envie de revenir.

– Tu dis rien à personne ! ordonne-t-elle à Rémy en repartant.

– Rien. Par contre, je vais déplacer la voiture. Je l'emmène au croisement de la croix. Dans la forêt. C'est assez loin pour qu'on ne vienne pas le chercher ici.

– De toute façon, personne ne va s'inquiéter pour lui.

En redescendant par la forêt, entre les troncs morts et les arbres naissants, Rémy aperçoit la maison au loin, s'assoit un instant pour contempler la vallée qui s'allonge à l'arrière, l'enfilade de villages. Il se sent bien ici. À sa place. Il attend le retour de Christine Metzger pour statuer sur l'avenir mais il ne rêve que d'une chose : qu'on lui fiche la paix. Une option qui n'est envisageable que s'il ne retourne pas en prison. Que si Clémence ne pousse pas la vengeance trop loin. Récidive avec préméditation. Il prendrait cher…

Il est à mille lieues d'imaginer ce qu'elle va faire le lendemain.

S'ils savaient…

Nom de Dieu de bon Dieu.

Je me suis pas approché pour pas me faire remarquer, mais j'ai tout vu de loin. Je pensais pas, en sonnant la cloche, qu'ils allaient l'entraîner dans un tel traquenard. Je sais pas s'ils ont prévu de le tuer, mais les gendarmes sont déjà assez venus ici. Et moi je veux pas d'histoires. D'un autre côté, il l'a bien cherché, à venir la harceler alors qu'elle veut plus rien savoir de lui. Ils m'en font voir, les jeunes, avec leurs histoires. C'était plus calme, ici, avant leur arrivée. Beaucoup plus ennuyeux, cela dit.

Je l'ai pas vu tomber dans le puits, j'ai mis trop de temps à me déplacer, avec mes jambes fatiguées et mon souffle limité, mais j'ai tout de suite compris ce qu'ils avaient manigancé.

La petiote est en colère. J'ai pas entendu ce qu'elle lui disait, mais je l'ai vu dans ses gestes. C'est plus le moineau fragile qui demande qu'à se cacher, elle s'est transformée en rapace prêt à déchiqueter.

Je sais pas combien de temps ils ont prévu de le laisser là-dedans, mais j'aimerais pas être à sa place. S'il comprend pas la leçon, c'est qu'il est demeuré.

J'espère quand même qu'il sera encore vivant quand ils reviendront.

J'espère qu'ils reviendront.

S'ils savaient…

Un engrenage de vérité

Karine est blottie dans ses bras. Ils sont nus, face à la vue. Il caresse son épaule d'un mouvement lent et régulier. Sa peau est douce, son odeur savoureuse. Elle, de son côté, craque pour sa pilosité assumée, son tatouage sur l'avant-bras, et lui demande pourquoi un engrenage.

– Parce que la vie en est un. On est pris dedans à la naissance et on n'en sort qu'à la mort. Et encore… Est-ce vraiment la fin ? J'ajoute une roue quand j'ai l'impression d'avoir été utile, d'avoir permis à d'autres de mieux respirer.

– En résolvant des enquêtes ?

– Par exemple.

– J'ai l'impression de mieux respirer contre toi. Je suis un des rouages ?

– Évidemment ! Et on n'a pas fini de tourner…

Karine aime ces moments d'abandon où elle ne se pose aucune question sur son physique. Où elle ne sent aucun regard critique sur ses bourrelets ou sa cellulite, sur ses vergetures de grossesse et ses seins qui tombent. L'homme aime son corps tel qu'il est parce qu'il *dégage une énergie de dingue*, et qu'il se fiche des plastiques parfaites, du moment qu'il peut jouer, du moment que le corps vibre.

Et ils ont vibré encore. Cette fois-ci en douceur. Ils essaient tout. Attachés, debout, couchés, sur le rocher. Arrive un stade, quand l'alchimie est puissante, où les barrières et les tabous sautent, où la gêne s'estompe, où chacun s'abandonne aux désirs de l'autre.

Ils s'emboîtent et se séparent, changent de position, testent toutes sortes de mouvements jusqu'à trouver le bon. Ils dansent sur les draps, les corps indépendants, l'esprit déconnecté. Seulement jouir de l'autre, jouir de soi. Comme c'est bon, se dit Karine. Comme c'est bon…

Elle n'a pas envie d'imaginer qu'il puisse la délaisser, elle aimerait qu'il se sente en elle comme à la maison.

Juste avant de partir, son portable a sonné. L'écran affichait Timothé.

– Qui est-ce ? a demandé Legrand.

En revenant de cette journée d'ivresse charnelle, elle trouve Clémence accoudée au balcon. La petite parle à son étoile, lui fait promettre qu'elle ne le reverra pas. Karine l'écoute de loin, ne veut pas briser ce moment. En l'apercevant, la gamine disparaît dans sa chambre, choisit la fuite.

Alors Karine rejoint Rémy au salon.

– Il est dans le trou.

– Merde ! Vous l'avez fait. Et vous l'avez laissé là-bas ?

– Il marine un peu. Il a besoin de temps pour comprendre qu'il doit l'oublier. On verra demain matin. Tu le dis à personne !

– Et s'il meurt cette nuit ?

– Il est résistant. La méchanceté protège…

– Vous nous la jouez Bonnie and Clyde ?

Rémy ne répond pas. Il mesure les risques. Et en parallèle, l'impossibilité de laisser la petite souffrir de la présence toxique de son père. Il n'a plus confiance en la justice. Celle qui n'a pas protégé sa petite sœur. Celle qui a agi quand il était trop tard. Celle qui ne sait pas mettre en place des mesures d'éloignement efficaces. Celle qui est incapable d'offrir la sérénité à un nombre si considérable de femmes et d'hommes. Une mauvaise naissance, une mauvaise rencontre, et vous êtes condamné à être une proie pour le restant de vos jours.

– On n'a pas le choix.

– On a toujours le choix. Si les choses tournent mal, tu retournes en prison.

– Je sais.

– Et elle aussi.

– Je prendrai tout sur moi. Elle a besoin de cette rage pour se libérer de lui. Montrer qu'elle est forte. Plus forte. Tu crois qu'en expliquant gentiment, ce genre de type comprend ? Je ne supporte plus la violence.

– T'es pas tombé dans le bon monde, alors.

Ah, ça…

Parfois, Rémy se demande s'il n'aurait pas été plus heureux s'il avait été un animal, un arbre ou un caillou. Un gros rocher impassible posé au sommet d'une crête, qui profite de la vue, résiste aux saisons. La nature humaine lui donne parfois la nausée.

– Il n'y a pas d'autre monde. À part se foutre en l'air…

– Tu y as songé ?

– Évidemment ! Mais j'ai pensé à mes parents. Ils sont déjà assez tristes, je ne vais pas en rajouter. De toute façon, il est trop tard, j'ai une Clémence à protéger.

Briser la coquille

Rémy ne s'est endormi qu'à l'aube. Trop de pensées au moment de sombrer. Il n'a jamais réussi à chasser les images qui le hantent la nuit. Elles fondent sur lui comme un vol d'oiseaux affamés. Il a beau agiter les bras, les corbeaux noirs reviennent, féroces. La psychologue de la prison lui a parlé de quelques pistes. Mais il refuse les médicaments et n'a pas la patience pour la sophrologie. Il se dit qu'un jour, peut-être, quand il aura mis de l'ordre dans sa vie, quand il aura apprivoisé sa colère face à l'injustice, il retrouvera le sommeil. En attendant, il tient.

La porte de la chambre de Clémence est entrouverte, le lit vide. Rémy sait où elle est. Il prend quand même le temps de se faire un café. Il aura besoin de ce coup de fouet dans les veines. Et puis il ne veut pas se précipiter, comme s'il sentait que l'urgence est de la laisser tranquille.

Il le boit debout sur le perron, salue Adrien de loin. Rémy regrette d'avoir agi sans en parler à ces hôtes qui les accueillent depuis plusieurs semaines et leur offrent la chance de se reconstruire. Clémence et lui prennent le risque de tout détruire. Mais comment faire autrement ?

Oui, Rémy déteste ce qu'ils font. Il déteste la violence. Mais à chaque féminicide, son cœur hurle à se déchirer.

Quand il arrive à hauteur de la clairière, il aperçoit Clémence, debout, à quelques mètres du puits. Elle a dégagé les branches. Impassible, elle écoute l'homme gémir, vomir, hoqueter, pleurer.

Elle ne se retourne pas quand elle entend les branches mortes craquer sous ses pas. Elle sait que c'est lui.

– Qu'est-ce qui se passe ? lui demande Rémy en arrivant à sa hauteur.

– Il est un peu malade.

Une bouteille en verre sans étiquette est posée à côté du trou.

– Tu lui as donné quoi à boire ?

– De l'eau. Il avait soif.

– Seulement de l'eau ?

– …

– Clémence…

– Il ne va pas mourir. Juste passer un mauvais quart d'heure.

– Tu es sûre de toi ?

– On m'a guidée dans mes choix, ne t'inquiète pas. Nausées, vomissements, diarrhée intense et ça passera. Il va peut-être perdre un peu de poids. Il a de la marge, non ?

Rémy s'approche du puits. L'homme est méconnaissable. Des cernes profonds et violets encadrent ses yeux vitreux, il transpire, bave, inspire de façon saccadée. Il supplie : « Aide-moi. » L'odeur qui se dégage du trou est pestilentielle. L'homme est en train de se vider sans pouvoir bouger, pas même s'accroupir ou se tenir le ventre.

Clémence le regarde sans un mot. Elle a six ans. Enfermée dans sa chambre, son doudou dans les bras, elle entend les gémissements de sa maman de l'autre côté de la cloison. Les hurlements quand il la frappe. Les gémissements à nouveau. Elle entend même la ceinture qui fend l'air avant de venir fouetter le corps. Clémence ne bouge pas, se retient de respirer, sursaute à chaque coup porté. Elle serre sa peluche à s'en faire mal aux doigts.

– Qu'est-ce… que… tu… m'as… fait… boire…

– Je ne veux plus jamais te voir. Plus jamais. Tu m'as fait assez de mal. Maintenant, tu vas disparaître de ma vie.

– Je… vais… mourir ?

– Si ton cœur tient le coup, non. Si tu reviens une autre fois, JE TE TUE !

Clémence a sorti ce cri du fond de son ventre. Elle l'a craché en même temps que sa rage. Elle s'éloigne, le temps que les spasmes s'interrompent, dégage une corde de sous des branchages et revient sur ses pas.

– T'AS COMPRIS ?

– Oui… je… j'ai compris, balbutie l'homme, qui sent ses dernières forces le quitter doucement.

Un échange de regards entre Clémence et Rémy suffit. Le jeune homme attache la corde à un arbre à quelques mètres du puits et revient sur ses pas.

– Ta voiture est garée un peu plus haut dans la forêt, en suivant la route. Ne t'avise pas de revenir.

Ils s'éloignent et s'installent sous les arbres, en amont de la clairière, sans voir Jean, posté un peu plus haut derrière une charmille sauvage.

On voit la corde se tendre, puis une main apparaître. Elle manque lâcher à plusieurs reprises. L'homme s'extrait du puits avec grande difficulté, comme un insecte à moitié écrasé qui se tortille avant de mourir. L'étroitesse de la cavité lui permet à peine de caler ses genoux tout en tirant sur ses bras avec le peu d'énergie qu'il lui reste. La peau sur la rotule ne résiste pas. Quand il arrive enfin au niveau du sol, il se laisse tomber dans l'herbe pour retrouver quelques forces. Son pantalon souillé témoigne de la violence avec laquelle son corps a réagi à la mixture en quelques heures seulement.

Lorsque Rémy se tourne vers Clémence, il aperçoit des larmes silencieuses sur ses joues.

– Tu crois qu'il nous dénoncera ? demande-t-elle.

– Il n'a aucune preuve. Pas de témoin. Il a pu tomber seul dans ce trou. Et consommer des champignons ou des plantes qui l'ont rendu malade. Au contraire, nous l'avons aidé à sortir avec cette corde. Parole contre parole.

– Il reviendra ?

Rémy ne répond pas. Il fera en sorte que non. Il prend la main de Clémence en signe d'engagement. Elle est froide et fine, mais puissante.

Capable désormais de casser une coquille d'œuf maintenant qu'elle a brisé la sienne.

Mourir au bon endroit

Bon sang ! Mes promenades sont de plus en plus longues. Ils m'en font faire des kilomètres, les jeunes, avec leurs affaires.

Il y a une semaine, j'ai bien cru qu'ils allaient le tuer, le type tombé dans le puits. Je sais pas comment il a réussi à sortir du trou – les charognes ont de la ressource –, ni comment il a retrouvé sa voiture, mais je l'ai vu passer plus tard sur l'autre route qui contourne la ferme. Il roulait doucement, en zigzaguant par moments.

Je sais pas si la petite est enfin soulagée de s'être débarrassée de son père, mais elle est plus active que jamais, à la fromagerie, dans le jardin. Elle est revenue me voir avec Rémy. Elle voulait me montrer son herbier et m'a même interrogé en tournant les pages pour savoir quelles plantes je connaissais. Le plantain, l'oseille, la véronique, l'œillet des champs, la lampsane commune, le chénopode, le mouron des oiseaux. J'ai quand même quelques notions. Elle m'a collé sur beaucoup d'autres. La gamine était heureuse de son cahier à spirale plein de mots latins et de fleurs séchées.

Ils ont pris un sacré risque en faisant ce qu'ils ont fait,

mais je les comprends. Elle m'a aussi offert une petite souris qu'elle a crochetée. Ils sont rares, les cadeaux qu'on m'a faits. Et souvent précieux. Madeleine m'avait offert un couteau. Elle s'était saignée pour pouvoir l'acheter au marché. Je l'ai toujours dans ma poche depuis. La lame est usée, je l'utilise tous les jours pour couper mon pain.

Ils m'ont parlé des stèles, du petit lieu de recueillement qu'ils ont aménagé, de l'obstination de Karine à poursuivre les recherches. Ils ont bien raison d'avoir fait quelque chose de ces pierres.

L'infirmière va encore me crier mais tant pis, j'y vais, je me reposerai quand je serai mort.

J'ai mal quand même. Plus d'un kilomètre depuis la maison, c'est beaucoup pour un vieux bougre comme moi.

Je suis assis là, sur un tronc face aux pierres. Ils ont joliment arrangé l'espace. Les trois stèles sont posées en rond, l'herbe a été tondue tout autour, ils ont repiqué des fleurs, taillé les branches de sureau qui venaient trop près. Ils ont pas mis de croix vu qu'ils savaient pas la confession des petiots.

Un bel endroit pour être enterré. Je leur demanderais presque de s'occuper aussi de moi, vu que je vais bientôt claboter. Plutôt que de finir au cimetière, juste en face du voisin qu'on a détesté toute sa vie. Et puis, dans la nature, au milieu des arbres, avec ces trois petits, il doit y avoir de bonnes ondes qui circulent.

ODILE

ÉMILE

FRANÇOIS

Des beaux prénoms de l'époque.

Comme Madeleine. C'était un joli prénom. Il lui allait bien. Elle partait souvent se recueillir sur la tombe de sa mère. Elle trouvait ça important, d'aller voir les morts. Je suis sûr qu'elle aurait été heureuse d'être là, avec moi, sur ce tronc, dans ce mini-cimetière de bébés. Elle aurait dit une prière, chanté une chanson. Elle m'aurait pris la main et elle aurait pleuré.

Elle était comme ça, Madeleine. Elle pleurait quand elle pensait aux disparus.

Je peux pas rester bien longtemps. Il faut que je rentre à l'heure des infirmières. Ma montre de gousset marche plus depuis longtemps, mais je me repère au soleil. Je sais qu'il est autour de seize heures.

Voilà que j'arrive plus à me relever. J'ai beau prendre de l'élan, avancer mes épaules, pousser sur ma canne, mes jambes veulent rien savoir. Il faut dire que mon ulcère me fait souffrir. J'ai l'impression d'avoir le cœur dans la cheville. Et l'arbre couché est bien trop bas pour un vieux comme moi. Me voilà bien. Je vais peut-être mourir plus vite que prévu. Au moins, je serai déjà au bon endroit.

Ouhou !

Qui pourrait bien m'entendre, ici, au milieu de la forêt ?

OUHOUUU !

Affaire classée

Clémence cueillait des myrtilles dans la forêt quand elle a entendu appeler au loin. Elle s'est approchée en trottinant entre les arbres, pour ne pas renverser le seau à moitié plein accroché à sa ceinture.

Venant dans son dos, elle s'est approchée doucement du vieux Jean pour ne pas l'effrayer.

– Oh, la petite souris ! Heureusement que t'étais aux myrtilles ! ajoute-t-il en apercevant ses mains violettes.

Elle essaie de le soulever mais n'en a pas la force. Encore moins celle de le raccompagner jusque chez lui. Alors elle lui annonce qu'elle va chercher Rémy et lui laisse les myrtilles.

– Attends, dit le vieux en lui attrapant le bras. Avant de partir, dis-moi ce qu'il y avait dans la bouteille.

– Quelle bouteille ?

Clémence hésite un instant. L'expression sur le visage ridé du vieil homme raconte une vie de peine et de la compassion. Comme s'il la comprenait.

– De la ciguë.

– De la ciguë ? Celle qui a tué Socrate ?

– La petite, pas la grande.

– Tu l'as trouvée où ?

– Il en pousse un peu partout dans le jardin. On la confond souvent avec la carotte sauvage mais je sais la reconnaître maintenant.

– Tu aurais pu le tuer.

– « C'est la dose qui fait le poison », disait Paracelse. Du coup, je vous laisse quand même les myrtilles ? Ou vous avez peur de l'échinococcose…

– À mon âge, il faut bien mourir de quelque chose.

Rémy a emprunté la voiture d'Adrien. L'homme est algique et fatigué. Il peine à s'installer sur le siège passager. Durant le court trajet, il salue leur travail d'aménagement, explique son ulcère, la douleur qui lance, la peur de perdre l'usage de sa jambe.

– Si je ne peux plus venir au banc, à quoi bon rester ?

– C'est sûrement temporaire. Dans une semaine, vous courrez comme un lapin !

– Tu parles, gamin ! Je suis un vieux lièvre usé.

La voiture de l'infirmière est déjà garée devant chez lui. « Elle va me gronder. » Il ne peut plus poser son pied par terre. Rémy l'accompagne jusqu'à son lit en le soutenant par la taille, le bras de Jean sur ses épaules, cassé en deux pour être à la hauteur du vieil homme. La maison est petite. Une cuisine, une pièce attenante dotée d'un lit ancien, d'une table et d'un meuble sur lequel est posée une télévision.

– Reste là pendant les soins, elle osera moins me crier !

– J'VAIS M'GÊNER ! lance l'infirmière.

– Elle me parle toujours fort alors que j'entends parfaitement !

– Au moins, vous m'entendrez grogner ! Qu'est-ce qui vous prend de partir si loin avec votre plaie à la jambe !

Le spectacle n'est pas glorieux quand elle enlève le pansement. Elle constate la rougeur, l'inflammation, l'écoulement. C'est infecté. Elle doit faire passer le médecin le lendemain et en attendant :

– Il ne faudra pas marcher !

Le vieux Jean lève la main et la laisse tomber sur les draps en signe de dépit.

Rémy s'est approché du miroir pour aller voir de plus près la petite souris en crochet coincée dans le cadre au-dessus de la télé. Une carte postale est accrochée du même côté. En face, une mèche de cheveux est fixée avec un ruban rouge. Ils sont blonds.

Il jette un œil dans le miroir et croise le regard du vieux.

Des fleurs pour un gentleman

Le 15 août en fin d'après-midi, Clémence entre dans la pièce avec un bouquet dans les mains. Des fleurs du jardin, quelques sauvages, des graminées. Avant de les ramasser, elle s'est assurée qu'elles seraient jolies une fois séchées. Elle s'approche de Rémy qui boit un café en lisant le journal.

– Tu veux aller marcher dans la forêt ?

Il avale d'une traite le fond de sa tasse et enfile ses chaussures. Clémence le suit, sans avoir lâché son bouquet.

– Tu vas l'emmener en promenade ?

– Oui.

– Il ne serait pas mieux dans un vase ?

– Non.

Il ne cherche plus à résoudre les énigmes de cette petite. Il aime sa poésie. Il lui propose un chemin, elle en choisit un autre. Elle sait où elle veut aller et a pris quelques repères sur la carte IGN rangée dans le tiroir du salon.

Ils parlent de choses et d'autres, évoquent le vieux Jean qui n'a pas retrouvé son banc. Clémence n'a pas osé dire à Rémy qu'elle lui avait avoué l'histoire de la potion. Elle y pense chaque jour. Et s'il racontait ce secret aux infirmières ?

Ils ont atteint le chemin des crêtes et marchent un long moment vers l'ouest. Clémence semble scruter chaque arbre.

– Quelque chose ne va pas ? Tu sembles inquiète.

– Non. Tout va bien.

– Je te trouve bien mystérieuse.

– Et toi bien curieux.

Soudain, elle aperçoit le panneau à une vingtaine de mètres, accélère le pas, s'arrête en dessous, satisfaite. Elle attrape une ficelle dans sa poche et noue le bouquet au tronc sur lequel la plaque est vissée. Rémy s'approche, intrigué. Une photo de soldats ainsi qu'un nom japonais et une date.

– Tu m'expliques ?

– Ce serait trop long.

Elle se recueille un instant en pensant à Victoire, puis tourne les talons et repart en direction de la maison. Il reste pantois, avant de la rattraper, à deux doigts de penser qu'elle le mène par le bout du nez.

Sur le chemin du retour, ils évoquent les travaux des prochains jours, les nouvelles saveurs de fromage qu'elle souhaite essayer, puis, sur le même ton, elle lui annonce qu'elle aimerait vivre avec lui, un jour, quand elle sera prête à partir d'ici et qu'il le pourra lui aussi. S'il veut l'accueillir dans sa nouvelle vie. Comme si elle avait un frère.

L'homme s'immobilise, regarde la gamine qui s'éloigne sans se retourner. Il s'assoit sur le bord du chemin, prend sa tête entre ses mains. Son corps s'agite de soubresauts.

Clémence revient sur ses pas et s'assoit à ses côtés. Elle s'accroche à son bras, pose sa tête sur celle de l'éléphant caché sous le tissu. Il respire fort pour retenir ses larmes.

Alors elle lui raconte tout ce à quoi elle a pensé pour cette nouvelle vie. Les projets culinaires dans lesquels elle rêve de se lancer, les marchés qu'elle pourrait faire, les chevaux qu'il pourrait acheter pour travailler dans la forêt, la couleur des murs du salon et la taille du jardin.

Il ouvre ses bras, les referme sur elle et l'inonde d'un flot salé en remerciant la vie de l'avoir mise sur son chemin.

Il ne sait pas quand, ni où, mais ils y arriveront.

Il sait seulement qu'il ne veut plus la lâcher.

Au bord de ce chemin de crête se sont invitées quelques poussières d'éternité.

La lettre

Quelques heures plus tard, le feu crépite et les étincelles s'élèvent dans le ciel noir à chaque nouveau morceau de bois ajouté dans les braises.

Capucine et Adrien sont collés l'un à l'autre sur le banc en fer forgé. Ils savourent le dessert, les yeux dans la lumière. Clémence a reçu beaucoup d'éloges pour son cake à la verveine et aux fleurs de pensée. Karine est installée dans une chaise longue, sous un plaid, elle a besoin de chaleur. Clémence et Rémy partagent un morceau de tronc posé sur deux billots. Un petit cercle d'écorchés survivants dont les prunelles dansent avec les flammes pour ne pas pleurer.

Paule et Jeannot sont là, eux aussi. Ils sont venus en fin d'après-midi leur annoncer la triste nouvelle. Au matin, l'infirmière a sonné à leur porte, en larmes, et leur a demandé de l'accompagner chez Jean pour ne pas rester seule en attendant le médecin et son certificat de décès. Jeannot s'est assis dehors pour accueillir le docteur. Paule a mis un peu d'ordre dans la pièce. Elle a trouvé la lettre que le vieil homme leur a laissée.

Capucine l'a lue en premier. Ses joues scintillent et

reflètent le feu. Clémence est la dernière à parcourir ces lignes tracées à l'encre bleue. Elle la replie sans un mot, un masque sur son visage. Elle pleurera plus tard, dans son lit, enveloppée du T-shirt de Rémy, son doudou enroulé autour du poignet.

Chère Capucine, cher Adrien,
Clémence, Karine, Rémy,

Je vais essayer d'écrire en bon français. Voilà bien longtemps que j'ai pas pris la plume et j'espère qu'avec ma main tremblante mon écriture sera quand même lisible. Satanée arthrose.

Vous m'en aurez fait voir de toutes les couleurs pour mes vieux jours. Au moins, je me serai pas ennuyé.

Quand vous avez repris la maison il y a deux ans, j'ai senti la vie revenir un peu partout dans mon corps, et dans mon cœur. Je pensais à ma Madeleine, au rêve que j'avais eu d'y vivre avec elle. Vous étiez beaux, à vous aimer aussi fort et à avoir ce projet. Vous m'avez donné envie de marcher jusqu'au banc, même les jours que j'étais fatigué pour voir les travaux avancer, savoir comment vous alliez l'aménager.

J'avais l'impression de participer.

J'étais content que l'endroit devienne un refuge. Madeleine aurait apprécié. Elle avait le cœur sur la main.

Et puis, par hasard, vous avez trouvé les squelettes… Tous les hasards sont-ils des hasards ?

J'ai longtemps réfléchi, le soir, dans mon lit, à ce que je devais faire. Tout vous avouer ou emporter la vérité dans ma tombe ? Je préfère pas m'encombrer du passé. Si déjà on est mort, autant tout laisser derrière soi. On sait pas où on va après la grande faucheuse, peut-être qu'y a pas de place pour la culpabilité alors je vous la laisse ici, dans cette lettre.

Les trois bébés, je sais d'où ils viennent. Je les ai même enterrés avec Madeleine. Son père était une charogne, une pourriture. Il la battait. Madeleine avait douze ans la première fois qu'il a abusé d'elle. Elle a essayé de cacher sa grossesse sous ses robes un peu larges, mais elle a pas pu accoucher en silence. Elle a eu le premier à quatorze ans. Il l'a étouffé sous un oreiller. Il voulait pas que les gens sachent.

Quand Madeleine est venue me voir avec le corps du bébé emballé dans un torchon de vaisselle, je lui ai proposé de l'enterrer dans un endroit secret. De lui offrir une sépulture, même si ce n'était qu'un abri de fortune. Je connaissais cette chambre de fontaine désaffectée. On a trouvé une boîte, et elle y a glissé une mèche de cheveux, pour l'accompagner. On lui a choisi un prénom. C'était une fille. Odile, comme sa grand-mère. J'ai trouvé une pierre, je l'ai gravée.

Et ça a recommencé. Deux autres fois. Je pouvais rien faire. Elle avait honte et refusait de le dénoncer. J'avais envie de le tuer, mais elle me l'interdisait, elle voulait pas que j'aille en prison.

Quand il l'a mariée à un gars du village d'à côté, elle a vécu un autre calvaire. Son mari la battait aussi. Elle est morte sous ses coups.

Je comprends le gamin qui a voulu défendre sa sœur, la rage qu'il a dû ressentir en frappant son bourreau, je comprends la petiote qui a fait ce qu'il fallait pour avoir la paix. Oui, je vous comprends. J'avais la même rage contre le père de Madeleine qui l'a battue, violée, et condamnée à mort en la vendant en échange d'une parcelle de terre.

La parcelle, c'est précisément celle où se trouve le puits que vous connaissez. Et dans le puits, sous une couche d'argile et de cailloux, il y a d'autres ossements. Je le sais parce que c'est moi qui y ai jeté le père de Madeleine. À l'époque, le trou était plus profond. Il avait aucune chance d'en sortir. J'ai ensuite écrit une lettre que j'ai laissée sur le vaisselier pour faire croire qu'il était parti. Personne a cherché à le retrouver. À l'époque, ils envoyaient pas la cavalerie, avec des gendarmes en tenue de cosmonautes.

Toute ma vie, j'ai porté ce chagrin de pas avoir pu sauver Madeleine. La culpabilité de pas avoir dénoncé son père et celle de l'avoir vengée. C'était trop tard pour Madeleine, mais je me disais qu'il fallait pas le laisser recommencer avec une autre gamine.

Alors, quand Rémy m'a raconté son histoire et celle de Clémence, quand vous avez retrouvé les bébés, ça a remué le passé. J'étais encore en train d'hésiter quand le gamin a vu la mèche à côté du miroir. Je me suis dit, c'est un signe, maintenant je dois le dire.

Voilà, je peux partir sans encombrer mon cercueil avec des histoires du passé. Je préfère prendre la petite souris. Comme j'ai pas d'héritier, chère Capucine, cher Adrien, je vous lègue la maison. Oh, elle est pas bien grande, mais vous saurez la transformer en nid pour les oiseaux blessés qui passent par chez vous et qui ont besoin d'une transition.

C'est ma jambe qui va m'emmener. Un sale microbe qu'ils arrivent pas à soigner. Et si je peux plus marcher jusqu'au banc, j'ai pas besoin de rester. Je vais retrouver ma Madeleine et ses bébés. Pis je ferai un bonjour à vos morts à vous.

J'espère que vous trouverez la paix. Moi, elle m'attend depuis longtemps.

Madeleine, elle aimait les jonquilles, alors peut-être que vous pourriez mettre quelques bulbes entre les pierres, cet automne.

Moi, j'aimais juste Madeleine. Elle était ma fleur préférée.

Protégez-vous les uns les autres, pour pas avoir à regretter…

Jean

Le cimetière des âmes qu'on aime

En ce dimanche matin, le soleil est discret, la forêt maintient la fraîcheur de la nuit.

Ils se sont tous réunis autour des stèles. Les trois premières, et celles qui se sont ajoutées. Rémy a gravé le prénom de sa petite sœur, Clémence celui de sa maman. Adrien en a installé une autre sur laquelle on peut lire *Madeleine et Jean*.

Même si les corps ne sont pas en dessous, les âmes pourront venir flotter un instant à l'ombre des arbres, au milieu d'un parterre de mousse et d'herbes folles que l'on viendra entretenir régulièrement. À l'automne, des bulbes de jonquilles seront plantés pour achever l'aménagement. Fixé à un piquet un peu en retrait, une fine planche de bois poncé accueille un texte pyrogravé :

À défaut de pardon, laisse venir l'oubli
Les morts dorment en paix dans le sein de la terre :
Ainsi doivent dormir nos sentiments éteints.
Musset

Ils observent un instant de recueillement. Rémy tient la main de Clémence. Elle est chaude. Il s'en réjouit. Il a le sentiment qu'elle fait un peu partie de lui. Une évidence qui n'a pas besoin de temps. Ces deux-là devaient se croiser, il ne pouvait en être autrement. Ils ne cessent de parler d'avenir, d'élaborer des plans, de lancer des idées, de les voir retomber. Et puis d'en lancer d'autres pour ne plus s'arrêter, pour aller de l'avant.

Karine est assise en tailleur, soulagée de connaître enfin la vérité, de plus en plus désireuse d'enseigner à nouveau l'histoire. Elle a parlé à Legrand de son fils, Timothé, elle aimerait qu'ils se rencontrent. En attendant, elle s'interdit de tomber amoureuse, même si elle sait qu'il est déjà trop tard. Elle guette le bruit de la moto. Il ne devrait pas tarder.

Adrien se tient derrière Capucine et l'entoure de ses bras. Il revoit défiler ces dernières semaines, le tourbillon d'événements qui se sont enchaînés sans répit. Jean va lui manquer sur son banc. Il sera toujours là, il le sait.

Il aspire à une période plus calme, à des moments pour eux. Partir ensemble en randonnée sur les sommets vosgiens. Embrasser la beauté du monde et la femme de sa vie. Il a craint de la voir s'éloigner, a eu peur de la perdre, mais leur amour est un fleuve puissant qu'aucun obstacle ne peut arrêter. L'eau trouve toujours un nouveau chemin où se faufiler.

Ils aiment l'idée de cette clairière au milieu du vivant, qui traverse le temps. Les feuilles d'automne y tomberont, l'herbe de printemps y poussera. Des animaux sauvages viendront frôler les stèles, des insectes les escaladeront, le vent les caressera.

Et elles seront toujours là, comme les absents dans le cœur de ceux qui restent.

Les coulisses…

L'inspiration est inexplicable. J'entends, je vois, je lis. Voilà cinquante ans que j'engrange des faits, des émotions, des sensations. Le reste ne m'appartient pas. Des connexions se créent, des situations et des personnages s'empilent pour former un bref récit. Ensuite, le texte ressemble à une broderie que l'on ferait autour d'un point de base.

J'ajoute du fil à l'histoire, et en relisant, je prends conscience des thèmes abordés, sans parfois y avoir songé en amont. Comme si le recul pris sur l'ouvrage après le travail de précision laissait apparaître une image nouvelle.

Le déclic pour *Un abri de fortune* a été la découverte, au milieu de notre petit coin de forêt, d'un rectangle de pierre sous un tas de branchages oubliés, et de quelques marches qui s'enfonçaient dans le sol. Avec des amis (merci Jonathan, Fanny, Fabien, Anne-France, Thibault), nous avons déblayé pour mettre au jour la construction. Aucune découverte, ni macabre ni précieuse, mais l'idée avait germé en moi, et j'en ai fait l'histoire de ce roman.

Je me suis également beaucoup inspirée des Vosges, des noms de lieux-dits, même si ceux de l'histoire sont pure invention. Les balades à vélo avec mon mari nous en font découvrir régulièrement de nouveaux, drôles ou insolites.

Avec le temps, j'ai de plus en plus besoin de jardins, dans la vraie vie et dans mon écriture. Ainsi, mes lectures autour de la permaculture (coucou Julie Bernier – *Permaculture. Le manuel pour un jardin vivant et productif*, Solar éditions), des plantes sauvages (parfois savoureuses) et mes mains dans notre propre terre m'ont permis de décrire le domaine des Censes perdues. Un livre en particulier, *L'Équilibre du jardinier*, de Sue Stuart-Smith, aux éditions Albin Michel, m'a donné quelques clés scientifiques pour décrire à quel point le végétal agit sur notre nature humaine. À quel point il peut aider à nous reconstruire, à nous nourrir, au propre et au figuré. De nombreux ouvrages existent concernant le jardinage, les plantes sauvages comestibles, la forêt. Votre libraire vous proposera forcément celui qui vous conviendra le mieux.

Un immense merci à Monique et Thierry Dronet, créateurs du jardin de Berchigranges dans lequel je trouve souvent l'inspiration. Leur poésie est contagieuse.

L'histoire locale des Vosges est également très riche et j'ai souhaité l'intégrer à l'intrigue, afin d'en garder la mémoire. De nombreuses informations existent sur internet autour de la bataille de Bruyères, l'une des dix plus importantes de l'histoire de l'armée américaine sur un sol étranger.

Merci à Benoît et à Marie, pour les expressions vosgiennes que j'aime placer par-ci, par-là.

Merci également à Céline pour « En corps à cœur avec son cheval » (Instagram) et pour ses précieux renseignements concernant les émotions équines. Ma fille, Apolline, le confirme au quotidien avec nos chevaux.

Concernant le rôle et l'engagement des sages-femmes pendant la Deuxième Guerre mondiale, je me suis basée sur un mémoire d'étudiante sage-femme (« Les sages-femmes et la Seconde Guerre mondiale, évolution de leurs pratiques », mémoire présenté et soutenu par Audrey Gourguechon).

Le métier de technicien en identification criminelle (TIC) est particulier et passionnant. J'ai éprouvé le besoin de le découvrir plus en détail. Après quelques recherches infructueuses, je me suis décidée à écrire dans l'onglet « contact » de l'IRCGN (Institut de recherche criminelle de la Gendarmerie nationale), comme on lance une bouteille à la mer, pour expliquer ma démarche et mon besoin d'informations. Quelques jours plus tard, j'obtenais une réponse de son directeur, le colonel François Heulard qui, après quelques échanges par mails, m'a proposé de le rencontrer au sein de l'institut à Pontoise. J'y ai passé plusieurs heures à l'écouter me parler avec passion du métier. Je lui en suis infiniment reconnaissante.

Entre-temps, un ami gendarme (merci Alain) m'a transmis les coordonnées de deux TIC alsaciens avec qui j'ai pu longuement échanger. Merci très sincèrement à Grégory pour nos nombreux échanges sms et à Frédéric pour les heures qu'il m'a accordées (j'avais déjà décidé d'appeler mon TIC Frédéric bien avant de faire sa connaissance).

Ces aides extérieures de terrain sont précieuses pour les auteurs et je suis toujours touchée de pouvoir en bénéficier.

Je tiens à remercier Emmanuel, mon mari, sans qui nous n'aurions pas construit cette nouvelle vie dans laquelle je m'épanouis, loin de la fureur du monde. J'admire sa force et son courage, son inventivité, ses progrès en bricolage pour sublimer de vieux matériaux en nouvelles constructions, sa patience pour m'enseigner la conduite du tracteur, et la tendresse qu'il a pour ses chèvres.

Merci à Jonathan pour sa confiance et ses confidences. Par de nombreux aspects, il m'a inspiré l'histoire de Rémy. Cette colère face à l'insupportable violence envers les femmes, les béquilles nécessaires pour tenir en laisse une hypersensibilité ignorée. La beauté de la voir enfin jaillir librement après sa prise de conscience. Son besoin de s'épanouir au milieu des arbres et des champs. Nous nous sommes rencontrés grâce à sa lecture de *Se le dire enfin* et nos heures de discussion m'ont donné envie de façonner un nouveau personnage (avec son consentement, bien évidemment). Le cycle romanesque… Il me dit que je lui ai sauvé la vie. C'est un cadeau puissant et magnifique pour moi. Je l'en remercie du fond du cœur, là où il occupe désormais une place de petit frère.

Merci à Frédéric pour sa présence sans faille, son talent qui ne cesse de m'émerveiller, sa façon de me réconforter quand je désespère des humains. J'ai une autre place dans le cœur pour un grand frère. Il sait…

Merci à Valérie, mon agente et amie, toujours présente et sensible, à l'écoute de mes besoins et de mes folies. Ses connaissances littéraires et son travail remarquable me donnent l'envie de progresser de livre en livre. Précieux soutien.

Merci à Anna Pavlowitch et Gilles Haeri de m'avoir permis de retrouver les équipes d'Albin Michel avec qui j'ai toujours eu plaisir à travailler. Merci à Francis Esménard d'avoir porté un regard bienveillant et chaleureux sur mon retour.

Merci à vous, chères lectrices, chers lecteurs, d'être fidèles au rendez-vous.

Merci enfin aux arbres, aux nuages, à la pluie, aux fleurs des champs, aux légumes du jardin, à la terre, à chaque élément qui pousse spontanément. Forts de leur sève, de leur fourmillement, ils suscitent en moi l'émerveillement, l'espoir, la vie.

DU MÊME AUTEUR

Romans

Marie d'en haut, Les Nouveaux Auteurs, 2011 ; Pocket, 2012 ; J'ai lu, 2022 nouvelle édition.

Juste avant le bonheur, Albin Michel ; prix des Maisons de la Presse, 2013 ; Pocket, 2014.

Pars avec lui, Albin Michel, 2014 ; Pocket, 2016.

On regrettera plus tard, Albin Michel, 2016 ; Pocket, 2017.

De tes nouvelles, Albin Michel, 2017 ; Pocket, 2018.

Dans le murmure des feuilles qui dansent, Albin Michel, 2018 ; Le Livre de Poche, 2019.

Se le dire enfin, Flammarion, 2020 ; J'ai lu, 2021.

Se le dire enfin, Flammarion, édition Collector.

Compter les couleurs, J'ai lu, 2021.

La Toute Petite Reine, Flammarion, 2021 ; J'ai lu, 2023.

Se le dire enfin, suivi de *Compter les couleurs*, J'ai lu, 2022, édition collector.

Albums Jeunesse

Le petit arbre qui voulait devenir un nuage, récit pour la jeunesse, illustrations de Frédéric Pillot, Albin Michel, 2017.

Le Cimetière des mots doux, récit pour la jeunesse, illustrations de Frédéric Pillot, Albin Michel, 2019.

Mazette est très sensible, illustrations de Frédéric Pillot, Père Castor/Flammarion, 2021.

Mazette aime bien jouer, illustrations de Frédéric Pillot, Père Castor/Flammarion, 2020.

Le Petit Poucet, illustrations de Frédéric Pillot, Père Castor/Flammarion, 2021.

Essais

L'Esprit Papillon. Déployez vos ailes et gagnez en légèreté, illustrations de Jack Koch, Pocket, 2016.
Mon guide gynéco. Devenir actrice de sa santé, écrit avec le docteur Teddy Linet, préface de Martin Winckler et illustrations de Jack Koch, Fleuve, 2016.
Je te donne. Quatre auteurs s'engagent pour le don du sang, avec Martin Winckler, Laurent Seksik et Baptiste Beaulieu, « Librio », J'ai lu, 2018.

Retrouvez toute l'actualité des éditions Albin Michel
sur notre site albin-michel.fr
et suivez-nous sur les réseaux sociaux !
Instagram : editionsalbinmichel
Facebook : Éditions Albin Michel
Twitter : AlbinMichel

Composition : IGS-CP
Impression : Imprimerie Floch, janvier 2023
Éditions Albin Michel
22, rue Huyghens, 75014 Paris
www.albin-michel.fr
ISBN : 978-2-226-47894-8
N° d'édition 25215/01 – N° d'impression : 101761
Dépôt légal : janvier 2023
Imprimé en France